KB079453

명
당

밝혀두기

* 알아보기 쉽게 연도는 서력으로 표시했다.
* 본 고의 내용은 역사적 사실과 야사에 바탕을 둔 것이며, 원칙은 소설적 허구로 기술되었다. 이
  때의 소설적 형식은 두 세계를 비교 검토 그 공통된 세계, 정보화되고 인식된 재구(reconstruction)
  를 의미한다. 따라서 역사적 사실에 의한 재구성이며, 작가적 상상력을 통한 허구이다. 등장인물
  들의 명예를 실추시키기 위한 작업이 아님을 분명히 밝혀둔다.
* 소설이다.

백금남 장편소설

책방 도서출판 고즈넉이엔티 GOZINOCK ENT

초판 1쇄 발행 2018년 9월 19일

지은이 백금남
펴낸이 방미정
펴낸곳 도서출판 책방

출판등록 2013년 8월 12일 제300-2013-89호
주소 서울시 종로구 필운대로 40, 2층
주문전화 02-6269-8166 **팩스** 02-6166-9199

이메일 realfan2@naver.com

ⓒ 백금남, 주피터필름, 2018
ISBN 979-11-6316-018-2   03810

이 도서의 국립중앙도서관 출판예정도서목록(CIP)은 서지정보유통지원시스템
홈페이지(http://seoji.nl.go.kr)와 국가자료종합목록시스템(http://www.nl.go.kr/kolisnet)에서
이용하실 수 있습니다. (CIP제어번호: CIP2018029610)

차례

덕산현 서쪽 10리를 돌아서면 가야사란 절이 있다. 처음엔 대덕사라 불리었다. 호랑이가 많이 나와 인적이 끊어졌다가 뜻한 이가 불사를 일으키면서 가야사가 되었다.

어느 날 감우팔원이 제자 도선을 데리고 그곳에 나타났다.

그는 내룡과 외룡이 합쳐지는 가야사 본당 보웅전 주위를 지팡이로 가리키며 제자 도선에게 물었다.

-저곳을 보아라. 천하대명당이니라. 우주의 기운이 산맥을 따라 뭉쳐진 곳이지. 세계의 중심이며, 그 배꼽이다. 그런데도 나는 아직 우주의 기운이 제대로 뭉친 진혈이 보이지 않는구나. 혹여 네 눈에는 보이느냐?

도선이 뜨악한 표정을 지었다.

-천하대명당이라면 전체가 명당이라는 말인데, 어찌 제게 그렇게 물으십니까?

감우팔원이 지팡이로 도선의 머리를 때렸다.

-이놈아, 우리의 몸이 명당 아닌 곳이 어디 있느냐. 문제는 명당의 핵인 혈처이니, 그 진혈이 어디냐는 말이다. 어디냐? 가야사 본당 자리냐, 금탑 자리냐?

도선은 한참을 난감해 하다가 이렇게 대답했다.

-스승님, 스승님의 눈에 보이지 않는 진혈이 어떻게 제게 보이겠습니까.

스승 감우팔원이 혀를 춥 찼다.

-내가 너를 잘못 보았구나. 진리란 눈으로 보는 것이 아니라 느낌으로 아는 것이다.

-그럼 스승님은 느낄 수 있다는 말입니까?

스승은 대답을 않고 해 그림자를 따라 가버렸다.

도선은 평생을 그 의문과 싸웠다.

도선이 비로소 진혈을 보았을 때, 그의 나이 71세였다.

그는 그때 이렇게 탄식했다.

-천 년 후에나 저 진혈이 열리겠구나.

1장

그림자

1

거대한 궁궐 위로 검은 그림자가 드리웠다.

가뭄이 길어 비가 좀 내릴 것 같았으나, 가느다란 빗줄기는 어느새 그치고 말았다.

뿌리다 만 빗줄기는 비를 내리지 않겠다는 하늘의 경고처럼 오히려 사람들의 불안을 가중시켰다.

편전 안의 분위기가 심상치 않았다.

김좌근을 위시한 신하들의 반대 목소리에 효명세자의 표정이 안쓰럽게 일그러졌다.

뒤에서 세자를 지켜보는 순조의 얼굴에도 검은 기운이 흘렀다. 맏아들 효명세자에게 대리청정을 맡겼지만, 세도가들의 등쌀에 한시도 마음 놓을 날이 없었다.

농사를 짓는 것은 백성이었다. 그런데도 자기 땅을 소유하지 못했다. 지주의 전횡이 계속되자 고향을 등지는 백성들이 늘어나기 시작했다. 효명세자는 벌써 그 문제를 며칠째 붙들고 있었다.

이 문제를 해결하기 위해, 개인이 소유하는 토지의 상한선을 정하는 것은 물론, 토지 한 결당 10두의 토지세를 내어야 한다.

효명세자는 줄기차게 주장했다.

순조는 멀거니 김좌근의 모습을 바라보았다.

풍채로 보나 인물로 보나 흠잡을 데 없는 사대부.

그가 신하들 앞에 태산처럼 버티고 서서 천부당만부당하다고 외치고 있었다.

과중한 세금은 백성의 원망과 한탄을 듣게 되고 결국 나라의 근간을 뒤흔들 것이라고 아뢰고 있었다.

효명세자도 만만치 않았다.

-가진 자들이 토지세를 내는 것은 당연한 것입니다. 그것으로 나라를 구휼하는 데 쓰는 것이 어째서 나라의 근간을 뒤흔드는 일이란 말입니까?

-예로부터 백성들의 고혈을 쥐어짜는 군주는 결국 나라를 멸망케 했음을 잊으시면 아니 되옵니다!

김좌근의 곁에 있던 호조판서가 덩달아 아뢰었다.

효명세자가 울컥했다. 그럴수록 감정을 다잡아야 할 터인데 아직도 노련하게 자신을 다스리지 못했다.

-백성의 고혈이라 하셨습니까? 그렇습니다. 그 백성이 문제이지요. 백성이라고 다 같은 백성이 아니기에 하는 말입니다.

-다 같은 백성이 아니라니, 무슨 말씀이옵니까?

-대신들이 말하는 백성이란 대체 누굴 말하는 것이오? 사대부라 하는 자들이 백성들이 부쳐 먹는 농지까지 탐하여 정작 농사지을

백성들은 송곳 꽂을 땅조차 없지 않느냐 말이오!

-전하.

신하들 틈에서 무서운 눈으로 효명세자를 노려보던 김좌근이 다시 나섰다.

효명세자와 시선이 마주치자, 그의 입가에 비루한 웃음이 흘렀다.

-세자저하 뒤에 계신 전하를 부른 것이옵니다.

효명세자가 황당한 표정을 지었다.

순조의 시선이 김좌근에게로 옮겨졌다.

-말씀하시오.

-소인은 전하의 의중이 궁금하옵니다.

순조가 손을 내저었다.

-나는 신경 쓰지 마시오. 세자의 뜻이 곧 내 뜻이니. 바람이나 쐬어야겠군.

순조가 중얼거리며 일어나 나가 버리자 효명세자가 주위를 둘러보았다.

-내가 이 자리에 있는 한, 토지개혁은 어떻게든 시행할 것이니 그대들은 더 이상 아무 말 말라.

신하들이 할 말을 잃고 시선을 떨구었다.

김좌근이 그를 날카롭게 쏘아보았다. 그러다가 효명세자가 눈을 돌려 바라보자 스르르 시선을 떨구었다.

2

아홉 폭이나 되는 비단 바탕에 그려진 그림이 눈부셨다.

첩첩히 포개진 봉우리들, 울창한 산림, 골짜기 사이로 가득한 안개구름…….

김좌근이 들어와 그림을 등지고 앉았다.

효명세자가 의식적으로 눈길도 주지 않고 앞에 앉은 휘(나중의 헌종)를 어르고 있었다. 이제 다섯 살이 된 휘의 표정이 진지했다.

-그래, 착하구나. 이 글도 읽어보려무나.

휘가 논어를 더듬더듬 짚어가며 읽었다.

-무슨 뜻이냐?

-다 된 일은 들먹이지 않으며, 끝난 일은 간하지 않으며, 지난 일은 탓하지 않는다. 공자께서 하신 말씀입니다.

효명세자가 그제야 김좌근을 쳐다보았다. 참으로 기특하지 않느냐는 표정이었다.

-이리도 영특하니 세손은 성군이 될 것입니다. 아니 그렇습니까?

그렇게 말하고 웃음 짓는데, 김좌근이 불편한 속을 감추지 못하고 허공으로 고개를 들었다가 본심을 드러냈다.

-세자저하, 대신들의 불만이 하늘을 찌르옵니다.

웃음기 돌던 효명세자의 입가에 싸늘한 기운이 돌았다.

-외삼촌, 이제 토지세에 대해서는 그만하십시다.

-저하!

-내 반드시 실행하고 말 것입니다.

-꼭 그리 하셔야겠사옵니까?

-그럼 이대로 나라 망하는 꼴을 두고 보자는 말입니까?

두 사람의 시선이 마주쳤다. 한 치의 물러섬도 없는 눈빛이었다.

잠시 후 스르르 김좌근이 시선을 거두는데, 갑자기 효명세자가 기침을 하기 시작했다.

효명세자는 기침이 잦아들자 다정하게 김좌근을 쳐다보았다.

-외삼촌, 저 좀 도와주세요. 우리끼리 싸우는 건 그만두십시다. 함께 나라를 위한 방안을 모색해야지요.

김좌근이 무언의 거부라는 듯 다시 시선을 돌렸다. 이미 무언가를 결정한 것처럼 고개마저 희미하게 끄덕거렸다.

김좌근이 세자의 합의를 거부하고 물러나온 그날 새벽. 그가 결정한 일은 물 흐르듯 소리 없이 진행되고 있었다.

사람의 뼛가루를 몰래 세자의 머리맡 기둥에 뿌리는 궁녀들, 태운 쥐를 묻으며 구역질을 하는 내관들, 이곳으로 들기 전에 만난 어의, 면포로 얼굴을 가린 지관 정만인.

그들 모두가 하나의 목적을 성사시키기 위해 일사불란하게 움직여댔다.

3

검은 구름이 계속해서 빠르게 북으로 흘렀다.

어디선가 불길하게 밤까마귀 우는 소리가 들려왔다.

-날이 왜 이런다니?

거대한 묘지처럼 음습한 기운이 흐르는 수라간에서 수라상궁들이 웅성거렸다.

내시들도 불안한 기색이 역력했다.

궁녀들도 읍한 채 서로가 비밀스러운 눈짓을 교환할 뿐 한껏 풀이 죽어 말이 없었다.

기괴한 기운이 어전을 감싸 안았다.

의녀가 조심스럽게 약반을 들고 침전으로 들어섰다.

자는 듯 누워 있는 효명세자의 숨소리가 고르지 않았다.

어의가 조심스럽게 세자의 혈자리에 침을 놓았다. 침을 놓는 동안에도 꼼짝하지 않았다. 미동도 없었다.

어의의 손에 잡힌 솜뭉치가 효명세자의 코밑으로 향했다. 기다려도 솜뭉치가 흔들리지 않았다.

황급히 어의가 침을 들어 혈을 잡아 찔렀다.

여전히 세자는 미동도 하지 않았다.

세자의 숨이 끊어진 것을 확인한 어의가 문을 열고 내시에게 눈짓을 했다.

급하게 내시가 내전으로 들었다.

-세자저하께서 졸하셨네. 김좌근 대감의 지시가 있기 전까진 절대 입도 뻥긋하지 말게.

-알겠습니다.

내관이 대답하고 침전을 빠져나갔다. 뒤이어 어의가 황급히 뒤를 따랐다.

궁녀와 내관들이 아무 일 없다는 듯이 조용히 침기구를 치우기 시작했다.

갑자기 하늘이 울고, 번개가 쳐대기 시작했다.

침전의 황촉이 흔들리다가 그대로 꺼져버렸다.

4

99칸의 대저택.

언덕 위에 높이 올라앉은 날아갈 듯한 솟을대문이 집안의 위용을
말해주고 있었다.

상석에 앉은 김좌근이 주위를 둘러보았다. 하나 같이 하얀 도포
에 갓을 쓰고 도열하듯 앉았다.

김좌근의 입가에는 희미한 미소가 스쳤다.

자신이 생원이었던 시절, 어찌 이런 세월을 꿈이나 꾸었을까. 저
장동김문(신 안동김씨)의 사대부들, 저들의 대주가 되리라 꿈이나 꾸
었을까.

헛기침 소리가 나더니 드르륵 문이 열렸다.

흰 피부, 냉혹한 눈빛, 깔끔한 용모의 김병기가 들어섰다.

-아버님, 오늘 정지관에게 가보신다고 하지 않으셨는지요?

김병기의 말에 김좌근이 그제야 그렇군, 하는 표정을 지었다.

방 안의 사대부들이 의아스럽게 두 사람을 쳐다보았다.

-내 잠깐 나갔다 오리다.

김좌근의 말에 사대부들이 하나 같이 고개를 주억거렸다.

김좌근이 방을 나가자 김병기가 따라 붙었다.

김좌근이 탄 가마가 자하동을 빠져나가 피맛골 쪽으로 방향을 틀
었다.

대로를 벗어나 골목길을 휘어 돌자, 청나라풍의 으리으리한 저택이 나타났다.

　그제야 눈치를 챈 김병기가 말에서 뛰어내려 얼른 대문 앞으로 다가가 고함을 질렀다.

　-이리 오너라.

　행랑아범이 나오더니 낯이 익은 듯 그들을 맞아들였다.

　-나리, 김대감께서 드셨습니다.

　행랑아범의 말에 안에서 쉰 듯한 사내의 음성이 흘러나왔다.

　-모시거라.

　사랑방 문이 열렸다.

　여느 사대부의 사랑방 같지 않았다. 벽마다 산 그림이 걸렸고, 화려한 복식에 쥘부채로 코 밑을 가린 정만인이 중앙에 앉아 있었다.

　김좌근이 들어서자 비로소 정만인이 일어서며 부채를 내렸다. 비단 휘장으로 코 밑을 가린 얼굴이 나타났다.

　-어서 오십시오, 나리.

　김좌근이 상 자리로 가 앉았다.

　-물러가거라.

　행랑아범이 기웃거리자, 정만인이 물리치고 돌아섰다.

　-앉으시지요.

　뒤따라 들어선 김병기에게 정만인이 자리를 권했다.

　-이제 어떡하면 되겠는가?

　마주 앉는 정만인을 보며 김좌근이 단도직입적으로 물었다.

　-이제 제 말을 믿으시는군요.

　정만인이 말하며 슬며시 미소를 물자 김좌근의 이맛살이 꿈틀했다.

-네놈의 자만심을 보러온 것이 아니야.

-왜 이러십니까? 어린아이의 잡뼈를 갈아 태운 쥐와 함께 희정당 동쪽 기둥에 묻어둔 것은 저입니다.

-그만하세.

-강건하던 세자가 보름도 안 되어 두통을 호소하다가 급사했다면 효험은 입증된 것이 아닙니까?

그렇게 말하고 정만인이 낄낄 웃었다.

김병기가 방자한 정만인을 쏘아보았다.

효명세자가 졸한 것은 어린아이의 잡뼈 때문이 아니라는 것을 알면서도 왜 양부 김좌근이 정만인을 찾았는지 모를 일이었다.

그렇게 외종질을 저주했다는 죄의식에서 벗어나고 싶기 때문일까.

아니라면 저 이상한 놈에게 무엇을 보고 있는 것일까.

남들이 그랬다면 음양술에 현혹되었다며 일소에 부쳤을 김좌근이 합리적 근거 없는 주술에 어찌 맹목적으로 믿음을 가지는지 모를 일이었다.

그 속셈을 알 수 없다 생각하며 김병기는 정만인의 계집처럼 가늘고 긴 손가락을 쳐다보았다. 손가락마다 색색의 반지가 끼어져 있었다.

항상 비단으로 코 밑을 가리고 있어 그 나이를 정확하게 가늠할 수 없으나 변태스런 행동거지가 여간 볼썽사납지 않았다.

자신의 심정과는 달리 기대로 가득한 아버지 김좌근의 음성이 들려왔다.

-이제 곧 왕릉 소점이 있을 것이네. 내 말 무슨 뜻인지 알겠나?

김병기는 순간 바로 이것이구나, 하고 생각했다.

주술에도 능하지만 땅을 보는 데 귀신같다는 말은 들었다. 하지만 그는 국풍이 아니다. 그렇다고 관상감의 지리도 아니다. 일개 지관이다.

그런데 그에게 왕릉을 소점하게 한다고?

정만인의 소름 끼치는 웃음소리가 들려왔다.

-그러니까 이가 족속들의 숨통을 끊어 놓을 흉지를 찾으신다 그 말이지요?

김좌근의 눈빛이 서늘하게 빛났다.

-명심해야 할 게야. 확실히 손을 끊어 놓을 수 있는 터여야만 할 테니.

-이르다 뿐입니까.

걱정 말라는 듯이 정만인이 그렇게 말하고 소름끼치게 웃었다.

풍광 언저리

1

산길이 화사의 몸빛 같았다. 여기저기 피어난 꽃들이 몸을 흔들다
가 화들짝했다. 새들이 후르르 지지한 길가의 숲속으로 날아들었다.

능지가 밝다. 용과 맥이 힘차다.

-이곳이 자손대대로 복록을 준다는 그 명당이냐?

순조(효명세자의 아버지)가 주위를 둘러보다가 김좌근에게 물었다.

-그러하옵니다. 비변사와 함께 관상감의 최고 상지관(풍수지리를 전
담하는 관원)들이 머리를 맞대고 찾은 천자만손의 명당 터이옵니다.

-전하, 풍수에 까막눈인 신의 눈에도 이곳은 천하길지라는 느낌
이 드옵니다.

예조판서가 나섰다.

-터가 안온하고 포근한 것이, 마치 세자저하께서 좋아하시던 희
정당 후원과 같지 않사옵니까?

한성판윤이 거들었다.

20

순조가 그를 향해 돌아섰다.

-경들이 오죽 잘 골랐을까.

-그러하옵니다. 돌아가신 세자저하께서 이곳에 묻히신다면, 조선
왕조는 만세를 누릴 것이옵니다.

순조가 공허한 눈빛으로 능지를 바라보았다.

신하들의 말과 달리 좌청룡과 우백호조차 분명치 않은 황량한 터
가 그의 눈에 제대로 보일 리 없었다.

죽어 좋은 곳에 묻히면 뭐할까.

저절로 한숨이 입가에 물리는데 그는 애써 그것을 삼키고 신하들
을 향해 말했다.

-그럼 이곳으로 터를 정하도록 하라.

그렇게 명하고 돌아서는데 어디선가 늙은이의 목소리가 들려왔다.

-전하, 아니 되옵니다.

순조가 돌아서려다 말고 소리 나는 곳으로 고개를 틀었다.

머리가 하얗게 센 늙은이였다. 키가 자그마하고 맑고 강인한 기
운이 느껴지는 인상의 사내였다. 주루먹을 어깨에 멘 것으로 보아
산을 타는 사람인 것 같았다.

김좌근이 돌아보다가 눈살을 찌푸렸다.

늙은이가 다가와 순조 앞에 부복하고 아뢰었다.

-전하, 이곳은 절대 왕릉으로 소점해서는 안 될 흉지이옵니다.

김좌근이 어이없다는 표정을 지으며 앞으로 나섰다,

-이놈, 누구관되 입을 함부로 놀리는 게야!

늙은이가 고개를 들었다. 그는 김좌근의 호통에 아랑곳하지 않고
말을 이었다.

-만약 세자께서 이곳에 묻히신다면, 어린 세손은 젊은 나이에 단명하고 결국 손이 끊길 것이옵니다.

순조가 흠칫했다.

상지관 김윤철이 나섰다.

-전하, 괘념치 마옵소서. 예전에 관상감 지리로 있다 산에 미쳐버린 자이옵니다. 이곳은 정조대왕께서 미리 소점해놓으신 천하대명당으로 나라의 안녕과 번영을 위한 곳이 분명하옵니다.

김윤철의 말을 듣다가 늙은이가 일어나 거침없이 능지로 나아갔다.

사람들의 시선이 그에게 쏠렸다.

-박풍수, 뭐하는 것인가?

김윤철이 소리쳤다.

박풍수가 짚고 있던 지팡이를 놓고 주루먹에 꽂힌 작은 괭이를 꺼내들었다.

그는 봉긋이 올라온 부분을 파헤치기 시작했다.

그가 파는 땅은 풀도 나지 않은 곳이었다. 흙이 푸석거렸다. 꼭 불길이 한 번 휩쓸고 지난 것 같았다.

땅이 두어 자쯤 파졌다. 그러자 그곳에서 검게 썩은 해골들이 나왔다.

순조가 입을 딱 벌렸다. 몸소 박풍수를 향해 다가갔다.

-지관이라고?

박풍수가 순조 앞에 다시 부복했다.

-그러하옵니다, 전하. 한때 관상감에 적을 두었다가 산을 떠돌고 있사옵니다.

-여기 시체가 묻힌 것은 어찌 아느냐?

-땅의 상태를 보면 아옵지요. 이곳은 역병으로 죽은 시체 매장터이옵니다. 시체를 묻고 역병이 돌지 못하게, 생물이 살지 못하게 불을 놓은 곳입니다. 전하, 이곳을 왕릉으로 소점했다가는 왕실의 씨가 마를 것이옵니다.

-이, 이럴 수가!

순조가 매섭게 신하들을 돌아보았다.

2

벽에 붙은 산들이 꿈틀거렸다.

골짜기마다 자욱이 안개가 깔렸다. 계곡물이 힘차다.

좀 전부터 김좌근은 정만인의 방에 앉아 그를 노려보고 있었다.

-그곳을 자네만 안다고 하지 않았나?

-이상하군요. 그놈이 누구인지 모르겠군요.

-주상이 제정신이 아닐세. 손이 끊긴다는 터에 아들을 집어넣으려 했으니…….

김좌근이 츱, 혀를 차며 김병기를 돌아보았다.

-김윤철이 뭐라 그러더냐? 그 지관 놈이 누군지는 알고 있다고 하지 않았느냐?

-한때 관상감 지리였답니다. 풍수로는 따라갈 자가 없는 천재라고 정평이 나 있는 자라고 합니다.

-그 이름이 무엇이라고 합디까?

정만인이 김병기에게 물었다.

-박풍수라고 하더군요.

-박풍수? 이름은요?

-글쎄 이름이 풍수라고 하더군요,

-이름이 풍수라? 그럼 풍수 가문에서 태어난 자라는 말인데…….

정만인이 중얼거리며 고개를 내저었다.

-그런 자는 훗날 대감의 집안에 화를 미칠 게 분명합니다. 지금 없애야 할 것 같습니다.

김좌근의 시선이 돌연 김병기의 얼굴에 붙박였다.

-어찌 되었느냐?

-이미 조치를 취해두었습니다.

3

박풍수가 곰방대에 연초를 재워 물고 밖으로 나가자, 아들 재상과 염쟁이 구씨의 아들 용식이 술잔을 나누는 모습이 보였다.

옆집에 살다가 살길이 없어 이곳을 떴더랬는데, 아비가 죽는 바람에 고향으로 찾아든 모양이었다.

-야, 걱정마라. 나하고 같이 지내면 돼.

-그래도 괜찮을지 모르겠다.

-보았잖냐. 우리 부모님들이야 네가 잘 알 테고, 우리 집사람 그런 사람 아니다.

-나도 아버지만 잘못 되지 않았다면 지금쯤 토끼 같은 애들 품고 살 터인데……. 네가 부럽다, 야.

재상이 용식의 잔이 빈 것을 보고는 술병을 들다가 아랫방을 향해 고함을 질렀다.

-여보! 여보!

용식이 재상을 말렸다.

-그만 마시자. 집에 어른도 있는데……. 이러다 하룻밤도 못 자고 쫓겨나겠다.

-그럼 나가자. 나가서 한잔 더 하자.

-그만하자니까. 오늘만 날이냐.

-가자! 우리가 언제 체면 차리면서 살았냐.

박풍수는 그들이 나오다가 자신을 발견할까 하여 사랑채로 들어가 버렸다.

반갑기도 하리라. 어릴 때부터 한 형제처럼 지냈으니. 그 사람, 염쟁이 구씨. 시체 하나만은 귀신같이 다루었는데…….

재상과 용식이 집을 나서 어깨동무를 하고 주막거리로 들어섰다.

저만큼서 박풍수의 집을 향해 다가오던 검은 그림자가 그들을 빠르게 스쳐 지나갔다.

4

횃불을 든 붉은 관복의 사내들이 박풍수의 집 담을 넘어 들어갔다.

놋재떨이에 곰방대를 털다 말고 박풍수는 밖의 기척에 한순간 숨을 멈추었다. 재상과 용식이 벌써 돌아올 리 없었다.

그는 문을 벌컥 열었다. 그 순간 시커먼 그림자가 번개처럼 빠르게 방 안으로 들어섰다. 사내의 손에 들린 칼이 그대로 박풍수의 목을 그었다. 피가 분수처럼 터져 나왔다.

안채 안방에서도 살육이 벌어지고 있었다. 재상의 어미가 목이 베여 이미 숨을 거두었고, 재상의 아내와 아들이 칼을 맞고 넘어졌다. 잘린 팔과 다리, 머리통이 어지럽게 뒤엉켜 굴렀다.

흘러나온 피가 한데 뒤엉켜 방문턱을 넘어 마루바닥을 적시고 섬돌까지 흘러내렸다.

얼마나 시간이 흘렀을까.

재상과 용식이 술이 거나하게 취했는데 옆집 갑순 댁이 버선발로 달려왔다.

-아이고 여기 있었네. 이 사람아, 지금 뭐하는 겨!

갑순네를 발견한 재상이 술이 취해 히물히물 웃었다.

-아줌씨, 무슨 일이요?

-아이고, 이 사람아. 난리가 났다니까!

-난리?

-어여 집에 가봐. 어여 집에 가보라니까.

갑순네가 숨을 몰아쉬며 손을 휘저었다.

-칼부림이 나 모두 죽었다고!

-예?

재상이 눈을 크게 떴다.

그때 그들은 모르고 있었다. 재상의 식구들이 모두 넘어지자 김병기의 수하 우귀남이 부하들을 데리고 그를 기다리고 있다는 것을.

-분명히 아들이 있다고 했습니다.

부하의 말을 들으며 우귀남이 고개를 끄덕였다.

-후환을 없애려면 그놈마저 죽여야 한다. 그래야 말썽이 없지.

-친구와 나갔다니까 곧 돌아오겠지요.

재상이 집으로 뛰어든 것은 그때였다.

재상이 사랑으로 뛰어들자 칼 맞은 가슴을 부여잡고 아버지가 재상을 올려다보았다.

-아버지!

-이하응!

-아버지, 이게 무슨 난리요?

그때 열린 사립 뒤에 숨어 있던 우귀남이 방 안으로 불쑥 들어섰다.

-누구냐!

우귀남이 그대로 재상의 복부에 칼을 찔러 넣었다.

재상이 비명도 지르지 못하고 복부에 박힌 칼날을 잡았다. 그 바람에 재상이 안고 있던 박풍수의 머리가 아무렇게나 바닥으로 떨어졌다. 재상은 칼날을 잡고 눈을 부릅떠 사내를 쳐다보았다.

'備邊司(비변사)' 명패가 눈에 들어왔다. 얼굴에 난 화상 흉터가 보였다. 왼쪽 볼이 짓이겨 놓은 것처럼 흉측하게 일그러졌다.

재상은 이자가 왜, 이자가 왜, 하고 중얼거리다가 풀썩 옆으로 꼬꾸라졌다.

재상이 넘어가자 우귀남이 부하들에게 명령했다.

-집에 불을 놓아라.

부하들이 집 안 곳곳에 불을 지르기 시작했다.

그들이 사라지고 나서야 술이 취한 용식이 비틀거리며 걸어왔다.

-재상이 이 자슥, 벌써부터 날 괄시하는 거야 뭐야? 술 잔뜩 먹여놓고 혼자 줄행랑을 쳐. 망할 자식.

비틀거리며 걸어오다가 재상의 집에 불길이 솟는 걸 보고는 머리를 몇 번 흔들었다.

-내가 술을 너무 많이 마셨나? 헛것이 다 보이네.

머리를 몇 번 흔들고 시선을 들자 불길이 솟구치고 있었다.

그제야 용식이 재상의 집으로 비틀거리며 달렸다.

이게 어떻게 된 것이야?

-불이야! 불이야!

사립으로 뛰어들어 사랑방으로 다가가자 재상이 넘어져 있는 것이 보였다.

-재상아!

재상을 안고 흔들다가 불길이 번져오자 아예 어깨에 떠메 사랑을 빠져나왔다.

뒤이어 와르르, 서까래가 무너졌다.

그때 사립 저쪽에 횃불이 나타나는가 했더니 두런거리는 사내들의 목소리가 들려왔다. 용식이 보니 좀 전에 지나쳤던 사내들이다.

용식은 본능적으로 위기감을 느끼고 재상을 끌어 무너져 걸쳐진 광문 뒤로 몸을 숨겼다.

재상이 정신이 드는지 고통스럽게 몸부림쳤다. 용식이 그의 얼굴을 가슴에 안았다.

-재상아, 조금만 참아라.

사내들이 횃불을 들고 광 앞에 와서 섰다.

-도대체 호패를 어디서 흘리고 이 난리야…….

-분명이 이곳으로 오기 전에 옆구리에 덜렁거리고 있었다니까.

-나 이거 참. 야, 이놈아! 하필이면 왜 그런 걸 흘리고 다녀. 그것도 비변사 호패를. 우대장이 알면 넌 죽은 목숨이야.

-그러니까 빨리 찾아야 할 거 아냐.

-아이고, 칠칠맞은 놈!

광 천장에서 불티가 금모래처럼 용식과 재상을 향해 쏟아져 내렸다. 재상이 신음소리를 내며 몸부림쳤다. 용식이 재상의 입을 막으며 가슴으로 그를 덮었다.

자신의 등에서 불길이 솟자 용식이 눈을 뒤집고 신음을 물었다.

멀어졌던 사내들이 광을 향해 다가왔다.

-무슨 소리야? 분명히 사람 소리 같았는데?

사내들의 발길이 광문 앞에서 서성거렸다. 사내들이 이 구석 저 구석 살피기 시작했다.

용식의 등이 타기 시작했다.

-으으으으…….

용식이 더 못 참고 바닥에 등을 문질렀다. 그 사이 재상이 몸부림쳤다. 등에 붙은 불길이 다 꺼지지 않았는데 용식이 재상의 얼굴을 다시 안았다.

-무슨 소리를 들었다는 거야?

-아닌가?

-빨랑 호패나 찾아.

-호패 여기 있소!

어디선가 고함소리가 들려왔다.

용식이 재상의 입을 막고 몸을 바들바들 떨었다.

-가자. 지체할 시간 없다.

그들이 사라지고 나서야 용식이 재상을 광 밖으로 끌어내었다.

-재상아! 재상아!

그렇게 부르다가 용식이 갑자기 개울을 향해 뛰기 시작했다. 그의 등에서 살이 타고 있었다.

2장

세월의 잠

1

밤이 가면 새벽이 오는 법이다. 새벽은 아침을 연다. 그렇게 달이 지고 해가 뜬다. 세월은 그렇게 흐르는 법이다.

어머니는 언제나 세월은 눈물 같은 것이라고 했다.

그분이 가 버린 지 벌써 몇 해인지.

김병기는 일어나 대발을 걷었다. 아침 안개가 방문 앞까지 흘러와 있었다. 찬기가 느껴졌다. 멀리 보이는 산중턱이 안개로 인해 보이지 않았다.

그는 천천히 밖으로 나섰다. 자그만 담장이 경계를 이룬 저쪽에 장독대가 보였다.

문득 어머니의 모습이 떠올랐다.

장독대를 닦다가도 병기가 나타나면 언제나 해설피 웃던 어머니였다.

이제 이곳에 그분도 없구나.

어머니는 해평 윤씨의 기를 그대로 이어받은 사람이었다. 아버지의 첩질을 용서하지 못할 정도로 곧은 사람이었다. 첩을 들이자 어머니는 친정 행을 감행, 그 길로 이곳으로 들어와 살았다.

양반 사회라는 것이 그랬다. 사랑과 안채가 엄연히 떨어져 있어 낮에는 부부 간에 접촉이 거의 없었다. 안사람은 안채에서, 남편은 사랑채에서 일상을 꾸렸다. 그러니 뭐 정이 생겨날 리 없었다. 자연히 첩질에 미친 아버지는 효행을 근본으로 아는 사대부였으나, 벼슬은 변변치 못했다. 아들이 외가에 늘상 가 있어도 그러려니 했다.

병기는 어머니의 자상한 보살핌 속에서 외가가 친가 같았다. 그러다 김좌근의 양자로 주어버렸을 때 꼭 버려진 것 같았다.

양부 김좌근의 집에 살면서 언제나 병기는 친가가 아니라 외가가 그리웠다.

외가가 천리만리 떨어져 있었던 것도 아니었다. 양부의 집에서 고개를 쳐들면 오늘처럼 안개가 낀 날도 희미하게 보일 정도의 거리였다.

외할아버지는 죽기 전에 윤씨 종가를 다른 곳으로 옮겼다.

외손자에게 종택을 남기겠다고 하자 윤씨 종택이 벌컥 뒤집어졌다.

-그게 무슨 말입니까. 그놈은 장동김문의 종잡니다.

외할아버지는 흔들림 없이 예전의 종택이 되어버린 삼불재 집을 외손자 병기에게 남겼다.

-네가 이 집을 지켜라.

외할아버지는 알고 있었다. 부처 셋이 집안을 지킨다는 양택 최고의 명당. 그 명당을 그대로 둘 장동김문이 아니라는 걸 알고 있었던 것이다.

그 마음을 알기에 외할아버지가 죽은 뒤 병기는 어머니가 있는 이곳으로 거처를 옮겼다. 양부가 굳이 말리지 않았던 건 자신의 양자가 종택의 주인이 되었기 때문이었다.

어머니는 알고 있었다. 아들의 마음을. 외할아버지를 사랑했던 아들의 마음을. 장동김문을 위해서가 아니라 외할아버지를 잊지 못하고 집을 지켜내려는 아들의 마음을.

-고맙구나. 네 마음을 왜 내가 모르겠느냐.

-저를 양자로 보낼 때 이미 아버지와의 인연은 끝났습니다. 사연이 어찌됐든.

아들의 모진 말에 어머니가 눈물을 흘렸다.

-내가 나가마. 이 집으로 건너오는 네 아비를 나도 더는 보고 싶지 않구나.

그렇게 어머니가 먼저 아버지와의 문제는 끊어주었다. 그대로 두다가는 어머니로 인해 이 집마저 아버지의 소유가 되리라는 것을 알고 있었던 것이다.

양부 김좌근이 물었다.

-어머니와 안식구 그리고 애들마저 집을 지어 내보냈다면서?

윤씨의 씨종자들을 그 엄청난 명당에서 몰아낸 것이 사실이냐는 물음이었다. 양부의 심중을 알고 있던 병기는 그에 맞게 대답했다.

-그곳의 기가 장동김문을 크게 일으키고도 남을 것입니다.

-과연 너는 장동김문의 자손이다.

그렇게 큰집을 지켰다.

이 집은 엄연히 외할아버지 해평 윤씨 윤치승의 집이었다. 그리고 어머니의 집이었다. 이 집을 지키고 싶었다. 스스로 집을 떠남으로

써 아들에 의해 해평 윤씨 종가가 지켜지리라 생각한 어머니를 지켜드리고 싶었다.

효명세자가 세상을 뜬 지도 벌써 몇 해인가. 그 동안에 순조가 졸했다.

헌종(효명세자의 아들)이 등극했을 때가 8살이었다. 자연히 어린 임금은 할마마마 순원왕후가 맡았다.

바야흐로 이제 장동김문의 세상이었다. 순원왕후가 수렴청정을 맡으면서 장동김문의 세력은 더 나아갈 곳이 없었다. 그러나 그 세월 속에 변함없는 사람은 양부 김좌근이었다.

양부 김좌근의 권력에 대한 집착은 기가 질릴 지경이었다. 그는 꿈꾸고 있었다. 이 세상을 원하고 있었다. 신하가 아니라 왕을 원하고 있었다.

그는 현재 왕보다 더 높은 위치에 있으면서도 그것으로 만족하질 못했다. 큰일이 불거지면 임금 가지고 놀기를 우습게 알았고, 임금의 핏줄이라도 죽이겠다고 결심하면 어떤 일이 있어도 죽이고 말았다.

어느 날 비변사에서 왕족의 능이 파혜쳐졌다는 보고를 받았다. 눈에 거슬리는 왕족을 제거하기 위한 양부 김좌근의 계략이었다. 김좌근의 명령대로 수하들이 제거할 왕족의 이름이 박힌 노리개를 떨어뜨려 놓았다. 그리고는 노리개의 주인이 능을 파혜쳤다고 덮어 씌웠다. 그의 노리개가 발견되었으니 그보다 더 명백한 증거가 어디 있느냐고 했다.

헌종은 아직도 어리고 여렸다. 주저하자 김좌근은 눈을 치떴다.

-전하, 그자의 사지를 찢어 소금에 절인 후 항아리에 담아 전국에 돌려 보게 하소서!

-그만두세요!

헌종은 어렸지만 해도 너무 한다 싶어 소리쳤다.

-그를 능으로 보낸 것은 나였습니다.

임금이 핏줄을 살리기 위해 덮어 쓰자 그 심사를 알고 있는 김좌
근이 임금을 노려보았다.

-전하, 생각해보시옵소서. 거기가 어디라고요. 왕릉이옵니다. 그
런데 겁도 없이 왕릉을 파헤쳐 암장을 했다고 하니, 어찌 가만히 두
고 볼 수 있사옵니까.

-장동할아버지, 나도 보고 받았습니다. 감히 암장을 했다니요. 근
거가 없어요. 생각해보세요. 왕릉이 어떻게 조성되는 것입니까? 수
백의 군사가 한 달을 파도 끝을 볼 수 없게끔 조성된다는 것을 모르
십니까! 혹여 능을 침범할까 회로 둘러치고 석벽으로 둘러치고 그
렇게 조성되는 것인데, 어떻게 암장을 할 수 있단 말입니까. 낭설입
니다. 제가 직접 현장을 확인했어요.

그날 밤 헌종 앞으로 서찰 하나가 전해졌다.

서찰을 가져간 이는 내시였다.

-전하, 김좌근 대감께서 급히 보내신 서찰이옵니다.

서찰을 받아보고 헌종은 김좌근의 집으로 향했다.

사대부처럼 갓을 쓰고 두루마기를 입은 헌종이 저택 안으로 들어
가자 장동김문의 사대부들이 집 안 가득 그를 기다리고 있었다.

헌종은 순간 전율을 느꼈다. 장동할아버지가 자신도 죽일 수 있
다는 무언의 시위를 하고 있다는 생각이 들었기 때문이다.

언제나 뒤도 돌아보지 않고 장동할아버지 편만 드는 할마마
마…….

-대체 무슨 일로 여기까지 날 부른 것이오?

헌종이 그렇게 물었을 때 김좌근은 똑똑한 어조로 말했다.

-저희는 권력에 눈이 어두워 종묘사직을 능멸한 자를 편들고, 충신을 모함하는 임금을 따르지 못하겠사옵니다!

기다렸다는 듯이 장동김문의 사대부들이 하나 같이 아뢰었다.

-따르지 못하겠사옵니다!

-도대체 원하는 게 무엇인가?

기가 질린 헌종이 김좌근에게 물었다.

김좌근의 입가에 싸늘한 노기가 스쳤다.

-암장 문제는 내 알아서 할 터이니 더 이상 관여하지 마시오. 그렇지 않으면…….

-그렇지 않으면?

-전하를 폐위하는 것은 물론, 세손의 안녕도 위태로워질 것이오.

헌종이 그제야 사태의 심각성을 제대로 깨닫고 부들부들 떨었다.

거기에다 김좌근이 쐐기를 박았다.

-임금을 능멸했으니 저의 목이라도 내어 드릴까? 조카나리!

-무슨 말씀을 그렇게…….

-그럼 제대로 빌어보시든지요.

-외삼촌할아버지!

-이놈! 외삼촌할아버지는 조카가 외삼촌할아버지 대우를 할 때 외삼촌할아버지다. 위도 아래도 없는 놈 같으니라고. 네놈이 눈 시퍼렇게 뜨고 날 노려보면 어쩌겠다는 것이야.

헌종의 눈에서 기어이 눈물이 터졌다.

-네놈이 당장 죽고 싶은 게로구나.

헌종이 무릎을 꿇었다.

그는 김좌근의 가랑이를 잡고 애원하였다.

-알았네. 알았어. 왕후의 뱃속 아이만은 제발 살려주시게. 내 이렇게 빌겠네, 응?

김좌근이 싸늘하게 노려보다가 위협하듯 헌종의 귀에다 입을 가져다대고 속삭였다.

-다시 제대로 말해보거라.

결국 양부 김좌근은 왕후의 뱃속에 든 세손마저 살려놓지 않았다. 무려 네 번 사산 끝에 들어선 세손을.

왕가의 땅을 민가에 매매시켜 그 땅에다 묘를 써 왕의 혈맥을 끊었다. 저주였다.

그 사실을 안 헌종이 관상감 국풍의 말을 빌려 따지자 김좌근은 한 나라의 용상이 음양술에 현혹되었으니 종사는 누구의 손에 맡겨야 하겠느냐며 오히려 그를 윽박질렀다.

하기야 모르는 일이었다. 그의 저주에 의해 그리되었는지는 모를 일이었다. 문제는 그의 욕망이었다. 그렇게 해서라도 자기 세상을 만들려는.

잠시 생각에 잠겨 있던 김병기는 화담 앞으로 다가가 양부 김좌근의 집을 멀거니 내려다보았다.

안개발에 쌓인 집이 희미하게 보였다. 바람 한 점 없어 보였다. 방풍림이 기가 막히게 집 뒤를 감싸고 있고 앞이 터져 시원하다.

막연히 집을 내려다보다가 김병기는 멈칫했다.

벌써 시각이 이렇게 되었나?

그가 집을 나서 김좌근의 집으로 갔을 때 낙산 사랑채에는 벌써 사람들이 웅성거리고 있었다.

2

김좌근은 사랑채에 들기 무섭게 사방을 둘러보았다. 병기의 모습이 보이지 않았다. 지금까지 내려오지 않을 아들이 아니었다.

늦잠을 자고 있는 것인가?

그러고 보니 오늘 따라 아침 문안 인사도 받지 않은 것 같다. 아침 상머리에도 아들의 모습이 보이지 않았었다. 때로 그가 머무는 윤씨 종택에서 상을 받고는 하는 터라 그러려니 했다.

인기척이 들렸다.

김좌근은 대문을 힐끗 한 번 바라보고는 손님을 맞았다.

얼굴을 천으로 가리고 삿갓을 깊이 눌러쓴 정만인이 쓱 들어섰다.

-기다리고 있었네.

-예사롭지 않군요. 이 아침에 부르신 걸 보면…….

-들어오게.

정만인이 서슴없이 안으로 들어섰다. 깡마른 체격. 삿갓 밑의 눈빛이 예사롭지 않았다. 어떤 음습한 서기 같은 것이 느껴지는 눈빛이었다.

-일이 요상하게 풀려가고 있네. 국풍 이승조가 눈치를 챈 것 같아. 이름도 성도 모르는 젊은 풍수가 이승조에게 순조임금의 태실이 밀장되었다고 했다는 것이야. 국풍이 은밀히 태실을 조사해본 모양인데, 그렇다면 가만히 있을 순 없지 않은가.

정만인과 앉기 무섭게 김좌근이 말을 늘어놓았다. 어제 바깥 사정을 살피고 온 병기에게 들은 말이었다.

정만인은 눈을 감고 입을 닫은 채였다.

-그럼 국풍을 제거하지요?

헛기침 소리가 들리는 것 같더니 김병기가 문을 열고 들어오며 말을 받았다.

-왜 이리 늦은 것이냐?

김좌근이 들어서는 김병기에게 물었다.

-낌새가 이상하긴 했습니다. 국풍 이승조 그자를 은밀히 만나 보았는데, 속을 내보이지 않더군요.

-그에게 귀띔을 해준 자가 누구라고 하더냐?

-박씨 성을 가진 풍수라는데, 이름은 알 수가 없었다고 합니다. 국풍의 말에 의하면 자신의 신분을 극구 숨기는 터라 알 방도가 없었다는 것이지요. 그 옆에 친구가 하나 있었는데, 그도 풍수 같았다고 했습니다.

-이상하군. 분명히 쥐도 새도 모르게 실행에 옮겼다는데, 그놈들이 어찌 알고?

-홍선군의 사주를 받은 듯합니다. 저를 만날 때 이승조가 그와 함께 있었으니까요.

김좌근이 고개를 내저었다.

-아니야. 홍선군이 풍수에 관심이 많아 이승조와 가깝게 지내는 건 알지만, 그 주정뱅이는 그럴 위인이 못 돼.

듣고 있던 정만인이 그제야 눈을 떴다.

-사람의 속은 알 수 없는 법이지요. 더 미룰 수가 없을 것 같습니

다. 주상에게 알려지기 전에 국풍을 제거하는 수밖에요.

　-이미 주상이 알았다면? 주상이 내 가랑이를 잡고 있다고 해도 그게 본심이겠는가. 이를 갈고 있을 터이지. 아무리 허깨비 임금이라도 제 할아비의 태실을 건드렸다고 하면……. 어허, 누님(순원왕후)을 만나보든지 해야지.

　김좌근이 김병기를 빤히 쳐다보았다. 당장에 앞장서라는 눈빛이었다.

3

　그들이 그런 말을 나누고 있는 사이, 국풍 이승조와 흥선군, 헌종의 대화도 심각하게 이어지고 있었다.

　이미 모든 사실을 알고 난 헌종은 제정신이 아니었다.

　-그럼 그대들이 현장을 확인했단 말이오?

　헌종이 이승조와 흥선군에게 물었다.

　-전하, 물론입니다. 어찌 확인하지 않고 이런 중대한 문제를 아뢰겠나이까. 분명히 태실처를 건드린 흔적이 발견됐나이다. 설령 그렇다 하더라도 왕명 없이 파묘를 할 수 없고 보면…….

　흥선군이 대답했다.

　-손 댄 흔적이 있다고 해서 투장이 들었다고 단언할 수는 없잖소?

　-그렇습니다. 풍수적으로 투장(남의 산이나 묏자리에 몰래 자기 집안 묘를 쓰는 일)을 가려내는 방법이 있사옵니다. 물이 드나드는 수구를 확인해보면 알 수 있습니다. 투장이 들면 먼저 물길이 막힙니다. 수구

는 체백(송장)이 누운 혈처를 중심으로 내기 마련인데, 그 물길이 막혀 버리기 때문입니다. 세실(종묘의 실내)도 그와 같아서 태옹(태항아리)을 중심으로 수구를 내기 마련인데, 투장이 들어 물길이 막혀버렸습니다.

-그럼 물이 찼다는 말인데?

-바로 그것입니다. 물이 차고 있습니다.

-만약 잘못 아는 것이라면, 오히려 장동김문에게 빌미만 잡힐 텐데. 이 일을 어찌하면 좋단 말인가?

국풍 이승조가 깊숙이 머리를 조아렸다.

-전하, 이럴 때일수록 강건해지셔야 합니다. 주저하지 마시고 김좌근 일파를 잡아들여 능지처참해야 할 것이옵니다.

-안 되겠소. 내 눈으로 직접 확인을 해야지.

변복을 한 채 헌종과 국풍 이승조, 흥선군이 금부도사를 앞세우고 순조의 태실로 향했다.

충청북도 보은군 사내리 태봉산. 그 산봉우리에 순조의 태실이 있었다.

그가 왕으로 등극하기 전에는 그냥 봉분으로 대신했으나 왕위에 오르면서 석물(무덤 앞에 돌로 만들어 놓은 여러 가지 물건)로 가봉된 것이었다.

귀부와 이수가 잘 갖추어진 태실비가 그들 앞에 나타났다.

'主上殿下胎室(주상전하태실)'

순조의 태실이 본격적으로 파헤쳐지기 시작했다.

-관입니다.

관? 땅을 파던 인부가 소리치자 헌종이 놀란 음성으로 되물었다.

태실에 관이 있을 리 없다. 태웅 즉 태항아리가 나와야 할 터인데, 그 자리에 관이 묻혔다고?

-명정(죽은 사람의 관직, 성씨를 적은 기)을 확인해봐라.

-명정이 없나이다.

-파라. 관을 파내어라.

헌종이 소리쳤다.

순식간에 관이 완전히 드러났다.

-관 뚜껑을 열어라.

우악!

헌종이 안을 내려다보다가 기겁을 하고 뒤로 넘어졌다.

-전하!

국풍이나 흥선군도 관속의 풍경에 넋이 나가 움직일 줄 몰랐다. 관속에 출렁이는 검은 물. 뒤엉킨 뱀들…….

기다렸다는 듯이 썩은 관이 터지자 쏜살같이 물이 빠져나갔다.

이번에는 관속을 들여다보던 흥선군이 기겁을 하고 물러섰다.

채 썩지 않은 시체가 흉측했다.

시체를 확인하는 헌종의 얼굴이 일그러졌다.

-역시 맞습니다. 김조순(김좌근의 부)입니다.

-이게 말이 되는 소린가. 김조순이라는 증거가 어디에 있는가? 시신이 썩지 않았다 뿐이지 얼굴이 일그러져 누구인지 몰라보겠거늘…….

-여기 부장품이 있사옵니다.

국풍이 관 속에서 찾고자 했던 주머니 하나를 꺼내들었다. 그 안에서 작은 돌멩이가 하나가 나왔다.

-뭔가?

헌종이 물었다.

-불상입니다. 돌로 빚은.

-불상이 왜?

헌종이 물었다. 그는 유가의 사대부다. 죽어 불상을 부장품으로 넣을 리 없었다. 숭유억불 정책에 누구보다 앞장섰던 이다. 그런데 불상이라니?

-사실은 독실한 불교신자였다고 하옵니다.

-어찌 그런…….

-이미 알 만한 이는 알고 있는 사실입니다. 김조순이 가지고 있던 불상이 맞습니다. 불상을 전했다는 스님도 확인했고……. 다른 부장품은 관 밖에 두어도 불상은 관 속에 넣어 달라고 했다는 것이옵니다. 직접 넣었다는 스님도 만나보았나이다.

임금이 고개를 갸웃했다.

-그렇다고 김조순이라고 어떻게 단정하나? 불도를 믿는 다른 사람일 수도 있잖은가.

헌종이 넘겨짚었다.

-그래서 염쟁이를 함께 데려왔습니다.

무슨 소리냐는 듯이 헌종이 국풍을 노려보았다.

-김조순을 염한 염쟁이를 미리 알아보았습니다. 시체를 염하는 방법이 염쟁이마다 다르다고 하여 그리했던 것입니다.

-그걸 미리 어찌 알고?

-투장이 들었다는 제보자가 그랬습니다. 분명히 시신이 썩지 않고 있을 것이라고. 믿지 못하였사오나 혹시나 하여…….

-그럼 간단하구나. 그를 불러 확인하면 될 것이 아닌가.

미리 준비되었던 듯 이내 70대의 염쟁이가 나섰다. 머리가 검불처럼 희었지만 그런대로 건강한 모습이었다.

관 속을 살펴본 그가 고개를 끄덕였다.

-맞사옵니다. 제가 한 것이 맞사옵니다.

-그럼 알겠구나. 누구냐?

염쟁이의 입에서 김조순이란 이름이 떨어졌다.

헌종이 할 말을 잃고 국풍을 쳐다보았다.

-헌데 그가 묻힌 자리는 명당 중의 명당이라고 들었다. 어떻게 이럴 수 있는가?

-전하, 본시 명당은 명과 흉이 함께 하는 자리이옵니다. 그래서 혈처가 있는 것입니다. 혈처에 머리를 눕히지 않으면 명당이라고 할 수 없습니다. 이 나라 수많은 사대부들의 선산이 하나 같이 명당이지만 그곳에 눕는다고 해서 모두가 명당에 누웠다고 할 수 없는 것입니다.

-혈처라…….

-이대로 계셔서는 아니 되옵니다. 앞으로도 그들은 종묘사직을 무너뜨리기 위해 더욱 악독한 짓을 자행할 것입니다.

헌종이 이를 악물었다.

-맞다. 선조의 묘도 못 지키는 불효자는 되고 싶지 않다. 내 이놈을 갈기갈기 찢어 죽이리라.

헌종이 무서운 얼굴로 금부도사를 쳐다보았다.

-관을 메고 올라가자. 말에다 실어라. 궁으로 들어간다.

그들이 관을 말에 싣고 도성의 육조거리로 들어서자, 지켜보고 있던 노비 하나가 김좌근의 집을 향해 종종걸음 쳤다.

4

-관을 말에 싣고 궁으로 들어갔다고?

노비의 말을 들은 김좌근이 뜨악한 표정을 짓는데, 김병기가 황급히 대문을 들어섰다.

-아버님, 큰일 났습니다. 주상이 할아버님의 시신을 파내 궁으로 들었다 합니다.

-이런!

-큰일 아닙니까. 아무리 유약한 왕이라 하더라도…….

김좌근이 하얗게 질려 벌떡 일어났다.

한성판윤이 대문을 들어섰다.

-대감, 소식 들었습니까?

김좌근이 그를 무섭게 노려보았다.

-웬 성화야. 죽으려고 작정한 것인가?

-대감!

-네놈이 일을 어떻게 추진했기에…….

-대감!

-조심하라 그렇게 일렀거늘. 이제 어떡할 것인가?

-우리는 대감이 시키는 대로 했을 뿐입니다.

-그래서? 살아야겠다? 그럼 살 방도가 있는가? 주상이 아무리 허깨비라도 이 나라의 금상이다. 그의 어미도 이번만은 그냥 넘어가지 않을 것이야.

김좌근은 방금 전에 만나고 온 누님을 생각했다. 이미 소식을 접한 그녀가 분명히 말했다. 선조왕의 태실을 건드렸다는 것은 자신이 편든다고 해결될 문제가 아니라고. 소문이라도 나면 백성이 가만히 안 둘 것이라고.

5

편전 앞에 관을 내려놓고 헌종은 사납게 눈을 치뜬 채 김좌근을 기다렸다. 추국장을 따로 만들 여유도 없었다. 편전 앞뜰이 그에게는 추국장이었다.

-김좌근을 잡아오라고 하지 않았느냐!

용상을 치며 헌종이 소리쳤다.

-방금 김좌근을 체포했다는 전갈이 있었습니다. 이제 곧 당도할 것이옵니다.

어전 내시가 부복하고 아뢰었다.

밧줄에 묶인 김좌근이 모습을 드러냈다. 그는 포승에 묶였으나 당당한 모습이었다.

헌종이 그를 노려보았다.

-전하, 갑자기 왜 이러시는 것이옵니까?

김좌근이 너무도 당당한 어투로 되묻자 헌종이 기가 막혀 할 말을 잃었다.

-네 이놈!

-전하!

-방금 무엇이라 했느냐?

-소신이 무슨 죄를 지었기에…….

-네 죄를 네가 모른단 말이냐?

-저는 사대부로서 결코 부끄러운 짓을 한 적이 없사옵니다.

헌종이 관을 지키고 선 보위장에게 소리쳤다.

-관을 열어라.

관이 비명을 지르며 열렸다.

-보아라. 내 할바마마의 태실에서 파낸 것이다. 관 속의 시신이 누구냐?

관 속을 내려다보던 김좌근의 옆 이마에 혈관이 솟아올랐다. 그는 잠시 눈을 감고 있다가 당당하게 시선을 들었다.

-전하, 제 아비가 아니옵니다.

김좌근이 침착하게 대답했다.

헌종이 화를 참지 못하고 고함을 질렀다.

-그럼 누구란 말이냐?

김좌근이 떨떠름하게 반응했다.

-그걸 신이 어떻게 알겠사옵니까.

-이놈! 이미 네 아비가 불도임이 확인되었고, 네 아비를 염한 염쟁이도 실토를 했다.

-전하, 유가가 이 나라에 들어오기 전에는 불도가 이 나라를 덮고 있었고, 염쟁이의 염도 이 나라 국풍에 버금가는 장의가 한 것이옵

니다. 그러므로 그가 한 염은 하나 같이 똑같을 것이옵니다.

헌종이 할 말을 잃었다.

멍하니 입만 벌리고 있다가 겨우 한다는 말이 참으로 궁색했다.

-그럼 왜 내 할바마마의 태실에 그 시체가 묻힌 것이냐?

김좌근의 얼굴에 일그러진 웃음이 번졌다.

-제 아비 묘는 선산에 그대로 있나이다. 이장한 일이 없사옵니다.

-그럼 그대의 아비 묘를 파보면 알겠구나.

-전하!

-그래야 진실이 드러날 것이 아닌가.

김좌근이 하얗게 질려 할 말을 잃고 고개를 숙였다.

이번에는 헌종의 행렬이 김조순의 묏자리로 흘렀다.

헌종은 김조순의 묏자리로 가는 사이에도 이를 갈았다.

목적지에 행렬이 닿자마자 헌종은 직접 확인에 나섰다.

바라다 보이는 김조순의 묏자리는 이장한 흔적이 없었다.

이게 어떻게 된 것인가.

무덤 앞에서 김좌근이 헌종을 향해 물었다.

-전하, 국왕이 신하의 선산을 파헤치다니요. 멀쩡한 무덤을 파묘하면 지기가 빠져나가 흉지로 변한다는 것을 모르시지 않을 것이옵니다.

헌종이 사납게 김좌근을 노려보았다. 말이 많다는 표정이었다. 이미 관 속의 시신이 김좌근의 아비 김조순이라고 단정해버린 헌종으로서는 절호의 기회를 잡은 셈이었다.

-파묘하라.

헌종의 명이 떨어졌다.

산역꾼들이 김조순의 무덤을 파묘하기 시작했다. 이상했다. 김좌근이 제 아비를 이장했다면 뫼를 파헤쳤을 자국이 있을 터인데, 무덤이 멀쩡했다.

헌종은 마음에 걸렸지만 설마, 하고 파묘를 감행했다.

잠시 파내려가자 물기가 내비치기 시작했다.

지켜보던 헌종의 얼굴에 비로소 회심의 미소가 떠돌았다. 물고랑이 맞다고 확신한 것이다.

이윽고 김조순의 관이 드러났다.

산역꾼 중 하나가 '관입니다' 하고 소리쳤다.

관이라니?

헌종이 고개를 갸웃하면서 명령했다.

-관을 들어내라.

-전하, 이쯤해서 멈추셔야 하옵니다.

김좌근이 다시 나섰다.

강렬한 햇살 속에서 헌종은 멈출 기미가 아니었다. 이장을 했다면 관이 나타날 리 없다. 그런데 관이 나타났다니! 그럼 할바마마의 태실에 묻힌 시체는 누구란 말인가?

-열어라.

관이 밖으로 드러나자 헌종이 명령했다. 정상적이었다면 관이 다 썩었을 텐데 아직도 제 모습을 갖추고 있었다.

관 뚜껑이 열렸다.

안을 확인하는 헌종이 엇질 비틀거렸다.

있었다. 거기 김조순이 누워 있었다. 이미 뼈만 하얗게 남은 백골 한 구가 누워 있었다.

-이럴 수가!

김좌근의 입가에 비로소 희미한 미소가 맴돌았다.

6

대비전 대황촉의 불길이 함초롬했다.

대비 앞에 앉은 헌종의 표정이 어두웠다.

대비가 헌종의 눈치를 보며 입을 열었다.

-그러하니 주상, 이 일은 일단 접으세요. 백성들이 알게 되면 왕실의 권위만 떨어질 뿐입니다.

헌종의 눈에서 눈물이 쏟아졌다.

-할마마마, 그리는 못 합니다. 이참에 아주 장동김문의 뿌리를 뽑아버릴 것입니다. 그렇지 않고는 개혁은 없습니다.

-주상!

-이제 제 뜻대로 해볼 것입니다. 간섭하지 마세요.

-지금 이 할미를 능멸하는 것입니까!

뒤에 앉은 흥선군이 눈 밑을 붉히며 고개를 숙였다.

육 년 동안의 수렴청정. 할미의 혹독한 간섭 속에서 성장한 주상이었다. 말을 듣지 않으면 주상이라 하더라도 매로 다스리는 엄하디 엄한 할마마마였다.

얼마나 맺혔으면……

-이상하오! 김조순이 이장되지 않았다면 그럼 누구란 말입니까?

대비전을 나오면서 헌종이 홍선군에게 물었다.

-말들이 많습니다. 김좌근 무리들이 공동묘지에서 파낸 해골을 갖다 묻었다는 등……. 전하, 어찌하였든 진실이 가려졌지 않습니까.

-대체 누구란 말입니까. 그 관속의 시체는?

-전하, 이럴수록 강건해져야 하옵니다.

-언제 갈지도 모르는 목숨! 내일이라도 그들에게 죽을 수도 있는 것을……. 내 죽거든 왕실이 대대로 발복할 땅을 찾아 묻어주세요. 도성에서 얼마나 떨어져도 상관없습니다. 장동김문의 권세를 부러뜨릴 땅이면 어디든 찾아 묻어주세요.

-전하! 어찌 그런 말씀을…….

-할마마마의 마음을 모르는 게 아닙니다. 왕이라 하여 아래위도 없이 함부로 막 대했으니 어찌 무엄해 보이지 않았겠습니까. 이렇게 되고 보니 뒷방 늙은이가 되어가는 어마마마가 불쌍합니다.

할 말을 잃은 홍선군의 눈에 눈물이 비쳤다. '전하, 어마마마의 내색은 누구 앞에서도 하지 마소서' 하는 말이 목 밑까지 차올랐다가 꿀꺽 목으로 넘어갔다.

헌종의 어미 신정왕후.

어린 아들의 수렴청정을 그녀가 맡아 해야 했으나 그녀는 풍양조씨였다. 효명세자가 살았을 때 안동김씨의 세력을 견제하려 순조가 고심 끝에 들였다. 그 바람에 풍양조씨가 득세했으나 그것이 오히려 아들 헌종에게는 족쇄가 되고 있었다.

무엇 때문인지 효명세자는 뜻을 펴지 못하고 요절했고, 순조마저 몇 해 안 가 세상을 졸했다. 남편을 잃고 시아버지마저 잃었으니, 그

어미를 보는 어린 아들의 마음이 오죽했을까.

 -할마마마 말이 맞습니다. 설마 장동할바, 아니 김좌근이 제 아비를 태실에 갖다 묻을 리가 있겠습니까.

 -그러하옵니다, 전하.

 -내가 너무 민감했나 봅니다. 그런데도 염이 끊어지지 않으니……. 도대체 그럼 태실처에 누운 시체가 누구란 말입니까?

 그렇게 말하고 헌종은 한숨을 물었다.

7

 우미한 호선을 그으며 하늘을 향해 뻗은 추녀 끝이 날아가듯 했다.

 석양 속이라 고택의 웅장함은 느껴지지 않았다. 고옥은 산짐승이 웅크리고 있는 것 같았다.

 대비전을 나온 사활량이 말을 몰고 육조거리를 지났다. 장동(지금의 자하문 일대) 어귀에 들어선 사활량이 김좌근의 집으로 다가갔다.

 -이리 오너라.

 행랑아범이 대문을 열었다.

 -대비전에서 나왔느니라.

 이내 김좌근이 그를 맞아들였다.

 아랫사람들을 물리고 두 사람이 마주 앉았다. 이제 사십대의 사활량이 서찰 하나를 김좌근 앞에 놓았다.

 -대비마마가 은밀히 전하라 하셨습니다.

 김좌근이 서찰을 뜯었다.

……6년 동안의 수렴청정 기간이 꿈결 같소.

주상은 친정 후, 옛날의 주상이 아니오. 이번 일만 해도 그렇소. 그냥 넘어 갈 것 같지 않소. 불행히 내 집에 남의 없는 일을 당하니 무엇이라 말할 길 없소. 조상과 부모를 추락시키려 하는 것을 살려둘 길이 없으니 큰 결단을 할 수밖에 없소. 알아서 하시오.

판서가 강기 없어 결단을 못 하여 미루어 가면서 왕을 몰아내지 않으려 하나, 이대로 놓아두면 앞으로 더할 것이니 처치하소.

어찌 내 집 굴욕이 이러할 줄 알았겠소. 가문을 생각하며 판서와 의논하여 처치하소…….

서찰을 읽고 난 김좌근이 눈을 감았다.

이제 헌종 나이 스물두 살이었다. 꽃다운 나이. 수렴청정이 풀리면서 사사건건 제 할미와 부딪치고 있었다. 말끝마다 외척이니 뭐니 하면서 안동김씨 세력을 적파하고 개혁하겠다고 나불대었다.

그놈의 뒤에 웅크리고 있는 어미 신정왕후. 풍양조씨가 부활을 꿈꾸며 주상을 조종하고 있는 것이다.

강건하기로 둘째가라면 서러워할 대비였다. 그런 손을 그냥 두고 볼 리 없었다. 이번 일만 해도 달래었을 것이다. 그래도 말을 듣지 않았다면 대비가 그의 어미 신정왕후를 의식하고 큰마음을 먹을 만하였다.

3장

의혹의 계단

1

봄이었다. 날이 풀리면서 나뭇가지에 물이 오르고 움이 트는가 했더니 어느 사이에 꽃을 피웠다.

양지에 몰려 추위에 몸을 웅크린 나뭇잎이라도 비벼 곰방대에 넣어 뻐끔거리던 사내들도 하나둘 살기 위해 논밭으로 나간 걸 보면 봄은 봄이었다.

뼈가 빠지게 농사를 지어 놓으면 뭐 하느냐는 원성을 해대면서도 부항 든 자식들 피죽이라도 끓여 먹이려면 움직여야 할 때였다.

요즘 들어 초선의 일과가 달라졌다. 새벽녘까지 사내들에게 시달리다 보면 때도 잃고 장사 시작 전까지 잠에 곯아떨어지기 마련이었다.

나도 이제 늙어가는 것인가.

열여덟 탱탱했던 피부가 어느 사이에 모가 없어져버렸다. 그게 더 돋보이고 좋아 보인다고 하지만 이런 상태가 얼마나 갈지.

그렇게 세월이 가고 있구나. 그렇게……

어젯밤 술판이 떠올랐다.

묘했다. 장동김문의 대주 김좌근을 중심으로 내로라하는 정객들이 모두 모여든 술판이었다.

술이나 얻어 마실까 하고 들어온 흥선군 이하응은 참으로 볼품없이 나자빠져 있었다. 아니 나자빠진 것이 아니었다. 개걸레가 되어 꼽추 춤을 추다가 진이 빠져 큰 대자로 누워버렸다.

—우헤헤헤……. 하늘이 빙빙 도는구나. 좋으타!

사람들이 손가락질 하는 줄도 모르고 그는 제 안방처럼 누워 하롱거렸다.

기녀들이 우르르 흥선군을 향해 달려들었다.

—나리, 일어나시와요. 벌써 취하시면 어쩌시와요.

흥선군이 헤헤거리며 일어나 개처럼 기었다.

기녀 하나가 치마를 걷어붙이고 등에 올라탔다.

흥선군이 기녀를 태우고 웃고 있는 김좌근 옆으로 기어갔다.

김좌근이 돌아보자 그는 흐어엉, 하고 울었다.

기녀가 버선발로 엉덩이를 찼다.

—이랴이랴…….

초선이 대발을 걷고 동정을 살피다가 자리로 가 앉으며 한숨을 물었다. 그녀의 눈에 핏발이 섰다. 살기 위해 개처럼 기며 목숨을 구걸해야 하는 심사가 오죽할까.

그를 향해 육전을 던지면서도 속으로 흐르는 눈물을 내보일 수 없었다.

그뿐이면 다행이었을 것이다. 군금별장 이장렴이 건넛방에서 술을 먹다가 보다 못해 술상을 엎고 흥선군의 빰을 후려쳤다.

-내 이 나라의 녹을 먹는다는 것이 부끄럽다. 한 나라의 종친이 기녀의 가랑이 사이를 기다니!

싸대기를 맞고도 흥선군은 헤헤, 웃었다. 어디 그뿐일까. 김병기 같은 이들이 돼지 족발에 침을 발라 던져주어도 황송한 표정을 하고 돌아앉아 뜯어 먹었다. 그 모습을 보다 보면 속에서 치솟는 분노를 참을 수가 없었다.

그런 날은 술을 더 마시게 되고 술판이 끝나고 잠자리에 누우면 김병기의 가랑이 사이를 기며 웃어대던 그의 웃음소리가 귓가에서 사라지지 않았다.

컹컹! 컹컹컹!

그 소리가 살고 싶다는 울음소리 같았다. 두고 보라는 절규 같았다.

그러면서도 미친놈처럼 웃어야 하는 그 심사.

그런 그를 향해 안주를 던져주는 동료 기생들이 죽이고 싶도록 미웠지만 내색을 할 수도 없는 일이었다.

2

김좌근이 방으로 들어섰다.

방 안에는 이미 권력의 핵심들이 그를 기다리고 있었다.

-다 오셨소이까?

모여 있던 사대부들이 일어나 김좌근을 맞아들였다.

앞이 툭 트인 사랑채에서 아담한 정원과 연못, 수백 년 넘은 고목을 바라보던 예조판서가 일어났다.

그는 왕처럼 앉아 내려다보듯 하는 김좌근에게 다가와 귓속말을 했다.

김좌근이 씨익 웃었다.

예조판서가 자리로 가 앉자 기다리기라도 했다는 듯 김좌근이 주위를 둘러보며 입을 열었다.

-드디어 성상(헌종)께서 졸하셨다네.

하늘도 우리 편인 것 같다는 김좌근의 말에 잠시 소요가 일었다.

22살의 꽃다운 나이로 창덕궁 중화당에 누워 숨을 거둔 헌종의 모습이 잠시 그의 눈앞에 떠올랐다가 사라졌다.

이제 왕릉 터만 제대로 고른다면, 이씨 왕조의 모가지를 손에 틀어쥐는 거나 다름없었다.

-장동김문의 시대가 제대로 열리려나 보오, 하하하.

김좌근의 말에 예조판서가 깊이 머리를 조아렸다.

-그렇사옵니다, 전하.

김좌근이 자신을 전하라 부르는 예조판서를 흐뭇하게 쳐다보았다.

-허허, 그대는 예조를 맡더니 말도 예술적으로 하는구만 그래.

사람들이 하나 같이 김좌근을 따라 웃었다.

그 모습을 보며 김병기가 잠시 눈을 감았다가 떴다.

-아버님, 문제가 있습니다. 돌아가신 선왕의 후사가 없지 않습니까.

김좌근이 그럴 줄 알았다는 듯이 다시 웃었다.

-걱정할 것 없다. 이미 전계군의 아들놈이 강화도에 있다는 걸 알아내었으니까.

전계군이라면 정조대왕의 이복동생 은언군의 아들이었다.

-아들이라면?

-원범이라던가. 그놈이 강화도에 버려져 농사나 짓고 있다고 해.

은언군이 천주교 신자라는 이유로 사형 당하자, 아들 전계군은 날개가 꺾여 큰아들 이원경, 둘째아들 이경응, 셋째아들 이원범에게 희망을 걸고 살았다. 그러나 맏아들 이원경이 모반 사건에 연루되어 사형 당하고 말았다.

그는 두 아들을 데리고 한양을 떠나 강화도로 숨어 들어가 살았다. 그는 아들들에게 글을 가르치지 않았다. 죽음으로 가는 지름길이라고 생각했던 것이다.

신앙에 생을 의지했던 것이 잘못이었다. 천주교 신자라는 이유로 전계군이 아내와 함께 목숨을 잃자 생활고에 못 이겨 둘째아들 이경응마저 죽었다. 이후 이원범은 천애의 고아가 되었다.

-그럼 선왕의 7촌 당숙뻘 아닙니까?

김병기가 느껴지는 게 있어 김좌근에게 물었다.

-그래서?

김좌근이 시퍼렇게 쏘아보며 김병기에게 물었다.

-이는 분명 종법에 어긋나는 일입니다.

본시 왕위 계승은 전대 왕과 동 항렬, 아니면 보다 낮은 항렬이어야만 가능하다는 말이었다.

그런 말이 나올 줄 알고 있던 김좌근이 고개를 끄덕이다가 슬며시 입꼬리에 미소를 떠올렸다.

-후사가 없는 걸 어쩌겠는가. 겨우 그놈 하나 남은 것을. 이 마당에 그까짓 종법이 뭐라고. 섬에서 농사나 짓던 놈이니 데려다가 왕위에 앉히고 기름진 음식이나 먹여주면 족하지. 나이가 어리니 대비(순원왕후)가 다시 수렴청정하게 될 것이다. 내일 올 테니 준비나

하거라. 즉위식은 될수록 성대하게 하고.

　김병기가 눈을 감으며 흐르르 떨었다.

　할미는 친손자를 죽이고, 외삼촌할아버지는 서슴없이 조카를 죽였다. 이제 만만한 촌놈 하나 들여 제 세상을 만들어보겠다는 말이었다.

쌍혈

세월은 바람이었다. 한 발 내딛으면 벌써 과거가 되어버리는 것이 세월이었다. 오월 중순에 자리보전했던 헌종이 채 한 달을 넘기지 못하고 창덕궁 정침에서 갑자기 승하하자 온 세상이 울음바다 같았다.

재상과 용식이 옥룡자 도선의 탄생 설화가 어린 영암 도갑사에 닿은 것은 해가 질 무렵이었다.

곰나루에서 금강을 옆에 끼고 걷다가 청양 가는 길을 돌아 서쪽으로 나아가다 보니 개천이 하나 나왔다. 재상의 기억으로는 유곡천과 마곡천이 합쳐지는 곳이 여기가 아닐까 싶었다.

-근데 이곳은 왜?

용식이 뒤따라오며 운을 떼었다.

-아버지가 살았을 때 말이다. 어느 날 이곳으로 데려왔었지.

재상의 말에 용식이 고개를 끄덕였다.

-무슨 뜻인지 대충은 알겠다. 내 아버지도 이곳 이야기는 한 번씩

했었으니까.

애들이 송사리를 잡는 뒤쪽으로 층층절벽이 보였다. 외곽이 성벽처럼 에워싸인 천반산이다. 산세가 보통 사나워 보이지 않았다.

-저게 갓봉이지? 그러고 보니 정말 갓처럼 생겼는데.

용식의 물음에 재상이 고개를 끄덕였다.

-그래도 네 아비가 널 헛 가르치지는 않았나 보다.

용식이 입가에 웃음을 물었다.

-사람들은 내 아버지를 염쟁이라 불렀지. 그러나 그 양반은 정말 산을 아는 사람이었어.

이번에는 재상이 고개를 끄덕였다.

-그래서 내 아버지와 통했던 거다. 늘 아버지도 그랬으니까. 염쟁이 구씨만 한 지관이 없다고…….

-지관? 하기야 하찮은 염쟁이를 인정해주던 양반은 네 아버지뿐이었지. 염쟁이와 지관이 뭐가 다를까. 그런데 사람들은 염쟁이를 사람 취급도 안 했으니 말이다.

덕산현 서쪽 10리를 돌아서자 고려 말에 세워진 가야사가 보였다.

아버지를 따라 산을 탄 지 얼마 되지 않았을 것이었다. 느닷없이 아버지가 이곳으로 데려왔었다.

그날 아버지가 가야사가 맞바로 보이는 곳에서 시선을 들어 멀리 바라보다가 갑자기 물었다.

-저곳이 보이느냐?

아버지가 가리키는 곳을 바라보았더니 내룡과 외룡이 합쳐지는 가야사 본당 보웅전 뒤였다.

그때 아버지의 음성이 유난히 심상찮았던 것 같았다.

-세상의 세 대혈은 동쪽으로 뻗어나가 중국의 자금성에서 대혈을 이루었고, 한 가지는 서쪽으로 뻗어 대혈을 이루었다. 간룡으로 불리는 북쪽 가지가 천산산맥을 지나 몽고를 거쳐 백두에 이르러 대혈을 이루었으니, 그 대혈이 또 가지를 뻗었다. 바로 저곳이다. 이 나라 최고의 명당!

아버지가 지팡이를 들어 가야사 뒷산을 가리켰다.

-자세히 보아라. 우주의 기운이 산맥을 따라 뭉쳐졌다는 것을 알 수 있지 않느냐. 산세의 모든 기가 뭉쳐진 곳, 그곳을 정혈이라 하느니라.

나름 느껴지는 것이 있었지만 재상은 그때 대답을 하지 않았다.

아버지가 머리를 주억거렸다.

-문제는 저곳이 쌍혈지라는 것이지.

아버지를 따라다니며 산을 알아가던 때였지만 쌍혈은 처음 듣는 말이었다.

-천하를 다스릴 대명당에는 진혈과 사혈이 있다.

-진혈과 사혈…….

재상이 되뇌자 아버지가 다시 고개를 주억거렸다.

-진혈은 우주의 기운이 옳게 뭉쳐진 곳이요, 사혈은 우주의 기운이 잘못 뭉친 곳이지.

그러면서 아버지가 재상의 눈치를 살폈다. 그 정도는 알고 있지 않느냐는 표정이었다.

-이 나라에는 예로부터 쌍혈지가 몇 곳 있다. 하늘이 지어주고 땅이 설치한다는 천조지설(天造地設), 최고의 명당이지. 문제는 어느 것이 진혈인지 신안을 얻지 않고는 알 수가 없다는 것이다. 두 혈 중에서 진혈을 가려내야 하는데, 잘못하여 사혈지에 든다면 나라가 망하고 말 터

이다. 그것이 하늘이 점지한 천하대명당 천장지비 쌍혈지의 특색이다.

아버지는 덧붙여 말을 이었다.

-먼 옛날 풍수의 비조라고 했던 도선과 도선에게 풍수를 가르친 감우팔원이라는 분이 오늘의 우리처럼 이곳에 와 물었느니라. 저기 가야사 터와 금탑 자리 중 어디가 진혈 같으냐? 그날 도선은 스승 감우팔원에게 대답하지 못했다. 그래서 되물었지. 진혈이 어디입니까? 그러자 감우팔원이 고개를 흔들었어.

-그럼 도선국사도 진혈이 어디인지 보지 못했단 말인가요?

-어느 날 산을 타던 너의 할아버지가 내게 묻더구나. 어디가 진혈 같으냐고?

아버지가 말하고는 허허허, 웃었다.

-생각해보아라. 도선국사도 모르는 진혈을 내가 어찌 알았겠느냐?

-그럼 할아버지도 몰랐단 말인가요?

재상이 수긍하면서도 그렇게 묻자 아버지가 고개를 끄덕였다.

재상이 못 참고 다시 물었다. 아버지의 느낌은 어떠냐고…….

아버지는 이렇게 대답했었다.

-가야사 터가 진혈로 보이기는 하는데, 확실한 근거가 없어. 너도 그러하냐?

재상은 그때 가야사 터와 금탑 터를 멍하니 번갈아 바라보다가 고개를 홰홰 내저었다.

-모르겠네요. 그런 것 같기도 하고 아닌 것 같기도 하고…….

아버지가 푸시시 웃었다.

-언젠가 알게 될 날이 있을 게다. 명당이라고 해서 혈이 없다면 그게 명당이겠느냐. 우리가 못 볼 뿐이지.

잠시 생각하던 재상이 눈을 감았다.

그때가 언제였던가. 그때가.

우귀남을 죽인 것은 식구들이 당한 그 해 겨울이었다.

먼저 용식과 함께 은밀히 비변사를 찾았다.

비변사는 세도정치의 본산이었다. 그곳에서 볼에 화상당한 우귀
남을 찾아내었고, 그를 통해 범인의 실체를 알아내었다. 예상했던
대로 김좌근의 무리 짓이었다.

그러나 거기까지였다. 용식과 세상을 떠돌며 이를 갈던 복수는
일차로 거기까지였다. 더 큰 복수를 꿈꾸었다.

이제 복수의 대상이 드러난 이상 어떻게 그들을 찾아내 죽일까가
아니었다. 그것은 너무 가벼웠다. 그들의 골수를 드러내고 그들의
가슴살을 씹어 물 것이었다.

땅에 미친 자들이니 먼저 땅을 알아야겠다고 생각했다. 김좌근
하나를 죽여서 될 일이 아니었다. 개인이 아니라 장동김문 전체를
멸문시켜 버리기 위해서는 땅을 알아야겠다고 생각했다.

아버지에게 풍수를 배우면서 땅의 영험함을 줄곧 보아온 터였다.
복수심을 속으로 숨기고 겉과 속이 다른 그런 땅을 찾아내야만 했다.

용식과 함께 천지를 떠돌며 땅 공부를 했다.

우귀남을 죽일 때 김병기도 같이 죽일까 했으나 장동김문을 치기
위해서는 그를 활용하는 것이 낫겠다는 판단이 섰다. 하루에도 수
십 번 차오르는 복수심을 삼키며 칼을 갈았다.

두고 보아라. 두고 보아라.

4장

세월

1

사람은 집을 만들고 집은 사람을 만든다. 죽어 들어가는 것이 집이고, 그 집은 다시 사람을 만든다. 죽어 들어가는 집은 인과에 의해 지어지고, 살아 지어지는 집 역시 업과에 따라 모양을 달리한다.

이성적인 자는 과학적으로, 감성적인 자는 예술적으로. 권력욕이 강한 자는 위세적으로 지어 산다. 비밀은 누구나 안고 사는 것이지만 위세적일수록 담장이 높고 비밀이 많은 법이다. 그 비밀을 풀려면 그 집의 문을 밀고 들어가는 수밖에 없다.

재상의 눈에 핏발이 섰다. 그는 주먹을 쥐고 눈앞에 나타난 대저택을 한동안 노려보고 섰다가 시선을 떨구며 입술을 깨물었다.

구용식의 눈 밑도 붉어져 있었다.

-가자.

용식이 재상을 끌었다.

재상이 눈물을 흘리며 돌아서는데 대저택 넓은 사랑에서 사대부들의 웃음소리가 흘러나왔다. 내로라하는 권세가들이었다.

-실컷 웃어라. 그럴 날도 얼마 남지 않았을 터이니…….

중얼거리는 재상을 용식이 잡아끌었다.

김좌근이 사대부 속에 앉아 있는 김문근을 건너다보았다. 김좌근보다 서너 살 아래인데도 지방에서 노고가 많았던지 그가 훨씬 더 늙어 보였다.

-내가 정사에 바빠 그대에게 신경을 쓰지 못하였구려. 현감 생활은 어떠하오?

-심려 마십시오. 지낼 만합니다.

-그대에게 딸이 하나 있지요?

노부의 눈이 흔들렸다.

-기다려보오. 이제 좋은 소식이 있을 거외다.

김문근이 황송해 어쩔 바를 모르는데, 사대부들 사이로 이제 막 들어선 지관이 김좌근 앞으로 나아갔다.

김좌근의 등 뒤로 걸린 한양의 고지도.

지관이 절을 올리자 김좌근의 얼굴에 희미한 미소가 떠돌았다.

입꼬리를 째고 미소 짓던 김좌근이 수염 끝을 말아 올리며 운을 떼었다.

-자하동의 영광은 영원할 것이야.

그가 말하는 자하동은 예전에도 경복궁 북쪽과 창의문 아래 위치하고 있었다.

북악산과 인왕산 사이에 있었으므로 풍광이 빼어났다. 여울과 숲이 감싸고 있어 산중에 있는 것 같았다. 그래서 시내에 있지 않다고 해 자하동이라 이름 붙여진 것이다. 급히 부를 때는 장동(壯洞)이라고도 불렀다.

자하동의 주인 김조순이 장동에서 교동으로 이사한 것은, 순조를 대신하여 국권을 장악하고 나서였다.

그런 면에서 김좌근의 아비 김조순은 가히 권력의 화신이라고 할 만했다. 삼대에 걸친 국혼.

그러니 국조(國朝)에서 찾아보기 어려울 만큼 외척이 많을 수밖에 없었다. 장김(壯金)이라는 세칭이 붙은 것은 그 때문인지도 몰랐다.

아버지 김조순이 교동에 거처지를 틀었지만 김좌근은 언제나 자하동을 잊지 못하고 있었다.

-미래의 부와 권력을 쌓을 수 있는 명당을 고르겠습니다.

지관이 기다렸다는 듯이 대답했다.

-입에 발린 소리.

김병기가 사납게 지관을 쏘아보며 말했다.

-그래 이번에 고른 땅은 어디인가?

김좌근이 여러 말 필요 없다는 듯이 지관에게 물었다.

지관이 지도 하나를 그에게 펼쳐 놓았다. 한눈에 보아도 명당임이 분명했다.

-도성 바깥의 땅 중 물이 감싸고도는 곳입니다. 가만히 앉아 있어도 부가 쌓이는 땅입니다.

-괜찮군. 사들이게.

-모두 말입니까?

지관이 놀라 물었다.

-어허, 이 사람 여부가 있나.

-알겠습니다.

그때 비단으로 얼굴을 가린 또 한 사람의 지관이 들어섰다. 정만인이었다.

지도에 눈을 주고 있던 김좌근이 돌아보았다.

-정지관은 보기에 어떤가?

정만인이 지도를 살펴보다가 고개를 끄덕였다.

-그런대로 좋군요.

김좌근은 고개를 끄덕이다가 정만인을 똑바로 건너다보았다.

정만인이 눈치를 채고 입을 열었다.

-대감, 지금은 보잘것없으나 훗날 대감에게 더 큰 명예와 권력으로 보답할 땅이 있긴 합니다.

김좌근의 사악한 눈이 정만인의 얼굴을 휘감았다.

-그곳이 어딘가?

얼굴을 가린 사내가 소매에서 화선지 하나를 꺼냈다. 네모로 접어진 고지도가 경상 위에 펼쳐졌다.

그는 서슴없이 한곳을 짚었다.

김좌근과 김병기의 눈이 그곳에 꽂혔다.

-여기가 어딘가?

김좌근이 물었다.

-바로 덕산현 가야산입니다.

-가야산!

김좌근이 되물으며 흠칫했다.

김병기의 눈이 점점 커졌다.

-영 낯설구만. 무슨 지도가 이래? 그곳을 그리면 이렇게 되는가?

정만인의 입가에 회심의 미소가 물렸다.

-그렇습니다. 가야산의 대왕지지 쌍혈터입니다.

-이런!

김좌근의 낯빛이 갑자기 험악하게 일그러졌다.

-왜 그러십니까?

정만인이 묻자 김좌근이 쩝, 혀를 찼다.

2

그 시각.

갈마곳 재상의 집에서 이를 사려 문 울음소리가 흘러 나왔다.

터져 나오는 울음을 삼키느라 꺽꺽 대는 재상의 뒤에서 용식이 소매로 눈 밑을 훔쳤다.

그들 앞에 차려진 제사상이 초라했다.

울음을 물고 말없이 절을 올리고 난 재상이 두 손으로 머리를 감싸 안았다.

-술이나 한 잔 하자.

용식이 개다리소반을 가져다놓고 제사상의 음식물을 옮기며 말했다.

두 사람은 말없이 술만 들이켰다. 어둠이 악마의 얼굴처럼 검었지만 두 사내는 불도 밝히지 않고 술잔만 기울였다.

장동김문의 중시조로 일컬어지는 김번은 1479년(숙종 대)에 태어나 1544년(중종 대) 66세로 타계한 사람이다.

　살았을 때 평양판윤을 보좌하는 종4품 평양서윤을 역임하는 정도였다. 그렇게 벼슬은 대단치 않았다.

　김번의 묘를 잡은 사람은 김번의 형 학조대사였다. 그는 양산 통도사에서 수도하다가 회암사의 주지를 맡고 있었다. 가난하게 살던 동생이 죽었다는 소식을 듣고 한달음에 와보니 이미 상을 치른 후였다. 제수씨가 아들 하나를 데리고 방앗간에서 방아를 찧고 있었다.

　풍수지리에 밝았던 학조대사는 한눈에 방앗간 터가 명당자리임을 알아보았다.

　덕소 쪽으로 나 있는 병 입구 모양의 지리. 정상에서 구불거리며 내려온 산줄기가 율석리에서 봉오리를 맺었다. 그 병마개 터가 바로 방앗간 터였다.

　그가 그 터에다 후손의 발복을 도모해야겠다는 말에 김번의 처 홍씨는 고개를 내저었다.

　-이곳은 우리의 생명줄이 달린 양택 자리가 아닙니까.

　양택으로 쓰던 땅이었으니 당장 방앗간을 잃는다면 살길이 막연해 한 말이었다.

　-저를 믿고 따라주십시오.

　홍씨는 학조대사의 혜안을 믿기로 했다. 학조대사는 예사 사람이 아니었다. 집안이 가난하여 일찍 출가해 세조 시절 불경을 국어로 번역, 간행하고 해인사 중창에도 깊이 관여한 사람이었다.

　학조대사가 이장을 하기 위해 구덩이를 파는데, 누런 자갈이 나왔다.

-오호, 명당이로다!

-왜요?

지켜보던 홍씨가 물었다.

-이 흙을 보세요. 흙이 아니라 황금색 자갈이지 않습니까. 풍수에서는 이를 금괴(金塊)라고 합니다. 최고의 명당으로 치지요.

그런데 일이 터졌다.

본시 그 터는 홍씨 친정의 것이었다. 가는 날이 장날이라고 마침 기다린 듯이 친정아버지가 죽었다. 묏자리를 찾아다니던 지관은 방앗간 터가 천하명당 자리라는 것을 알아보았다.

홍씨 가문의 사람들이 떼를 지어 방앗간으로 몰려왔다.

-너희들이 가난하여 방앗간이나마 지어주어 먹고 살게 했더니 이 땅을 음택으로 쓰겠다고? 안 된다. 이제 땅을 돌려주어야겠다.

-오라버니, 그럴 수는 없습니다. 이 땅에다 제 남편을 이장하려고 합니다.

-무슨 소리. 당장에 물러서라.

밤새 울던 홍씨는 꾀를 내었다. 날이 밝을 때까지 광중(무덤 구덩이)에 물을 길어 날라다 부었다.

다음 날 남양 홍씨 집안사람들이 와보니 광중에 물이 찼다.

-어허, 천하명당이 아니고 흉지 중의 흉지가 아닌가. 광중에 물이 차다니.

그렇게 말하고 고개를 내저으며 가버렸다.

홍씨는 학조대사와 힘을 합쳐 지아비를 그 터로 이장했다.

학조대사는 이장을 마치고 조카에게 이렇게 말했다.

-내 말을 잘 들어라. 너는 지금 가난하지만 천하명당에 아비를 묻

었으니 자손이 영달하여 크게 출세할 것이다. 금관자 옥관자가 계속 나올 것이니 아버지의 묘를 잘 돌보거라.

그렇게 이른 뒤 학조대사는 주지로 있던 절로 돌아가 버렸다.

그의 말은 맞았다. 금관자 옥관자가 계속 나와 김문을 영화롭게 했다.

문중이 중앙 무대에 본격적으로 등장한 것은 김번의 손자 김극효에 의해서였다.

그는 청년 시절 문과에 급제하지 못한 인물이었다. 그 바람에 주로 외직이나 중앙의 한직에서 근무했다.

출세도 하지 못하고 신세 한탄이나 하던 김극효는 어느 날 운명처럼 당시 좌의정 정유길과 만나게 된다.

정유길이 정적의 끄나풀에게 쫓기고 있었는데, 그를 구해준 것이 김극효였다. 그것이 인연이 되어 김극효는 정유길의 사위가 되었다.

정유길은 엄청난 사람이었다. 광해군의 장인인 유자신이 정유길의 사위였다. 김극효는 정유길의 사위가 됨으로써, 졸지에 권력 최상층부로 부상했다. 정유길은 광해군의 처외조부였으니, 김극효는 광해군의 처이모부가 되는 셈이었다.

김문은 그렇게 중앙 무대로 나섰다. 그의 아들 대에 이르러 김문의 가세가 불처럼 일어났다. 그의 아들 김상헌에 의해서였다.

병자호란이 일어나자 김상헌은 척화와 항전을 주장했다. 정적 최명길이 항복 문서를 쓰자 찢어버릴 정도로 성질이 대쪽 같았다.

남한산성이 함락되고 인조가 삼전도로 나가 홍타이지에게 무릎을 꿇자 비수를 입에 물고 식음을 전폐했다. 그래도 목숨이 끊어지지 않자 스스로 목을 매었다. 정적 최명길에 발견되어 목숨을 건진 그는 평생 관직을 받지 않았다. 사람들은 그를 절개의 화신이라 했다.

김문을 확실하게 세도가문으로 부상시킨 인물이 바로 그였다.

그 후, 김상헌계는 정계와 학계에서 두드러진 지위를 차지한다. 김상헌, 김수항, 김창집 등이 학계에서 활약함으로서 김문은 명실공히 충절과 도학을 상징하는 명문가로 거듭 태어났다.

특히 김상헌의 후손들은 호서사림과 연대해 주자학 지상주의를 관철하려 했다. 유교를 어지럽히는 이단을 배척했던 것이다. 그 바람에 모진 시련이 없지는 않았다. 권력 투쟁 과정에서 대주 김수항이 죽음을 당하고 말았기 때문이다. 그로 인해 김문은 한동안 관직에 나아가지 못했다.

그러나 영조 31년에 의리 탕평을 내세워 다시 출사하게 된다.

더욱이 정조는 정치적 안정을 위해 김문의 힘을 필요로 했다. 그힘이 필요해 김조순의 딸을 세자빈으로 맞았다.

그로 인해 김문은 새로운 사상조류를 창도할 수 있었다. 그러나 권력이란 허망한 것이었다. 오랜 세월 권력을 잡다 보니 유연성이 사라지기 시작했고, 독선과 아집이 판을 치면서 결국 김좌근과 같은 괴물을 세상에 내놓았다.

물론 그에게도 인간적인 순수한 세월이 없었던 건 아니었다. 땅에 대한 욕심만 버린다면 사실 그는 나무랄 데 없는 사람이었다. 살아 영세불망비가 세워질 정도였다. 고을의 쌀을 내고 들여 없는 이들에게 은택을 베풀던 순수한 인간이었다.

그런 그가 땅에 미치기 시작한 것은 세도정치의 너울 때문이었다.

세도정치란 세도를 부린다는 말에서 나온 말이다. 세도를 부리기 위해선 그만한 여건이 조성되어 있어야 했다. 김좌근이 가진 여건.

그 여건이 그의 인간성마저 빼앗아버린 것이다.

세도정치가 시작되면 임금도 입을 다문다는 말이 돌았다. 정조대왕의 본시 이름은 정종이었다. 그의 아들 순조도 본시 순종이었다. 그들을 정조와 순조로 바꾸어 버린 사람이 세도정치의 괴물 김좌근이었다. 이유는 단순하고 어이없었다.

할아비를 조라 한다. 조부, 증조, 고조…….

김좌근은 왕도 조가 맞다며 왕의 지위를 폄하해 조로 고쳐버렸다. 제멋대로의 정치, 그 최전선에 이제 김좌근이 서 있었다.

안동 석실의 선영에 모셔진 절개의 화신 영정 앞에 설 때마다 일문들이 손가락질을 해댔지만 김좌근은 제 욕심에 가려 그걸 몰랐다.

그로 인해 나라를 빛낸 김문의 기라성 같은 선영들이 욕을 먹고 있다는 사실도 모르고, 그는 오늘도 장동김문의 대주로서 그저 명당이나 찾아다니며 못된 짓을 일삼고 있었다.

3

초저녁부터 내리던 비가 그칠 줄을 몰랐다.

자꾸만 옷섶 사이로 스며드는 취객의 손이 버거워 초선은 잠시 다녀오마 하고 방으로 들어와 병풍 앞으로 돌아앉아 눈을 감았다.

마주 앉아 있던 흥선군의 얼굴이 자꾸만 떠올랐다. 국상 중에 몰래 마시는 술이라 하나같이 행동거지를 조심하는 판이었는데 그는 여전히 실실대고 있었다.

기녀들의 치마폭에 난이나 쳐주고 술을 얻어 마시는 그 심정이

오죽할까만 누구의 눈이 그렇게 무서운지 여전히 반푼이 행세를 하고 있었다.

에라, 모르겠다, 하고 누워 눈을 감았다. 몇 잔 받아 마신 술기가 올라챘다.

보였다. 그 언덕이 보였다.

젊은 하응이 언덕을 달려오고 있는 성이를 향해 몸을 돌렸다. 거기서 겨우 종질이나 하는 계집아이를 기다리고 있었던 것이다.

-오라버니, 오래 기다렸어요?

하응이 고개를 내저었다.

-나도 방금 나왔다. 아버지 사모제를 지냈거든.

그래서인지 12세에 어머니를 잃고 아버지를 잃은 하응 오라비의 어깨가 더 가냘퍼 보였다.

거기다 셋째 형님 최응과의 사이가 좋지 않아 집을 나오고 싶다고 했다. 그 심사가 오죽할까 싶었다. 하응 오라비의 나이 벌써 열일곱이다. 아버지마저 죽고 나니 사고무친이다. 왕족이라고 하지만 낙박 왕손이다.

-저녁 드셨남요?

성이가 물었다.

-생각 없어.

그러리라 싶었다. 형제라는 사람들이 동생 하나 있는 거 왜 못 잡아먹어서 안달인지 모를 일이었다. 세 오라버니가 다 똑같았다. 남들에게는 잘하면서 막내를 못 잡아먹어 안달이었다.

열두 살에 어머니를 여의고 아버지가 돌아가실 때까지 막내라 오냐오냐 했던 것이 그들의 심사를 어질러 놓았던 것인지도 몰랐다.

그때 본 오라버니의 모습. 언감생심 쳐다보지도 못할 신분이었다. 그들의 논밭을 부쳐 먹고 살던 처지이기도 했지만, 하응 오라버니는 평민이 아니었다. 왕손의 피를 타고 태어난 사람이었다. 그의 아버지가 땅마지기라도 떼어주면 죽어라고 농사를 지어 올려야 했다.

하응 오라버니의 아버지가 죽고 나자 형제들이 완전히 틀어졌다. 재산 분배 문제 때문이었다. 하응 오라버니는 재산 따위에는 관심이 없어 보였지만 홀로 세상을 살아나가려면 챙길 것은 챙겨야 할 텐데 그때마다 딴청이었다.

평생 살 만큼은 겨우 분배 받았다고 하는데 재산이 찢어져버리니 아버지가 병작해 부쳐 먹던 논밭이 반에 반으로 턱없이 줄고 말았다.

그날의 기억도 이제 가물가물한데 바로 그때의 사내가 오늘 살아 남기 위해 기녀의 가랑이 사이를 기고, 등을 내주고, 말울음을 울고 있었다.

초선의 눈에서 눈물이 흘러내렸다.

4

재상은 몸을 일으켰다. 용식은 잠들어 있었다.

문을 열려다가 방 안을 둘러보았다. 없다. 어머니도, 아내도, 아들도. 아버지도 없다. 갑자기 눈물이 주르르 흘러내렸다. 그 자리에 털썩 주저앉았다.

점점 날이 밝아왔다.

멍하니 문을 열고 밖을 내다보던 재상은 이상한 환영 하나를 보왔다. 비몽사몽. 꿈같기도 하고 현실 같기도 한 환영이었다.

한 늙은 수도승이 죽어가고 있었다. 그의 뒤에 군사들이 칼을 들고 몰려오고 있었다.

왜 저러는 것일까 하는데, 문득 그가 찾아낸 명당도를 빼앗기 위해 군사들이 몰려오고 있다는 생각이 들었다.

늙은 승려의 눈에서 눈물이 쉼 없이 흘러내렸다. 그 눈물 속에 보였다. 그가 이 세상의 명산을 돌며 보았던 그 모든 것이 보였다. 곤륜산으로부터 일어나 백두대간을 거쳐 일어나는 정간과 수많은 정맥들. 처처에 수놓아진 명산과 명당과 명혈들.

한순간 그가 천천히 옷을 벗었다.

-결국 스승들의 묘도 파묘하지 못하고 이렇게 가는구나.

노승이 그렇게 중얼거리고는 칼날이 박힐 하복부를 손바닥으로 문질렀다. 울컥 피눈물이 그의 눈에서 솟아 흘렀다. 눈물 속에 무엇인가 보였다. 무덤 속 스승들의 모습이었다.

그렇구나. 앞으로 천여 년 후, 뜻 있는 이들이 그 자리를 두고 진혈을 가리게 되겠구나.

나도 보지 못하는 혈속을 보게 되겠구나.

아아, 그게 역사지. 영원할 것이 어디 있겠는가. 세월이 흐르면 허물어지고 그곳에 새로운 주인이 들어서는 법.

그것이 우주의 이치요, 이법인 것을. 아직도 내 숙제가 끝나지 않았거늘. 그날이 언제일까. 그날이……. 모르겠구나. 도대체 저것은 무엇일까? 저 빛살, 저 빛살……. 저 풍경 속의 저들은 누구일까?

재상은 번쩍 눈을 뜨면서 홰를 치는 닭 울음소리를 들었다.

아아, 비로소 알 것 같았다. 그들이, 할아버지가, 아버지가, 그토록 보고 싶어 하는 쌍혈터의 진혈이. 그 진혈이 어디인지 알 것 같았다.

물이 동으로 흐르면 산은 서쪽으로 흐른다. 물이 남쪽으로 흐르면 산은 북쪽으로 흐른다. 산과 물이 합해지는 자리, 그곳이 교회지처(交會之處)가 아니고 무엇인가.

산맥이 그치고 비로소 혈이 맺힌다. 원숭이가 서녘으로 누워 초생달도 보지 못하는 자리이기는 하나 달은 만월이 되기 마련이다. 서녘에 누운 원숭이라고 그 달을 보지 못하겠는가. 바로 그 달이 가득 찰 자리가 거기가 아니고 어디이겠는가.

재상은 자신도 모르게 벌떡 일어났다.

그림자의 둘레

1

새벽 안개는 언제나 사람의 마음 속 같다. 계곡은 안개에 쌓이면 모습이 사라지고 만다. 그렇다고 계곡이 없는 것은 아니다.

재상은 새벽 개울에서 돌아와 아침을 지어 먹기 바쁘게 나갈 차비를 했다.

-어디 가게?

삿갓으로 얼굴을 가리듯이 하고 재상이 집을 나서자 용식이 물었다.

-기다리지 마라.

사립을 나서는 재상의 눈에 핏발이 섰다.

이를 악물고 바람처럼 마을 어귀를 벗어났다. 생각지 않으려고 해도 원통하게 죽어간 식구들의 모습이 자꾸 떠올랐다. 아버지, 어머니, 아내, 아들 원영이……

-여보! 원영아!

청하산이 모습을 드러냈다. 녹음이 우거진 산은 검게 웅크린 짐승 같았다.

이하응!

아버지가 마지막 입에 올린 말. 아버지는 그 소리를 입에 씹듯이 하다가 눈을 감았다. 분명히 사람의 이름이었다. 한 번도 들어본 적이 없는 이름.

재상은 청하산 기슭으로 숨어들면서 아버지가 마지막으로 입에 올렸던 이름을 다시 한 번 씹었다.

사실 처음에는 이하응이라라는 이름자를 기억하지 못했다. 그랬기에 아버지가 돌아가신 후 유품을 대충대충 확인하고 말았다. 그러다 주루먹 밑바닥에서 이하응에 대한 유품을 발견했다. 그제야 아버지의 마지막 말이 생각났다.

그때부터 아버지의 유품을 샅샅이 뒤졌다. 아버지가 기회 있을 때마다 모아둔 이하응이란 인물에 대한 신상명세서.

이게 왜, 하면서 이하응이란 인물을 알아갔다. 아버지와는 거리가 먼 사람이었다. 그는 지관도 아니었고, 벼슬아치도 아니었다. 도저히 아버지로서는 넘보지 못할 신분의 사람이었다. 영조대왕의 현손이자 남연군의 넷째 아들 흥선군. 그가 바로 이하응이었다.

그의 족보를 들여다보며 재상은 연신 고개를 갸웃거렸다.

거기다 아버지가 그려놓은 지도 한 장.

가야산이었다. 분명 가야산이었다. 거기 묘터 하나가 그려져 있었다. 그 아래 '이하응 부(父)'라는 글이 보였다.

아! 비로소 알 것 같았다. 왜 아버지가 숨을 거두면서 그의 이름을 들먹였는지.

그런데 막상 이하응이란 인물을 찾아보니 어이가 없어 말이 나오지 않았다. 삼청골의 미친 개망나니.

어제였다. 정확히 어제 보았다.

그날도 사람들은 지나가는 이하응이란 자를 향해 손가락질을 하고 있었다.

—삼청동의 개걸레가 또 고주망태가 되었네 그랴.

이하응이란 자는 그날도 사람들이 지켜보는 가운데 김좌근이 내준 술단지에 코를 박았던 모양이었다.

—아이고, 대감님. 술이 취하셨군요?

그의 모습을 보며 사람들이 느물거렸다.

이하응이 흐흐흐, 웃었다.

—김좌근 대감께서 특별히 술을 하사하지 않았겠는가.

사람들이 혀를 찼다.

—술이 그렇게도 좋으슈?

—그럼 그럼.

—아이고, 벨도 없을까.

—왕족이면 왕족답게 굴어야지. 아, 글쎄 얼굴에 술벼락을 퍼부어도 저리 헤헤거리고 있으니.

그 주정뱅이가 바로 이하응이었다.

그날 보았다. 왜 아버지가 그런 그의 이름을 마지막으로 떠올렸는지. 비루한 그의 얼굴에 섬광처럼 스쳐가던 그 무엇. 욕망이라고 할까. 아니, 욕망은 아니었다. 빛이라고 할까. 그의 주위로 에워싸듯 일어나던 빛살들. 그때 보았다. 그것이 바로 이하응의 본모습임을.

아버지가 본 것도 바로 그것이었다. 비록 장동김문의 기세에 눌려 이하응이 그들의 가랑이 사이를 기고 있었지만 아버지는 분명 그 빛을 보고 있었다는 생각이 비로소 들었다. 그렇다면 망설일 이유가 없었다.

청하산 기슭으로 다가선 재상은 일전에 봐두었던 홍선군의 집을 향해 걸었다.

삼청동 꼭대기에 서서 재상은 멀거니 그의 집을 올려다보았다. 말이 아흔 아홉 칸이지 집은 낡을 대로 낡았다.

그래도 왕족의 집다웠다. 산을 등지고 물을 앞으로 한 배산임수 풍수법을 철저히 지켜 지어진 집이었다. 분명히 풍수에 밝은 자가 지은 집임에 분명했다.

또 일반 사대부 집과 달리 각각 독립된 마당과 대문을 두었다는 것은 그만큼 집주인에게 비밀이 많다는 뜻이다. 속을 숨기고 일을 도모하려는 음흉한 자에게서 이런 집을 볼 수 있었다.

아버지가 써놓은 기록에 의하면, 그의 아버지 남연군 역시 난봉으로 소문난 사람이었다. 당시로서는 그럴 수밖에 없었을 것이다. 그때도 장동김문의 세도가 하늘을 찌르고 있었고, 왕의 척족이라면 눈을 뒤집고 죽이려 들던 때였다.

남연군이 병신년에 죽자 그의 파락호 생활이 끝나는가 했는데, 부전자전인가. 이번에는 그의 파락호 생활이 기질이 비슷한 홍선군 이하응에게로 옮겨졌다.

어릴 때부터 아버지를 고스란히 보고 자란 그였다. 그는 알고 있었다. 장동김문의 틈바구니에서 살아남으려면 아버지처럼 철저하게 자신을 숨기고 살아야 한다는 것을.

그는 완당 김정희를 찾아다니며 그의 독특한 글씨를 배웠다. 몇 년 쓰다 보니 완당도 인정하는 바가 되었다.

하지만 김정희 일파인 권돈인마저 실각하자 홍선군은 그를 찾아 갈 수가 없게 되었다. 그 집에 사람이 모이면 역모를 꾸미는 줄 알고 사람들이 수군대니 홍선군 스스로가 발길을 끊어버린 것이다.

자연히 할 일이 없으니 글씨를 쓰다가 묵난을 치기 시작했다.

몇 년 후, 그의 솜씨를 모처럼 본 완당이 깜짝 놀랐다. 찬사를 아끼지 않았는데 홍선군은 그것을 뽐내거나 자랑하지 않았다. 그것을 술로 바꿔 먹거나 돈푼이라도 주면 좋아라 하고 받아서는 계집질을 일삼았다.

2

박풍수의 아들 재상이 찾아오는 줄도 모르고 홍선군은 간밤의 술로 인해 지끈거리는 이마에 손을 대고 일어나 앉았다.

국상 중이라 행동거지를 조심해야 한다고 다짐하면서도 때는 이때다 하고 간밤에도 술에 취해 길거리에 엎어졌다가 아랫것에게 업혀왔다는 생각이 들었다.

갑자기 밖이 소란스러웠다.

문을 여니 삿갓을 쓴 사내와 아랫것이 실랑이를 하고 있는 모습이 보였다.

-왜 이러나? 나리를 만나 뵈러 왔다는데…….

-여기는 당신 같은 사람이 들어올 데가 아니라는데도.

홍선군이 옥신각신하는 아랫것을 불렀다.

-무슨 일이냐?

-아 예, 나으리, 글쎄 이 작자가 나으리를 자꾸만 뵙겠다고…….

-거 보아하니, 모르는 사람인데 나를 왜 찾으시는가?

그제야 재상이 삿갓을 벗었다. 삿갓을 벗자 젊은 사내의 부리부리한 눈에서 시퍼런 정기가 쏟아져 나온다.

홍선군은 한눈에 그가 보통 사내가 아니라는 걸 알아보았다.

그는 얼른 아랫것을 시켜 사랑방을 비우게 하고 그를 데리고 들어갔다.

-어인 일로 나를 찾으시는가?

마주앉기가 무섭게 홍선군이 먼저 운을 떼었다.

-다름이 아니오라 내 모자란 혜안이 나리께 도움이 되지 않을까 하여 이렇게 찾아왔습니다.

-도움?

홍선군이 눈을 빛내며 물었다.

-그래 내게 무슨 도움을 줄 수 있단 말인가?

-현재 나리의 상황은 제가 누구보다도 잘 알고 있습지요.

-나를 안다?

-어찌 그걸 모르겠습니까? 이씨가 창업한 나라를 장동김문 가문이 장악하여 하늘 높은 줄 모르고 권세를 휘두르고 있으니 임금은 허수아비가 된 지 오래고, 똑똑한 이씨들은 목숨 부지하기마저 어려우니 어찌 나리의 심사가 편할 리 있겠습니까?

-허허, 젊은 사람이 입 한 번 거네 그려!

재상은 죽은 아버지가 그대를 지켜보고 있다는 말 같은 건 하고 싶지 않았다.

홍선군은 눈을 감았다. 말을 삼가라 하고 싶었지만 그는 자신의 심정을 명경처럼 들여다보고 있었다.

장동김문!

말만 들어도 이가 갈리고 사지가 뒤틀리는 것들이었다.

-어떻게 내게 도움을 줄 수 있다는 것인가?

잠시 생각하다가 흥선군이 물었다.

-혹시 이대천자지지란 말을 들어 보신 적이 있으신지요?

뜻밖의 말이 젊은이의 입에서 터져 나왔다.

-이대천자지지?

-그러합니다.

흥선군은 잠시 놀란 표정을 짓다가 고개를 주억거렸다.

들어는 보았다. 남달리 풍수지리에 관심을 가졌던 그로서 그것을 모를 리 없었다.

-나리, 이미 이씨 조선의 왕업은 무너졌다고 해도 과언이 아닙니다.

-무슨 소리인가?

왜 이러느냐는 듯이 젊은이가 시선을 떨구었다. 이내 그의 입에서 섬뜩하면서도 음울한 음성이 나지막이 흘렀다.

-제 말이 틀렸습니까?

-이보게, 젊은이.

-왕가 왕손 가운데 제 구실하는 이가 그들의 손에 죽지 않고 몇이나 남았습니까? 이제 왕권은 인류의 비원만으로는 되지 않는 것입니다.

흥선군이 가당찮다는 표정으로 재상을 노려보았다.

-말을 삼가라. 누구인지 모르겠으나 도대체 무슨 말을 하고 있는 것이야?

-이제 세상은 김좌근과 김문근 그리고 김병기 위주로 흘러가고 있습니다. 강화도에서 어리석은 아이를 데려와 왕을 만들고, 현감 생활이나 하던 자의 딸을 붙여 제 사람을 만들어 떵떵거리고 있지 않습니까. 그런데도 보고만 있을 것입니까?

-그럼 무엇으로 그것을 되찾을 수 있다는 것이야?

-그것은…….

-그것은?

-바로 천운을 바꾸어 놓을 수밖에 없는 것입니다.

천운…….

흥선군은 뜨악한 시선으로 재상을 쳐다보았다. 자신도 모르게 입이 열린 것은 잠시 후였다.

-어떻게?

-제 말을 믿으신다면 가능할 일입지요. 저의 선대는 풍수지리에 밝은 분들이셨습니다. 저 또한 어릴 때부터 이 나이까지 산을 탔으니까요.

풍수지리라는 말에 그제야 흥선군의 눈빛에 동요의 빛이 감돌았다.

-선대라면 누구를 말함인가?

-제 아버님도 풍수이셨습니다.

-지관?

-네, 박풍수라는 분입지요.

흥선군의 눈이 번쩍했다.

-박풍수? 허허허 박풍수라? 아니, 박풍수가 이 나라에 어디 한 둘인가. 김풍수도 있고 이풍수도 있는데 박풍수라니?

-제 부친 성함이 박풍수였습니다.

설마 하던 흥선군의 입이 벌어졌다.

-박풍수? 삼청골에 살던?

-그렇습니다.

-그러니까 그대가 박풍수의 손이다?

-돌아가셨습지요. 마지막 유언이…… 제게 나리를 찾아뵈라고 하더이다.

흥선군은 눈을 감았다. 몇 해 전에 박풍수라는 이를 만난 적이 있었다. 오십대 중반의 초라한 중늙은이였다.

창기를 끼고 술병을 들고 비칠비칠 걷고 있는데, 시장판 건달들이 앞을 가로막았다. 바로 창기의 기둥서방이었다. 그들에게 멱이 잡혀 청운동과 옥인동 사이의 그 으스스한 웃대 골목으로 끌려갔는데 그때 나타난 이가 박풍수였다.

들고 있던 지팡이로 그들을 때려눕히고는 술에 취해 몸도 가누지 못하는 그의 앞에 무릎을 꿇고 절을 올렸다.

-대감마마, 삼청골에 사는 박풍수올습니다. 몇 년 후 다시 찾아뵈올 것입니다. 그때까지 부디 신체 보존하셔야 할 것입니다. 그렇지 않고 앞으로 큰일을 어떻게 치르시겠습니까.

어이가 없었다. 김좌근이 아직도 자신을 의심하고 그를 보냈구나, 하는 생각이 들었다.

-나는 그런 것 모른다, 몰라. 그런 소리는 개에게나 짖어라.

그래도 그는 아랑곳하지 않았다.

-천하지지를 찾고 계시지 않습니까. 그 지지를 제가 알고 있으니 가르쳐 드리겠습니다. 아직은 때가 아닙니다. 기다리십시오. 그때 가르쳐 드릴 것입니다. 그럼 무너져가는 종사를 바로잡으실 수 있

을 것입니다.

그렇게 어이없는 말을 하고 그는 일어나 사라져버렸다. 그 후 어쩌다 한 번씩 그가 생각났다. 미친 풍수쟁이의 헛소리다 생각하고는 잊어버렸다.

그런데 그 박풍수란 자는 죽고, 그의 아들이 왔다니!

-그러고 보니 생각이 나는구만. 그런데 어쩌다…….

-김좌근 대감의 무리에 돌아가셨지요.

재상의 눈에 핏기가 돌았다. 그걸 놓칠 흥선군이 아니었다.

재상의 침중한 어조가 이어졌다.

-돌아가시기 전에 나리를 찾아뵈라고 하셨지요.

이번에는 재상이 눈을 감았다.

-그러니까 자네가 아비가 알고 있는 천하지지를 가지고 왔다 그 말인가?

-그렇습니다.

-들어나 보세. 그곳이 어디인가?

흥선군이 눈을 빛내며 물었다.

-말로는 설명하기 어렵습니다.

-뭔가? 땅값이라도 제대로 받아야겠다 그 말인가? 내 비록 이렇게 살아가고 있으나 나를 그리 보았다면 잘못 짚은 게야.

-저를 믿지 못하시는군요?

-헛소리나 씨부렁거리는 미친 풍수쟁이의 말을 믿을 수 있겠는가.

-나리! 대업을 이루려면 믿어야 합니다. 내 아비가 나리를 찾아뵌 것은 자신이 김대감의 손에 죽어갈 것을 알고 있었기 때문입니다.

-김좌근!

흥선군이 눈을 감으며 저주스럽게 말을 씹었다.

풍수쟁이가 그에게 죽임을 당했다면 땅 문제일 텐데, 그럼 지금 말하고 있는 천자지지 때문에?

생각이 거기까지 미치는데 젊은이의 음성이 들려왔다.

-그렇게 저를 못 믿으시겠다면 저를 따라나서 보면 될 게 아닙니까.

뭘 믿고? 하는 말이 입 밖으로 나오려다가 도로 목으로 넘어갔다.

그만큼 상황이 이상했지만 무엇보다 그의 아비나 아들이란 자가 진실해 보였다.

그의 언행에서 산꾼이 아니면 맡을 수 없는 산 냄새가 나고 있었다. 김좌근에게 아비를 잃었다는 말이 거짓말 같지 않았다.

-좋네.

-그럼 남의 시선도 있고 하니 제가 이곳을 드나들며 날짜를 잡아보겠습니다. 나리가 그토록 경계하는 김대감의 눈치도 봐야 할 테니 말입니다. 김대감이 데리고 있는 지관도 그걸 모를 리 없을 것이므로 은밀히 행동해야 할 것입니다.

흥선군이 생각해보니 그렇다 싶었다.

-알겠네.

3

해가 뜨기가 무섭게 사랑채로 김병기가 들었다.

김좌근이 이불을 젖히고 일어나 앉으며 말했다.

-정만인이라는 지관, 그자가 천장지비를 알고 있다고 했던가? 일

전에 그놈이 내민 곳은 천장지비가 아니야.

천장지비라면, 하늘이 감추고 땅이 숨긴 세상에 드러나지 않은 대명당을 이르는 말이었다.

-그렇습니다.

김병기가 잠시 생각하다가 대답했다.

-그놈이 엉뚱한 곳을 내놓았다면 필시 천장지비를 숨기고 있다는 말이다. 그 자리를 알아내어야 할 게야. 이제 망설일 것이 무엇인가?

-고집이 센 놈입니다. 땅을 보는 솜씨는 천하제일이나 쉽사리 천장지비를 내줄 놈이 아닙니다.

-어떡하든 알아내야 한다.

-알겠습니다.

김좌근의 눈이 매섭게 빛났다. 그는 낮게 뇌까렸다.

천장지비라……. 그렇다면 김씨의 세상이 이제 열린다는 말이 아닌가, 흐흠.

-그런데 이상한 소문이……. 요즘 흥선군 동태가 심상치 않습니다. 얼치기 풍수사들이 드나든다는 말이 있었습니다.

-그 사람 풍수에 조예가 있지 않은가. 이장이라도 하려나 보지. 명당이라도 봐 두었나? 무슨 그놈 팔자에…….

신경 쓸 거 없다는 듯이 김좌근이 시선을 돌려버렸다.

-그래도 경계를 게을리 해서는 안 되겠습니다.

김좌근이 고개를 끄덕였다. 햇살에 드러난 그의 눈이 매서웠다.

-어디로 튈지 모르는 작자야.

-그러게 말입니다.

김좌근이 피곤한지 요 위로 몸을 뉘였다.

-가서 쉬어라.

김병기가 일어나며 허리를 굽혔다.

4

어둠이 내려서야 재상은 집을 나섰다.

개들이 어디선가 짖어대었다. 한 놈이 짖어대자 여러 놈이 울기 시작했다.

큰 길을 버리고 언덕을 올라챘다. 주위를 살피다가 흥선군의 집으로 들어섰다. 일부러 늦은 시간을 택한 것은 남의 눈을 의식해서였다.

재상은 빗돌을 건너 뛰어 사랑채로 향했다. 사랑채 누마루에 앉아 박명의 어둠 속에 드러난 뜰 앞의 파초에 시선을 주던 흥선군이 일어났다.

재상이 사랑으로 들자 가끔 스치듯 보던 얼굴들이 기다리고 있었다. 평소 흥선군이 은밀히 포섭해 놓은 장정들이었다.

천하장안.

첫째 사내는 키가 칠 척이고 몸이 건장했다. 천희연이라는 자였다.

그리고 몸은 가냘프나 인상이 날카롭고 창백한 하정일, 몸집이 뚱뚱하고 콧잔등에 난 흉터자국이 흉측스러운 장순규, 키가 난장이지만 험악한 인상인 안필주.

이렇게 넷이었다. 성만 따 천하장안이라 불렀다.

잠시 후, 흥선군의 사랑채에서 이상한 말들이 흘러나왔다.

-더욱 조심해야 할 것 같습니다. 내일이라도 덕산현으로 가려고 했는데 김병기의 아랫것들이 언젠가부터 따라 붙었습니다.

홍선군이 심각한 표정을 지었다.

-조금 더 눈치 보겠습니다.

재상의 말에 홍선군이 고개를 주억거렸다.

-하기야 지금 선왕 순조의 능에 물이 찬 문제로 궁 안이 벌컥 뒤집어졌으니……. 이제 김좌근 일파는 늑장도 모자라 영조대왕과 정빈 이씨 사이의 소생 효장세자의 태실에 해코지를 하고 있다고 하네.

어제 김좌근의 기생첩 양화로부터 온 소식을 초선이 전해주었다.

-그 정보가 맞았습니다.

듣고 있던 재상이 말했다.

-김좌근이 직접 나섰다 그 말인가?

홍선군이 탄식하며 물었다.

-그럴 만합니다.

-무슨 말인가?

홍선군이 되물었다.

-일가의 명당은 거미줄처럼 얽혀 있습니다. 동종의 예를 알고 계시지요?

-동종?

-어느 날 동종이 울기 시작했습니다. 두드리지도 않았는데 말입니다.

-그래서?

-이상하지 않습니까. 종이 스스로 자꾸 울어대기에 알아보았더니 동종을 만든 구리광산이 무너졌다는 것입니다.

흥선군이 알아듣고 무릎을 쳤다.

-모태로다!

-그렇습니다. 모태. 그 핏줄들이 영향 받고 있다는 말입니다. 핏줄들이 묻힌 명혈의 맥부터 잘라내야 된다는 걸 알고 있는 것입니다.

-김좌근이 직접 나섰다면 큰일 아닌가?

재상이 고개를 내저었다.

-직접 나서기야 했겠습니까.

-도대체 누가 나섰다는 것인가?

-김좌근의 지관 정만인이라는 자입니다.

-정만인? 그자 묏자리를 보지 않고도 천기만으로도 알 수 있다는 지관 아닌가?

-무서운 자입니다. 이씨 종가의 혈맥을 하나하나 잘라버리겠다는 수작입니다.

-왜 하필이면 효장세자의 태실을?

-태실은 인간의 탄생을 알리는 곳입니다. 그곳에 모든 기가 묻혀 있지요. 평생이 조종됩니다. 그것부터 잘라내야 되겠다는 것이지요.

-그래도 이상하지 않은가. 명당이 핏줄처럼 얽혀든다 하더라도 왜 효장세자부터? 그 윗대는?

-명당발도 시효가 있으니까요. 일정한 기간이 지나면 명당발도 떨어지는 것입니다. 아직 기가 성성이 살아 뻗치고 있는 효장세자의 명당발 기세부터 꺾으려 드는 것입니다.

-그러니까 그걸 정만인이란 놈이 알고 있다?

흥선군이 생각하다가 물었다.

-그래서 이렇게 들른 것입니다. 예사롭지 않습니다.

그때 곁에 앉았던 종친 하나가 끼어들었다.

-그러고 보니 이제야 알겠군요. 갑자기 전하께서 자리보전하셨다
는 것이. 그자가 그러고 다닌답니다. 선왕의 묘지가 흉지 중의 흉지
라고…….

흥선군이 그를 쳐다보며 이맛살을 찌푸렸다.

-그들이 정지관이란 자를 시켜 혈자리를 바꿔치기 하고 다른 곳
에 묻었다는 겁니다. 나도 그렇게 들었어요.

-지금 무슨 소릴 하고 있는가? 만조백관이 보는 앞에서 상을 치
렀거늘…….

-생각해보면 그 후로 비변사의 눈을 속여 해코지를 할 수도 있는
일이지요. 왕조를 바꾸는 데 그만한 것쯤이야 저지르고도 남을 놈
들이 아닙니까.

재상이 말했다.

-그래도 그렇지!

믿어지지 않는다는 듯이 흥선군이 중얼거렸다.

-파보면 알 테지요. 그러면 자명해 질 것입니다.

흥선군이 고개를 훼훼 내저었다.

-이 사람 지금 무슨 소릴 하고 있는 것인가. 그들이 그런다고 해
서 어떻게 우리들이……. 비변사가 엄연한데 능을 어떻게 파?

-수를 써야 되겠지요.

-수를 쓴다?

흥선군이 무슨 소리냐는 어투로 되물었다.

5장

왕관 속의 가시

1

햇살이 원범을 안고 돌았다. 왕의 복장이 영 어울리지 않았다. 위엄이라고는 없었다.

얼굴이 새까맣고 촌티가 줄줄 흘렀다. 왕이 뭔지도 몰랐다. 그저 수라상만 보면 짐승처럼 달려들어 입으로 퍼 넣었다.

곡학아세(曲學阿世)라고 했던가. 배운 것을 아첨하는 데나 쓰는 노인네를 하나 구해 교육을 시킨답시고 김좌근이 붙여놓았다.

세상만사는 뜻대로 되는 게 아니었다. 아무리 큰 권력을 가졌어도 뜻대로 되지 않는 것이 세상사였다. 이 헐렁한 왕사가 무슨 생각에선지 강화도에서 온 왕을 제대로 가르치기 시작한 것이다.

선왕의 할아비는 순조다. 장인 김조순 및 외가의 권력 강화에 맞서 여러 정책을 모범으로 주도했던 왕. 아들 효명세자는 평소 뛰어난 문학적 재능을 갖추고 있었다. 그가 청정 1년 전부터 시작(詩作)을 멀리하고 경세에 주력했던 것은 이 나라를 잘 다스려 보겠다는 신심에서였다. 그는 미래의 국왕답게 의욕적으로 청정을 시작했지만 젊은 나이에 명을 다하고 말았다.

그 다음이 이번에 졸한 헌종이었다.

그 역시 장동김문의 기세에 눌려 제대로 정사를 살피지 못했다.

왕사는 이 사실을 곧이곧대로 왕이 된 원범에게 가르쳤다.

궁중 생활이 익어가면서 원범은 사람이 달라지기 시작했다. 왕사가 제대로 마음먹고 가르친 보람이 있었다.

-전하, 그럼 선왕을 어떻게 모셔야 하겠습니까?

왕사가 원범에게 물었다.

원범이 알겠다, 하고는 조성하는 능으로 나갔다.

능으로 나간 원범, 즉 철종은 왕 노릇을 제대로 했다. 예조판서에게 그는 이렇게 물었다.

-예조판서부터 이 터에 대해 어찌 생각하는지 말해보라.

말솜씨부터가 달랐다. 예전의 원범이 아니었다. 이제 그는 왕이었다. 장동김문의 선택이 빗나가는 순간이었다.

선왕 헌종도 그렇게 말하지는 못했다. 생각하는지 말해보세요, 하고 예를 차렸는데 철종은 왕 행세를 제대로 하고 있었다.

김좌근이 왕사를 노려보았다. 이게 어떻게 된 것이냐는 표정이었다.

왕사가 당황하며 고개를 숙였다.

예조판서는 왕의 너무 변한 모습에 입을 딱 벌렸다.

철종이 그를 노려보았다. 예조판서가 황급히 읍했다. 믿을 수가 없었다. 섬에서 농사나 짓던 사람이 아니었다. 제대로 왕 흉내를 내고 있는 모습이 푸성귀답지 않았다.

-전하, 천하 명당 중 명당이옵니다.

예조판서는 대답을 하면서도 제정신이 아니었다.

-그래?

철종이 넌지시 그를 쳐다보며 되물었다.

예조판서가 허리를 더 굽혔다.

-전하, 마치 송나라 채원정의 풍수경에서 말하는 명당을 그대로 옮겨놓았다고 사료되옵니다. 선왕께서 이곳에 묻히신다면, 조선의 왕조는 천세 만세를 누릴 것이옵니다.

철종이 다른 이들을 둘러보았다. 너희들도 그렇게 생각하느냐는 표정이었다.

-그러하옵니다.

영의정, 산릉도감 당상, 능지를 지정한 상지관들이 어리벙벙해 있다가 약속이나 한 듯 아뢰었다.

뒤이어 판부사들까지 터에 대한 감탄과 찬송이 이어졌다.

철종 곁에 고개를 갸우뚱하고 선 관상감 제조가 고개를 설레설레 내저었다.

철종이 그의 고갯짓을 보고는 그를 향해 돌아섰다.

-제조, 이제 실력을 한 번 보여 보지 그래. 당송시대부터 내려오던 풍수경을 어제 밤새도록 읽었다네. 나도 농사를 지으면서도 음양술에 대해서는 배웠지. 그대는 관상감 지리제조니 그 누구보다 잘 알 게 아닌가. 저 터가 어떠한가?

신하들이 모두 놀랐다. 촌놈이 변해도 이리 변할 수가.

신하들의 시선이 제조를 향했다.

제조가 잠시 망설이다가 시선을 들어 철종에게 고했다.

-전하, 모두가 하나 같이 이 능지가 좋다고 하고 있사오나 선왕께

서 이곳에 묻히신다면, 이 나라 종사가 위태로워지옵니다. 그 흉함
이 이를 데가 없어 묻힌 사람의 자손뿐 아니라 능지를 지정한 자 또
한 적어도 마른 땅에 묻히지 못하는 처지가 되어 비명횡사할 것이
옵니다.

김좌근과 예조판서가 예상치도 못한 대답에 어이없다는 표정을
숨기지 못하고 입을 딱 벌렸다.

철종의 눈길이 예조판서를 향했다. 할 말 있으면 해보라는 표정
이었다.

예조판서가 황급히 허리를 굽혔다.

-전하, 그렇지 않사옵니다. 상왕의 무덤에 비하여도 이만한 능지
가 없을 것이옵니다.

철종이 어금니를 물고 눈을 감았다.

잠시 생각에 잠겨 있던 임금은 다음 말로 신하들의 기세를 꺾었다.

-선왕을 이곳에 묻는 건 생각해봐야겠다.

김좌근이 놀란 눈으로 관상감 제조를 노려보았다.

상황을 지켜보던 김병기의 얼굴에 낭패한 빛이 흘렀다.

2

궁의 분위기가 검은 밤처럼 적막했다.

백일홍이 궁내 곳곳에 꽃을 피우고 있었지만 어둠 속에서 그것만
이 웃고 있는 것 같았다. 아니 오히려 살기스러웠다.

궁궐 뒤의 울창한 숲은 궁의 분위기를 잘 느낄 수 있었지만 곡소

리 때문인지 더 음울해 보였다. 장례가 치러지고 있는 곳에 박명의 어둠이 존재했지만 분위기는 어둡고 음울하였다.

왕실의 장례는 긴 법이었다. 아직도 선왕 헌종의 능지가 정해지지 않아 궁내의 분위기가 더욱 그래 보였다.

그 속에 상복을 입은 김좌근과 김병기의 모습이 보였다. 그들도 엄숙한 표정으로 술잔을 올리고 있었다.

그들이 일어날 때쯤 흥선군 이하응이 들어섰다.

김좌근과 김병기가 밖으로 나가려다가 들어오는 흥선군과 눈길이 마주쳤다.

김좌근이 흥선군에게서 술 냄새가 확 풍기자 주춤하며 뒤로 몸을 젖혔다. 상갓집 개가 오셨군, 하는 표정을 지었다.

흥선군이 황급히 허리를 굽혔다. 꼭 천 것 같은 몸짓이었다.

그 모습을 보다가 종친들이 시선을 돌리며 쩝, 하고 혀를 찼다.

—나리, 신하로서 슬픔이 크시겠습니다.

비웃는 듯한 흥선군의 말에 김좌근이 못마땅한 눈으로 흥선군을 일별하다가 한 마디 했다.

—비키시게!

흥선군이 얼른 옆으로 비켜섰다.

그때 천희연과 하정일, 장순규, 안필주가 들어섰다. 천하장안을 바라보는 김좌근의 눈가에 경멸의 그림자가 스치고 지나갔다.

흥선군이 그들을 물리며 소리 없이 비루하게 웃었다.

그들 사이를 뚫고 김좌근 일행이 바람처럼 사납게 사라졌다.

천희연이 노려보다가 투덜거렸다.

—아니 언제까지 이러실 것입니까? 내 저놈들을 그냥…….

그제야 홍선군이 돌아서며 고개를 내저었다. 그의 눈길이 사납게 김좌근 일행을 바라보고 있었다.

－어허, 지금이 어느 때라고.

그제야 정신을 차린 천하장안이 주위의 눈치를 살피며 다소곳해졌다.

아직은 아니라는 듯이 홍선군은 의관을 단정히 하고 멀쩡한 모습으로 젯상 앞으로 다가들었다. 천하장안이 그의 뒤를 따랐다.

홍선군이 향을 올리고 예를 지켜 술을 올렸다.

달과 바람

1

어둠이 깊었다.

가까이에서 풀벌레 소리가 들려왔다.

은밀히 들라는 철종의 명이 있는 것을 보면, 분명 김좌근 일파의 눈길을 의식해서일 것이다.

그들의 눈길을 피해 비밀스럽게 왕을 만난다는 것이 제조로서는 마음이 설레었다. 그만큼 철종이 자신을 믿는다는 증좌였다.

철종이 있는 어전으로 들어가려 하자 별감들이 막았다.

관상감 제조라고 하면 관복만 봐도 알 터인데 이상하게 혀를 꼬았다.

-관상감의 제조 나리?

-모르겠는가! 무엄하다.

알아서 길 줄 알았는데 별감 복장의 사내가 갑자기 입을 막고 머리에 검은 천을 씌웠다.

-왜 이러느냐? 전하를 뵈러 왔다고 하지 않느냐.

그들은 어딘가로 제조를 실어갔다. 어딘지도 모를 곳에 볏섬처럼 바닥으로 떨어지자 보가 벗겨졌다. 제조가 주위를 살펴보니 온통 횃불만 가득했다.

여기가 어딘가?

주위를 둘러보고 있는데 키 작은 사내 하나가 칼을 매고 다가왔다. 그는 칼을 제조의 어깨 위에 놓았다.

-왕이 왕릉 지정 때문에 널 부르셨다지?

-누구냐?

사내가 기분 나쁘게 웃었다. 횃불에 그의 입 속이 보였다. 이를 얼마나 닦지 않았는지 이가 시커멓게 썩어가고 있었고 어금니도 빠져 있었다.

-죽지 않으려면 말이야, 주상께서 이번에 정한 터가 어떠하냐 하문하시면, 잘못 보았다고……. 그곳이 명당 중 명당이라 고하여야 할 것이야.

-누구냐고 묻지 않느냐?

-그건 알 거 없고.

-선왕께서 그곳에 묻히시면 임금은 요절하고 말 것이다!

사내가 제조의 눈에 칼을 들이 대었다.

-어디 한 번 그렇게 말해보시지. 네놈 눈을 파서 씹어버릴 테니까.

사내가 말하고 또 히히히, 웃었다. 그는 웃다가 고개를 내저었다.

-이거 너무 재미가 없네. 그러고 보니 순서가 그게 아니군. 눈은 나중에 파내야 재미가 있을 것 같아.

그렇게 말하고 사내는 칼을 들어 제조의 뒷덜미를 내리쳤다.

제조가 고꾸라지자 김병기가 스윽 모습을 나타냈다.

-기절했습니다.

사내가 말하자 김병기가 다가와 제조의 등에 침을 탁 뱉고는 얼음장보다도 차게 일렀다.

-갖다버려라. 이제 바른 말을 못할 게다. 미련한 놈.

사내들이 달려들어 제조를 메고 나갔다.

2

술이 한 잔 되어 골목 입구로 접어드는 용식의 입가에 미소가 물렸다.

-히히히, 세상 살 만하다니까.

그는 게걸음질 하다가 대문을 밀고 안으로 들어갔다.

재상이 팔짱을 끼고 기다리고 있다가 들어서는 용식의 머리를 지팡이로 딱 때렸다.

-아이고!

-밤새 뭐하다가 이제야 겨 들어와?

-아이고, 머리야! 얘가 나를 제 동생인 줄 아나?

재상의 눈에서 불이 쏟아졌다.

-너는 나보다 나이가 한 살 아래잖냐.

-그까짓 두 달 차이? 아이고, 엥곱아라. 그래, 네가 형 해라. 형이 형다워야지.

-이것이 아직도 정신을 못 차렸다니까. 땅 작작 보러 다니랬지. 에이, 미친 자식!

용식이 어떻게 아느냐는 듯이 뒷머리를 끄적거렸다.

-내가 그놈들의 마수가 여기까지 뻗친 것 같으니까 각별히 조심하라고 했어, 안 했어?

-그럼, 배운 게 도둑질인데 어떻게 해?

-네놈이 뭘 안다고 땅질이야?

-그럼 땅 보는 놈이 평생 갓신이나 만들면서 등신처럼 살라고? 너희 아버지도 그렇게 살지는 않았잖아?

-그래서 이리 된 것이다. 그러니까 그만두란 말이야.

재상이 화를 내며 소리치자 더 참지 못한 용식이 숨을 몰아쉬었다.

-이게 보자보자 하니까 해도 너무 하네. 야, 이 자식아. 내가 이러고 있으니까 갈 곳 없어 네놈과 어깨동무 하는 줄 아냐.

재상이 그를 무섭게 노려보았다.

-너 말 잘했다. 날 떠나지 못하는 이유가 뭐냐? 동정이냐? 왜, 친구가 불쌍해? 그래서 복수라도 대신 해주고 싶어?

-야, 박재상! 터진 주둥이라고 지껄이면 다 말인 줄 알아?

-가라. 그러려거든 지금이라도 떠나. 나 너 붙잡은 적 없으니까.

-나쁜 자식!

용식의 주먹이 재상의 턱을 향해 날았다. 재상이 그대로 꼬꾸라졌다. 용식이 그를 덮쳤다.

재상이 덮쳐오는 그를 안고 옆으로 굴렀다. 재상의 입에서 피가 터지고 용식의 코에서 피가 흘러내렸다.

둘 다 힘이 빠질 대로 빠져서야 하늘을 향해 누웠다.

재상이 하늘을 보니 어느 사이에 별이 총총하다.

-별 참 곱다.

용식이 입술이 찢어져 웃지도 못하고 픽픽거리다가 한 마디했다.

-망할 자식, 얼마만인지 모르겠구나. 개울가에서 싸우던 생각 나냐? 네 여편네 된 순향이 말이다. 사실 나도 좋아했었다. 그런데 고것이 너만 쳐다보더라.

-그래서 만나기만 하면 시비였냐?

-왜 그렇게 네가 미웠는지……. 너희들 사모관대 쓰고 나서야 정신이 들더라. 그래 이곳을 뜬 거다.

-미친 자식!

-한 삼 년 돌아다녔나? 우연히 초상집에서 염쟁이 아버지 만났다. 그때부터 염쟁이 짓이나 하며 땅일 배웠다. 그날 말이다. 네 아들이 절했을 때, 동전 한 잎 쥐어주니까 네 아내가 그러더구나. 작은아버지란다. 그때 왜 그렇게 눈물이 쏟아지던지. 순향이 그랬다. 여기서 지내라고. 그 사람 내 마음을 알고 있었는지 몰라. 마음에 빚을 진 눈빛이었거든.

-그만하자!

재상이 일어나 비칠비칠 사립을 나갔다. 용식이 일어나 앉아 재상의 뒷모습을 바라보다가 따라 나갔다.

기녀들의 간드러진 웃음소리가 술 취한 두 사람의 영육을 휘어 감았다.

재상이 병째 술을 입으로 가져가자 용식이 술병을 빼앗았다.

-재상아, 가자.

-안 간다. 안 가.

-미쳤냐? 돌아버린 거야?

-돈 있잖냐 너. 양반네들에게 땅 판 돈 있잖냐.

-이 자식아, 그러려고 땅 판 거 아니라는 거 알면서 왜 그러냐?

재상이 팔을 벌리고 누워버리자 기녀들이 일어나 방을 나가버렸다.

재상이 흐흐흐, 웃었다.

-애가 안 들어선다고 찾아온 여자에게 뭐 수맥이 어째? 이 날풍수 같은 놈아. 선무당 사람 잡는다고. 집의 방위가 어떻고 저떻고, 수맥이 어째? 방문을 열었을 때 남편이 안쪽에 누워 있어야 한다고? 그래야 양기가 빠지지 않는다고?

-그건 예전에 네놈이 써먹던 수법 아니냐.

-그러니까 이제 그놈의 짓거리 그만두란 말이다.

말을 내뱉는 재상이 입안에 뜨거운 한숨을 씹었다.

-조금만 참자, 조금만. 우리가 어떻게 돌아왔는데……. 그딴 짓거리로 본색 드러내지 말고…….

-벌써 몇 년이냐? 이럴 바에야 처음 계획했던 대로 그들을 죽이면 끝나는 거 아니냐.

-아니다. 김좌근이나 김병기를 죽여서 끝날 일이 아니야. 그들이 내 가족을 몰살했듯이 나도 죽인다. 모두를.

용식이 그제야 재상의 곁에 드러누웠다.

-네 말대로 하마. 다시는 땅 보지 않으마.

-욕심 부리지 말자.

용식이 멍하니 재상을 지켜보다가 그의 등에다 손을 얹었다.

-너무 걱정 마라.

재상이 용식을 돌아보았다.

-너나 나나 아버지를 생각하자. 그분들이 왜 그렇게 살았겠냐. 김좌근 무리들. 왜 그놈들이 그랬겠냐. 모든 것이 땅 때문이다. 설치다가는 우리들까지 당할지 몰라. 그놈들 눈 속이려고 이제 겨우 갖바치 행세를 하게 되었는데, 땅을 보고 다닌다고 소문이라도 나봐라.

-젠장 갖바치질도 기술이 있어야 하는 법이더라. 겨우 신발 하나 만들었더니 어쨌는 줄 아냐. 이게 신발이냐고…….

재상이 포옥 한숨을 쉬었다.

-그래도 땅질은 안 된다. 그놈들이 어떤 놈들이냐. 길지라면 눈 부라리고 달려드는 놈들이다. 내일 김좌근 집으로 가자. 기다릴 만큼 기다렸다. 명당 몇 곳 보아둔 곳도 있고. 그 정도 미끼라면 이제 나서도 의심은 안 하지 싶다. 너로 인해 일이 터지기 전에 먼저 선수를 써야겠다.

-그렇게 아끼더니 그런 명당을 내어주겠단 말이냐?

-후일을 위해서지. 땅에 눈 먼 놈들은 땅으로 잡는 수밖에. 그러니 조금만 참아라. 솔직히 흥선군을 돕자고 나섰지만, 그 사람이 지금 뭔 힘이 있냐.

-…….

그런데다 네놈까지 애를 먹이니 그놈들이 눈치를 못 챌 것 같아? 차라리 선수를 치는 게 낫지.

-선수라니?

-내게 생각이 있다. 그런 놈들 땅으로 잡는 방법이 있지.

그렇게 말하고 재상은 주먹을 쥐며 눈을 감았다.

파자점

　-미쳤어? 그놈들 집 앞에서 점을 치자니?

　용식이 소리쳤다.

　재상이 파자점(破字占)을 아버지로부터 배워 알고 있다는 것을 모르지는 않았지만 하필이면 김좌근의 담벽을 끼고 점판을 벌이겠다니.

　-그놈들의 관심만 끌 수 있다면 이것만큼 좋은 미끼도 없을 거다. 김좌근 곁의 풍수 정만인이란 자가 뭐에 비틀어졌는지 몸을 숨겼다는 말이 있다. 너는 김좌근의 집을 살피며 사람을 끌어 모으면 된다.

　가마니 한 장을 장동 네거리 사대부집 담벼락에 붙여 깔았다. 바로 김좌근의 집이었다.

　재상은 거지 중으로 분장을 했고, 용식은 거지 차림으로 꼽추 춤을 추어대며 사람들을 모우기 시작했다.

　-자, 단돈 두 푼에 무엇이든 물어봐. 지리산에서 20년간 수도하고 내려온 도사님이여. 글자만 짚으면 그대들의 인생이 환하게 열린다

니까. 어서 오시오. 요것이 그 유명한 파자점이여.

거적 위에 앉은 재상이 점을 치기 시작했다.

마침 지나가던 중년 사내가 파자점이라는 바람에 호기심이 동해 쭈그리고 앉았다.

-어떻게 보는 거요?

-간단하오이다. 글자만 짚으면 되니까.

재상이 붙인 수염을 쓸다 말고 걸걸한 음성으로 대답했다.

재상은 밤새 만든 파자판을 사내 앞에 펼쳐놓았다. 재상이 선별해 써놓은 한자들이 들어차 있었다.

점을 치려는 사람은 재미있다는 표정이었다.

-용하기도 하다. 용하기도 해. 재수 옴 붙은 사람, 묘지 잘 못 써 멸문한 사람…… . 자 어서 오시오. 세상 모든 의혹이 글자 한 자 속에 드러나니까 말이여. 무덤의 시신이 이 점 보기 위해 벌떡 일어난다는 풍수점이오!

용식이 김좌근의 담 안을 향해 고함을 질러댔다.

담 너머 시끄러운 소리에 김좌근이 뜰을 쓸고 있는 행랑아범에게 물었다.

-저놈들 뭐냐?

-조금 전부터…… . 뭐 파자점이라고 하던가. 아무튼 지리산에서 수도하고 내려온 용한 점쟁이라 합니다요.

-파자점?

그런 점도 있나, 갸웃하며 김좌근은 사랑으로 들었다.

찻상을 마주하고 김병기를 향해 물었다.

-파자점이라니…… . 파자점이 뭐냐?

-왜 그러십니까?

-네거리라 그런지 지리산에서 땡초 하나가 내려온 모양이야. 뭐 파자점을 본다고……. 풍수 어쩌고 하는데…….

김병기가 고개를 갸웃했다.

-이상하군요. 파자점을 이 나라에서 보는 이가 있다니요. 옛날 무학대사가 중국의 원청강에게 배워 퍼다가 이미 대가 끊어진 지 오랜데……. 본시 원천강이 풍수의 원리로 파자점을 만들었다는 말이 있습니다.

-재밌군. 무학이 그 점을 이 나라에 가져왔다?

-그렇게 알고 있습니다. 바로 그 점으로 이성계는 이 나라를 세웠지요.

김좌근이 눈을 번쩍 뜨며 상체를 꼿꼿이 세웠다.

-그러니까 밖에 있는 놈들, 분명 파자점을 본다고 했지?

-그랬다고 하지 않았습니까?

-그럼 재미삼아 불러보는 것이…….

-분명히 돌팔이일 텐데…….

김좌근이 웃었다.

-돌팔이야 분명하겠지만 물어볼 수는 있지 않겠는가.

김좌근의 속마음을 알아챈 김병기가 뒤도 돌아보지 않고 대문으로 향했다.

대문을 열고 나가 김병기는 주위를 살폈다. 없었다. 그사이 어디론가 가 버리고 없었다.

파자풍수

1

용식은 주머니를 뒤져보았다. 주머니 속에서 동전 몇 닢이 나왔다. 탈탈 털어보았으나 몇 닢 되지 않았다.

어쩐다?

용식은 동전을 움켜쥐고 눈을 감았다. 땅질을 해 몇 푼 벌었는데 남은 것이 동전 몇 닢이었다. 재상은 신분이 들통 날까 좌불안석이지만 그렇다고 굶어죽을 수는 없는 일.

어떡하나. 장사도 안 되고 땅도 못 보게 하고…….

찾아올 것이라 생각했던 김좌근의 무리들은 어떻게 된 판인지 코빼기도 보이지 않았다.

시장바닥을 지나오면서 맡은 김치전 냄새가 생각났다. 동시에 예전 아버지가 땅을 보러 다닐 때 봐두었던 명당 한 자락이 생각났다.

어제 마침 이곳의 유지 김진사 댁에서 묏자리를 구한다는 말이 나온 판이었다.

그 자리를 줄까?

에라, 모르겠다 싶었다. 그렇다고 굶어 죽을 수도 없는 게 아닌가.

재상을 생각하자 바람이 쌩했다. 가슴속에서 가랑잎 구르는 소리
가 났다.

그의 발길이 어느 사이에 김진사 집에 닿았다.

2

-여기란 말인가?

김병기가 재상의 집으로 들어서며 아랫것에게 물었다. 초가지붕
위 박들이 탐스러웠다. 시골집에서 뛰놀던 어린 시절이 한순간 떠
올랐다. 마당 가득 널려 있던 붉은 고추들.

마당을 거닐던 재상의 가슴이 쿵 하고 떨어졌다,

어디서 들어본 불길한 음성.

몸이 저절로 대문을 향해 틀어졌다,

-누구요?

재상의 눈가가 파르르 떨렸다. 우귀남을 죽일 때 가슴 깊이 새겨
놓은 자였다. 날선 코. 찢어진 눈. 하관이 여우처럼 교활한 상. 여전
히 음성이 만만찮다. 쇳소리가 칼날처럼 서늘하다. 정이라고는 느껴
지지 않는 음성.

-여기가 파자점을 보는 집인가?

사내가 아랫것을 돌아보며 물었다.

아랫것이 나섰다.

그의 눈과 용식의 눈이 딱 마주쳤다. 아랫것이 손가락을 뻗쳐 용식을 가리켰다.

-맞습니다요, 저 사람. 저 사람이 파자점을 잘 본다고 하더구먼요.

김병기가 확인하듯 재상을 향해 물었다.

-자네가 맞는가, 파자점을 본다는?

-맞소! 누구신지?

재상이 대신 나서자 용식이 뒤따라 나와 그를 잡았다.

-나서지 마.

용식이 위기감을 느끼고 중얼거렸다.

재상이 김병기의 눈치를 보며 용식의 손을 모질게 떨어냈다.

앞장섰던 사내가 재상과 용식을 번갈아 보았다.

그 사이에 김병기가 미소를 지으며 재상에게 말했다.

-점 보는 것이 뭐가 죄라고. 대감께서 부르신다.

3

솟을대문을 들어서자 대갓집의 정원이 드러났다.

김좌근이 사랑채에서 기다리고 있다가 김병기를 맞았다.

-데리고 왔느냐?

-예.

재상이 보니 늙은이의 얼굴이 예전보다 더 붉어 보였다.

심화에 의해 열기가 위로 솟구치고 있다는 증거였다. 굵은 이마의 주름살 밑으로 뻗친 듯 자리 잡은 호랑이 눈썹, 길게 찢어진 눈,

대통을 반으로 잘라 엎어놓은 듯한 코, 하늘의 기운을 놓칠세라 위로 솟구친 반달 끝 같은 입 매무새.

김병기가 옆으로 물러나며 재상에게 말했다.

-인사드리게. 김좌근 대감일세.

재상이 큰절을 올렸다.

-파자점을 본다고?

김좌근이 물었다.

-그렇습니다.

-파자점을 보아줄 수 있겠는가.

-그렇잖아도 여기 가지고 왔습니다.

재상이 가지고 온 보자기를 풀어 파자판을 내놓았다.

-이 글자 중에서 한 자를 짚으십시오.

-그보다…….

김좌근이 본심을 드러냈다.

-먼저 점을 보기 전에 한 가지 확인할 것이 있네. 파자점을 본다고 해서 놀랐는데 어디서 배운 것인가? 나도 파자점에 대해선 관심이 많다네.

-아, 예……. 저의 스승은 지리산 두타암에서 수도하시던 빌공자(空) 하늘천자(天)를 쓰시던 공천스님이었습니다. 무학대사의 파자점을 이어받은 무학공파의 5대 제전제자입지요.

-그럼 알겠군.

재상이 침을 꿀꺽 삼키며 다음 말을 초조하게 기다렸다.

-무학대사께서 말일세. 이성계에게 하지 못한 대답. 모르겠는가? 이조 왕대가 언제까지 갈 수 있겠느냐는 물음 말일세. 제대로 된 무

학대사의 제자였다면 들었을 게 아닌가. 아니, 듣지 않았다고 하더라도 대답을 알고 있을 게 아닌가?

그제야 김좌근의 심중을 간파한 재상이 희미하게 웃었다.

-물론 알고 있습니다.

김좌근의 눈빛이 번쩍 빛났다.

만약 무학이 그 대답을 했다면, 지금 이씨 왕가의 앞날을 내다볼 수 있는 절호의 기회였다.

-말해보게.

김좌근이 침을 꼴깍 삼키며 말했다.

-저도 들은 소리입니다. 그날 무학대사께서 이성계가 문자판의 순(順)자를 짚었다고 하더군요.

-그래 그랬다고 알고 있네.

-무학대사께서는 꼭 530년 되겠다고 나중 제자들에게 말하셨다고 합니다.

김좌근이 적이 놀란 표정을 지었다.

530년?

그는 잠시 생각하다가 재상을 쳐다보았다.

-어째서 그랬다고 하시던가?

-순자의 앞변 머리혈(頁)을 보면 백(百)이란 글자와 육(六)이란 글자가 합쳐져서 된 글자입니다. 그런데 육의 한 획이 떨어져 나갔습니다. 그래서 다섯으로 봐야 하는 것입니다.

-으흠, 그래서 오백이다?

-그렇습니다. 다음은 혈에 붙은 자입니다. 내천(川)자입니다. 내천의 수는 삼입니다. 석 삼자를 세워둔 것과 같습니다.

-그래서 30년이다. 오백 삼십 년?

되뇌면서 김좌근이 속으로 계산해보니 앞으로도 오랜 세월 이씨 왕조가 계속된다는 말이었다. 김좌근은 눈을 감았다.

이번 대에도 끝나지 않는다?

잠시 생각하던 김좌근은 눈을 떴다.

-자네도 그리 생각하는가?

이번에는 재상이 눈을 감았다. 김좌근이 말하지 않아도 그의 심 중을 알겠다는 생각이 들었다. 그렇다면 그의 마음을 얻을 필요가 있었다.

-저는 그렇게 생각하지 않습니다.

재상은 눈을 뜨고 분명한 어조로 말했다.

-않는다니?

-순자의 변 머리혈 자는 획이 떨어져 나가 오백을 뜻하는 글자 가 맞습니다. 문제는 내천자의 삼 획입니다. 무학대사께서는 그것을 30년으로 보고 보태었으나, 머리혈 자가 획이 떨어져 나가 깨어져 버렸습니다. 그럼 30년을 더할 수 없는 것입니다.

-그럼 5백 년이란 말인가?

재상이 고개를 내저었다.

-아닙니다. 머리혈이 터지면 앞 수만큼 그 수가 함께 터져나가는 것이 파자의 법칙입니다. 그렇게 보면 이태조로부터 정확히 470년 이 됩니다.

-그래?

김좌근이 눈을 지그시 감고 머릿속에서 숫자를 굴리기 시작했다.

조선을 세운 이성계가 등극한 해가 1392년이다. 그럼 어떻게 되는가? 470년이라면 앞으로 얼마 남지 않았다. 지금의 내 나이가 몇 인가? 그렇구나. 내 나이 육십 대에 금상의 자리에 오를 수 있다는 말이로다. 헌종의 재위 시절에도 사실상 왕권은 장동김문이 잡고 있었다. 그렇다면 왕권이 지금의 왕에서 끝난다고 봐야 한다.

 -흐흠, 역시 그 정도라는 말이로다.

김좌근은 자세를 고쳐 앉았다.

 -이참에 내 점을 한 번 보아줄 수 있겠나?

 -알겠습니다.

재상이 대답하고 미리 왕(王)자를 한 중앙에 꽂아놓은 문자판을 내밀었다.

아니나 다를까, 자연히 김좌근의 시선이 왕자에서 멎었다.

 -왕자를 집으셨군요.

 -그렇네.

재상이 잠시 생각하다가 말을 이었다.

 -대답하나마나입니다. 십여 년만 기다리시지요. 곧 대감의 세상이 될 것입니다. 지금 세상과는 또 다른⋯⋯.

 -허허허, 젊은 사람이 입이 걸구만. 어째 그런가?

 -왕자를 파자하면 열십이 됩니다. 십 자리와 위아래 두 자리이오니 세월을 기다리시면 대감의 세상이 된다는 말이옵지요.

김좌근은 자신의 계산이 맞아들었다는 생각에 허허거리며 연신 무릎을 쳤다.

그런 김좌근을 김병기가 염려스런 표정으로 지켜보았다.

6장

명천도

1

원명이 홍선군 이하응의 집으로 들어섰을 땐 벌써 초저녁 별이 뜬 뒤였다.

사립을 나설 때 어머니의 부탁이 뇌리에 남아 있었다.

-행동거지 조심하거라.

얼굴도 모르는 아버지였다. 아버지 전계군이 강화도에 살아있다는 말만 들으며 살았다. 아버지는 모를 것이라고 했다. 강화도에서 한양으로 찾아온 사람. 화영각으로 찾아와 맺은 단 한 번의 정사. 그 길로 머리를 깎고 산으로 들어가 자신을 키운 어머니였다.

그 아버지가 죽고 형제들이 죽었다고 하였다. 살아남은 원범 형이 장동김문의 허수아비 왕이 되었다고 하였다. 그렇다고 한 번도 자신이 이씨 종자임을 밝혀본 적이 없었다.

어느 날 사정을 어떻게 알았는지 홍선군이 찾아왔다.

홍선군도 원명이 전계군의 핏줄임을 믿을 만한 일부를 제외하고는 종친들에게 밝히지 않았다. 왕손이라고 하면 눈을 밝히고 죽이는 장동김문 때문이었다.

홍선군의 사랑채에는 벌써 종친들이 모여 들어 있었다.

-자네가 이러고 다니니까 장동김문 놈들이나 풍양조씨 놈들까지 우릴 만만히 보는 게지.

종친 어른 하나가 홍선군을 나무라다가 들어서는 원명을 시답잖은 눈길로 쏘아보았다.

원명이 절을 올리자 인사를 받는 둥 마는 둥 하고는 홍선군을 잡았다.

-근본도 모르는 시정잡배와 어울리기나 하고······. 이제는 저런 어린놈까지 드나들게 해? 집안에 이런 큰 변이 일어난 게 뭐 자랑이라고 큰 소리로 떠들고 행팬가 행패가.

-너무 취했었나 봅니다. 무슨 벌을 내리셔도 달게 받겠습니다.

홍선군이 낮은 목소리로 예를 갖추었다.

-에에이.

종친 어른이 혀를 차며 돌아앉았다.

원명이 보기엔 종친들이 너무 심하다는 생각이 들었다. 장동김문의 패악이 오죽했으면.

-어르신, 저 어리지 않습니다. 그리고 나리가 대체 뭘 잘못했는지 모르겠습니다.

원명이 조심스럽게 볼멘소리를 내자 종친 어른이 이번에는 원명을 노려보았다. 홍선군에게서 이 아이가 전계군의 핏줄이라는 소리를 들었지만 그래서 더 이놈 봐라, 싶었다.

-어디서 천것이 눈을 치뜨는 게야. 이놈 죽고 싶으냐!

참다못한 홍선군이 벌떡 일어났다.

-그만들 하세요. 왕족이 의문사로 죽은 지 벌써 세 번째입니다. 장동김문이 비변사를 손에 쥐고 나라를 쥐락펴락한 지 지금 몇 년 쩹니까? 효명세자나 선왕께서 일찍 돌아가신 것이 진정 우연이라 생각하십니까?

-아가리 닥치지 못하겠느냐! 왕족이 말을 뱉을 때는 목을 내놓을 각오를 해야 할 시기이거늘. 한 목숨 부지하기 위해 속을 숨긴다 하더라도 어찌 그놈들의 가랑이 사이를 길 수 있단 말이냐, 에에이.

홍선군이 고개를 숙였고 원명의 눈에서 눈물이 뚝, 하고 떨어졌다.

-이놈, 진정 죽고 싶은 게냐! 어디서 근본도 없는 것이. 무엇이 분한 것이야?

종친 어른이 원명의 눈물을 보자 불 같이 화를 내었다.

홍선군이 주먹을 쥐고 바들바들 떨었다. 홍선군의 오촌아재 이형술이 참으라는 듯이 홍선군의 손을 잡았다.

이제 원명의 나이 열여덟이었다.

종친들이 돌아가고 나자 원명의 방으로 홍선군이 곶감을 가지고 들어왔다.

-너무 늦었지?

-아닙니다. 이리 앉으세요.

-잘 밤인데 출출할까 해서 곶감 좀 가지고 왔다.

원명이 말없이 곶감만 먹고 있자 홍선군이 입꼬리에 웃음기를 담았다.

아무리 봐도 나이에 비해 의젓하고 대견하다. 하기야 남아가 그 정도는 되어야지.

128

흥선군이 일어날 때쯤 해서야 원명이 입을 열었다.

-어른들 말 괘념치 마세요. 그들이 언제 우리들에게 신경 썼다고…… . 장동김문 놈들이 우리들 모두 잡아 죽인다고 해도 눈도 깜빡 안 할 사람들입니다.

역시 말 한 마디마디가 의젓했다.

-알고 있다.

원명이 먹고 있던 곶감을 놓았다.

-어른들은 우리들만 잘못했다고 하지만, 따지고 보면 계속 모른 척하고 있으니 놈들이 점점 심해지는 것 아닙니까.

-증거가 없으니 공개적으로 말하지 못하는 게지. 어른들 말씀이 맞아. 나도 아까는 홧김에 저질렀지만 잘한 일은 아니다.

그때 문밖에서 그들의 동태를 살피고 있던 검은 그림자 하나가 날쌔게 담을 넘어 사라졌다.

2

휘황한 달빛 아래 중궁전의 위용이 드러났다. 어디선가 밤 부엉이가 부부 울었다.

끓는 물과 천을 든 궁녀들이 다급하게 중궁전으로 들어갔다.

그 모습을 초조하게 바라보던 철종이 신경질적으로 최상궁을 노려보았다. 꼭 그에게 책임이 있다는 듯이.

-대체 이유가 뭐냐? 어떻게 아무 이유 없이 복중의 태아가 유산된단 말이냐!

최상궁이 말을 못하고 쩔쩔 매었다.

철종이 답답하다는 표정을 지으며 그녀를 노려보았다.

-네 생각을 한번 고해봐라. 명청하게 서 있지만 말고.

최상궁이 말을 못 하고 역시 쩔쩔 맸다.

-추측이라도 해보란 말이야.

철종이 버럭 고함을 질렀다.

최상궁은 묵묵히 고개만 조아렸다.

-너희들도 짐을 무시하는 것이냐? 나희들 눈에도 짐이 왕 같지 않다 이거냐? 차례로 경을 쳐야 말할 것이야!

철종이 내지르자 잔뜩 겁에 질린 어린 궁녀 한 명이 나섰다.

-저…… 시중에 떠도는 말이온데, 정조대왕께서 쉬시는 자리가 절손이 될 흉지라는 소문이 있사옵니다.

최상궁이 부르르 떨었다.

저, 저 철없는 것. 어느 안전이라고.

맹랑한 모습이 겁이 없어 보였다. 겁이 없다는 것은 그런 말을 했다가는 목숨부지하기 힘들다는 것을 모르고 있다는 말이다.

궁녀들이 그만하라는 눈빛을 보냈다. 어린 궁녀가 왜? 하는 표정을 지었다. 궁녀 사이에 떠도는 말을 했을 뿐인데 이상하다는 표정이었다.

아니나 다를까, 철종이 어린 궁녀를 험악하게 노려보았다.

-너희도 알고 있었느냐?

어린 궁녀가 철없이 고개를 끄덕였다. 최상궁과 궁녀들이 어찌할 바 모르고 허둥거렸다.

최상궁이 철종 앞에서 얼굴을 쳐들고 있는 철없는 어린 궁녀를 와락 낚아챘다. 어린 궁녀가 구석으로 나가 떨어졌다.

최상궁이 황급히 꿇어앉았다.

-전하, 주, 죽여주시옵소서!

다른 궁녀들이 따라 주저앉았다.

-죽여주시옵소서, 전하!

그제야 사태를 짐작한 어린 궁녀가 엉거주춤 무릎을 꿇고 동료 궁녀들을 흘끔거렸다.

철종이 싸늘하게 그들을 노려보았다.

3

김병기가 편전으로 들자, 홍색과 청색 관복을 입은 대신들이 도열해 있고, 철종이 심드렁한 얼굴로 그들을 노려보고 있었다.

김병기가 자리로 들자 철종의 시선이 내리꽂혔다.

그때 양부 김좌근이 철종을 향해 읍했다.

-이번 사헌부 대사관은 김의성으로 해야 하옵니다.

김좌근이 아뢰자, 철종은 이맛살을 찌푸리며 판서 조병구를 향해 의견을 묻듯 시선을 던졌다.

-아니 되옵니다, 전하.

반대 의견이 바로 붙으니, 김좌근의 측근 김정근 대감이 나섰다.

-아니, 아니 될 이유가 뭐가 있소?

철종이 귀찮다는 듯 용상을 탁탁 쳤다.

-됐소. 됐소. 그냥 그자로 하시오.

철종이 그러자 김좌근이 미소 지으며 나섰다.

-망극하옵니다, 전하.

조병구와 호조판서 조병현이 난감한 표정인데 김병기는 그 모습을 보면서 빙긋이 웃음을 물었다.

장동김문의 세도정치 속에서도 자신의 정치를 펴려 하는 젊은 왕. 그러나 그의 곁에는 그의 편이 없었다. 정치적인 지지는 고사하고, 그들이 언제 자기를 죽일지 모른다는 확신만 분명해질 뿐이었다.

그의 편이 되어야 할 할머니와 아내는 이미 장동김문 가문의 사람들이었다. 그의 어머니 역시 장동김문과 전략적 동료 관계인 풍양조씨 사람이었다. 주변의 모든 사람들이 거짓말을 하고 있다는 걸 그가 모를 리 없다고 할지라도 그는 너무 약했다.

그럼 믿을 것이 무엇인가? 일전에 헌종의 장지 문제로 그는 본심을 드러냈다. 강화도 바보에게 누군가 꼬드긴 것이다. 명당!

미련하고 어설프고 어리석게도 그는 땅에 희망을 걸었을지도 모른다. 도대체 왕의 심사를 흔들어 놓은 자가 누구인가.

분명히 믿을 만한 무엇을 철종에게 가져다주었기에 저렇게 본색을 드러내고 있을 터였다.

-망극하긴요. 제가 이리 편안히 있는 것도 다 비변사에 몸담고 계신 대감들 덕분이 아니겠습니까. 저 대신 알아서 이 나라의 모든 종사를 살피고 계신데요.

철종의 뼈 있는 말에 김좌근이 눈을 감았다.

신하들은 왕이 갑자기 왜 저러지 하는 표정들을 지었다.

-오늘은 이만 하도록 합시다.

철종은 자리를 뜨려다가 돌아섰다.

-아, 어제 제가 재밌는 얘기를 하나 들었습니다. 정조대왕 할바께서 쉬고 계신 곳이 절손될 흉지라는 겁니다. 그래서 복중의 세자가 잘못된 것은 아닌가 하더군요.

　신하들이 긴장을 풀고 자리를 뜨려 하다가 뜨끔해서는 허둥거렸다.

　김좌근이 얼핏 흔들리다가 나섰다.

　-전하, 아뢰옵기 황공하오나 풍수란 미신이나 잡술에 불과한 것이옵니다.

　-그러하옵니다, 전하. 돌아가신 정조대왕께서 쉬고 계신 곳은 관상감에서 고르고 고른 최고의 명당이옵니다.

　판서 조병구가 기다리고 있었다는 듯이 나섰다.

　-본시 그 자리에 모시기로 한 게 아니었다면서요?

　철종이 무슨 소리냐는 듯이 그들의 말을 받았다.

　대신들이 당황하자 김좌근이 다시 나섰다.

　-황공하오나, 전하. 원래 자리에 물이 찬다 하여 그곳으로 옮긴 것이옵니다.

　-그러하옵니다, 전하. 저도 분명 그리 들었사옵니다.

　이번에는 호조판서 조병현이 나섰다.

　-그래요?

　철종이 그렇게 묻고 고개를 끄덕이다가 웃음기를 입꼬리에 떠올렸다.

　-대신들께서 그리 말씀하시니 제 마음이 한결 놓입니다.

　대신들이 한숨 돌리자 돌아서는 철종의 눈빛이 번쩍 빛났다.

4

흥선군이 베잠방이 차림으로 방안에 드러누워 금낭경을 읽고 있었다.

책 위로 기이하게 검은 그림자가 스쳤다. 고개 들어보자 철종이 변복을 하고 서 있었다.

-전하, 여기까지 기척도 없이 어쩐 일이시옵니까?

흥선군이 깜짝 놀라 일어나며 화들짝하자 철종이 고개를 주억거렸다.

-들어가도 되겠습니까?

-어서, 어서 이리로.

철종이 섬돌에 신발을 벗고 대청으로 들어와 흥선군이 권하는 자리로 가 앉았다.

철종의 시선이 흥선군이 보던 금낭경에 가 멎었다.

-이 시간까지 기침하지 않고 뭘 보고 계시나 했더니, 풍수 서적이군요?

듣던 대로라는 어투로 철종이 물었다.

-요새 통 잠이 오질 않아 그저 재미로 읽고 있습니다.

-왜요? 장동김문들 때문에요?

흥선군의 눈빛이 흔들렸다.

-궁에 있다고 눈이 없고 귀가 없는 게 아닙니다.

-황공하옵니다.

-숙부, 제 부탁 하나만 들어주시겠습니까?

단도직입적인 임금의 말에 흥선군이 눈을 크게 떴다.

-얼마 전, 복중의 세자가 또 잘못된 일을 숙부도 알고 계시겠지요. 중궁전 궁녀들 말이 다 정조할바 능이 잘못돼서라지 않습니까?

-전하…….

-압니다, 알아요. 힘들면 뭐라도 기대고 싶은 게 사람 마음 아닙니까. 아버지가 일찍 돌아가신 것도 그렇고, 세자가 안 생기는 것도 그렇고……. 괜히 하는 생각일 수도 있지만 왠지 찜찜해서요. 숙부가 좀 알아 봐주세요. 진짜 그곳이 흉지인지 아닌지.

말을 끝내면서 철종이 흥선군의 눈치를 보았다.

-만약 흉지라면 어떻게 하실 생각이십니까?

흥선군이 머뭇거리다가 물었다.

-누가 선정했는지 알아내고 왕실을 능멸한 대가를 치러야지요.

흥선군은 자신도 모르게 눈을 감았다. 꽉 막혔던 속이 뚫리는 것 같은데 드러낼 수 없었다. 그는 치밀어 오르는 감정을 짓누르고 얼굴을 들었다.

-전하, 그 문제라면 그리 상심 마옵소서.

-무슨 좋은 수라도 있겠습니까?

흥선군이 철종을 향해 바싹 당겨 앉았다.

기둥에 기대어 몰래 엿듣고 있는 노비 상길이 문 쪽으로 더 가깝게 귀를 가져다댔다.

5

요즘 들어 입이 왜 이렇게 단지 모를 일이다. 음식이 당기면 살이 찌기 마련인데, 언제나 한 종지의 밥이 모자란다.

솜씨 좋게 버무린 어리굴젓, 보리굴비의 짭짜롬한 맛이 입에 닿으면 그대로 목으로 넘어가 버린다. 거기다 게장이라도 올렸다 하면 밥 두 종지가 모자란다. 살이 찌면 안 된다는 어의의 말도 그때만은 소용없다.

내일부터 음식을 줄여야겠다고 생각하며 김좌근은 일어났다.

낙선재로 들자 벌써 사람들이 들어 있었다.

-내가 늦었네.

김좌근이 들어서자 김병기가 기다리고 있다가 일어났다.

재상도 따라 일어나며 고개를 숙였는데, 김좌근이 자리로 가며 앉게, 하고 말했다.

-이걸 한 번 보시지요.

김병기가 소매 속에서 접힌 지도 한 장을 꺼냈다.

받아보던 김좌근이 고개를 내저었다.

-이 자리, 예전에 봐두었던 곳이긴 하지만……. 정지관이 산으로 들기 전에 준 것을 밀어놓았는데. 그래도 들어온 자리니…….

김좌근이 보다가 뭔가 내키지 않는 듯 주저하다가 피식 웃으며 서안에서 인장을 꺼내 호기롭게 찍었다. 장동김문(壯洞金門)이란 붉은 글자가 지도 구석에 선명하게 찍혔다.

-전에 그대의 고향이 어디라고 했던가?

김좌근이 인장을 놓으며 시선을 들어 재상을 향해 물었다.

-나주 팽성입니다요.

재상이 대답했다.

-나주? 나주라면 그곳에 오상면이라는 풍수쟁이가 있었지. 그를

아시는가?

-알다 뿐이겠습니까. 그분 제 스승님의 도반이십니다.

언젠가 아버지를 찾아온 그를 생각하며 재상이 대답했다.

-오호, 그래?

-그분 일전에 돌림병으로 돌아가셨습니다.

김좌근이 의심을 풀고는 고개를 끄덕였다.

-내 일찍이 전국의 내로라하는 지관을 모르는 이 없거늘, 그대의 대스승이 공천스님이라고 했었나? 그 양반의 제자가 이천관 풍수였다고? 그럼 이천관과 오풍수가 동기간이란 말이 아닌가. 허어, 이천관 풍수에게 젊은이처럼 난 사람이 숨어 있었다니…… 나도 들었네. 이천관이 가고 오풍수마저 돌림병으로 갔다는 걸. 왜 자네 소식을 여즉 듣지 못했는지 모르겠군.

일전에 보내 놓고 궁금한 것이 많았던 모양이었다. 재상은 어금니를 지그시 씹었다.

-지금 이 나라에서 제일 산을 잘 보는 풍수가 누굽니까?

언젠가 재상이 물었을 때 아버지가 말했었다.

-나주 팽설의 이천관 지관이지. 가히 신안이었느니라. 땅속을 내 집 안방 보듯이 했으니 말이다. 그 양반의 도반이 오상면이라는 지관인데, 그분 역시 신안이었느니라.

김좌근이 재상을 향해 좀 전에 인장을 찍은 지도를 보였다.

-이곳을 한 번 보게. 어떤가?

재상이 지도를 보았다.

-혹시 혈심부란 말을 아십니까?

재상이 가만히 보고 있다가 물었다.

-응? 자세히 말해보게.

-좌향(坐向)은 지리척도의 기본입니다. 좌향에 생기가 모여 있기 때문이지요. 좌가 정면으로 가르치는 방위를 향(向)이라 할 것입니다. 혈심부를 정확하게 짚어내기 위해 붙여진 이름인 것입니다.

-나도 그 정도는 알고 있네.

-그 혈심부를 보고 어떤 임자가 들어설지 정해지지요. 어떤 곡식을 심어야 잘 자랄 땅인지 정해지듯이요. 아무리 좋은 혈심부라도 그에 맞는 고유한 온도가 있으니까요.

-온도? 차고 따뜻한?

재상이 고개를 주억거렸다.

-무슨 소린가?

뜻밖이라는 듯이 김좌근이 호기심어린 눈을 번뜩였다.

-온도를 알아야 그곳에 들어갈 씨앗이 정해진다는 말입니다. 침이 혈자리에 틀림없이 박혀야 병이 잡히듯, 약이 몸에 맞아야 이롭게 작용하듯 말입니다.

-호오!

김좌근이 탄성을 터트렸다.

-인간은 짝을 만나면 몸의 온도가 변합니다.

잠시 생각하는 척하다가 재상이 말했다. 이런 인간에게는 그저 그에 맞는 말만 지껄이면 된다.

-무슨 소린가?

김좌근이 반쯤 넋이 나간 표정으로 물었다.

-사람은 나이를 먹어가면서 고유 온도가 계속해서 변합니다. 그러므로 지관은 그 온도와 땅의 온도를 척 봐서 맞춰주어야 하는 것

입니다. 그렇게 맞게 들어가는 자리가 명당인 것입니다.

-그러니까 기를 말하는 것인가?

-그렇습니다. 인간 역시 기의 동물이기 때문입니다.

-흐흠, 이 땅 어디나 명당 아닌 곳이 없으나 기에 맞게 적시적소에 들어가 누워야 그곳이 명당이다?

말뜻을 알아챈 김좌근이 물었다.

-그렇습니다.

김좌근이 일리가 있다는 표정을 지으며 고개를 주억거렸다,

-역시 대단하군. 그래서 내가 보기에는 까마귀 발톱 같은 땅이었는데, 천하 없는 명당이었다?

-복 있는 자의 땅이옵지요. 가난한 이를 위해 그 땅을 내주어도 임자임을 알아보지 못하니 지금껏 임자를 기다린 땅이옵지요.

김좌근이 무릎을 쳤다.

-옳다.

6

김좌근이 재상을 다시 부른 것은 그 후 나흘째 되던 날이었다.

사랑 앞에 섰는데 안에서 김병기의 음성이 들려왔다. 재상이 자연스럽게 고개를 숙여 엿들었다.

-없는 사이에 정지관이 다녀갔습니다.

-정만인이?

-이걸 두고 갔습니다.

-뭔가?

-명천도라고 하더군요.

-명천도라, 어디 보자. 흐흠. 지도가 왜 이런가? 모든 게 뒤엎어져 있는 것 같으니.

-그러게 말입니다. 시원찮아 보이던데 소중한 것이라며…….

-어디 가져올 것이 없어서 이런 잡동사니를…….

-그래도 들어왔으니 표시나 해놓지요.

-그러지. 정지관에게 설명이야 천천히 들어도 될 터이고.

재상이 사랑으로 들자 막 지도에 장동김문이란 직인을 찍은 뒤였다.

김병기가 그럼 말씀 나누시라며 나가고 나서야 재상이 인사를 여쭈었다.

-찾으셨다고 해서…….

-어서 들어오게.

차가 나오고 잠시 이 말 저 말 나누다가 김좌근이 좀 전에 직인을 찍은 지도를 내놓았다.

-아무래도 이상해서 말일세. 이 자릴 한 번 보겠나.

김좌근이 지도를 펼쳤다.

재상이 지도를 내려다보니, 하늘에서 눈이 내리고 있었다.

하늘에서 눈물처럼 눈이 내리는 땅? 설로루천(雪爐淚天) 터다.

재상은 음지로 쓸 수 없게 절터가 되어 버린 가야사 터가 가장 먼저 떠올랐다. 그런 터가 또 어딘가 있을 것이야 당연하겠지만, 어쩐지 눈에 익다 싶었다.

설로루천 터는 명당이 되려면 세월을 기다려야 하는 터다. 세월을 기다려야 금로낙천(金爐樂天)터가 된다. 황금 화로 위로 천상의 음

140

악이 흐르는 땅.

그런데 지도 이름이 이상했다. '명천도'라는 글자가 선명하게 보였다.

지도를 보는 재상의 눈매가 날카롭게 빛났다. 어쩐지 덕산 설로루천 터가 아닌 것처럼 보였다. 언뜻 보면 그곳 같은데 하나 같이 뒤집어져 있었다.

-이 지도 어디서 난 것입니까?

밖에서 정만인이 두고 갔다는 말을 들었지만 확인 차 물었다.

-왜?

김좌근이 뭐가 잘못 되었느냐는 듯이 물었다.

-이런 터 본 적이 있습니다.

재상이 생각하다가 말했다.

-그래?

-이 지도 누가 준 것입니까?

-묻는 말에나 대답하게.

-이곳은 명당이 아닙니다.

재상이 단호한 어조로 잘랐다.

-어째서?

-현무 바위산을 뒤로 하고 양쪽으로 좌청룡 우백호가 바로 서 분명하지만, 혈 앞 주작과 안산과 조산이 심히 날카로워 멸문의 화가 미칠까 두려운 자리입니다,

재상의 말에 김좌근의 얼굴이 싸늘해지다가 눈이 감겼다.

-그 말에 책임질 수 있는가?

-확실합니다.

-흐흠.

-게다가 이곳은 이미 절이 서 있군요. 절 중앙에 혈장이 있고요. 하지만 음택으로는 쓸 수 없는 땅입니다. 그리고 모든 것이 뒤집어져 있어요. 이곳은 명당이 아니라 장자가 절손될 흉지가 분명합니다. 아마 누군가 절을 세워 살기를 누른 것 같습니다.

김좌근이 고개를 끄덕였다.

정만인 이놈이 하늘 명당이라더니, 날 가지고 놀아 보겠다?

그렇잖아도 놈을 믿어서는 안 되겠다는 생각이 드는 요즘이었다.

얼굴을 가린 꼴하며…… 츱.

어딘가 음울하고 비밀스러워 마음에 들지 않았다. 일찍이 지관들의 배신을 한두 번 당해 본 게 아닌 터라 한 번 생긴 의심은 금세 깊어졌다.

김좌근은 미련 없이 명천도를 쓰레기통에 툭 던져버렸다. 그리고는 재상을 향해 시선을 돌렸다.

-포곡 신원리에 만대에 이를 천휴지지가 있다는 말을 들었는데, 오늘은 그곳으로 가 보려고 하네.

-그렇습니까, 대감.

-왜 그러는가?

-이 지도 버릴 것 같으면 절 주십시오. 일반적인 명당은 아니오나 사람에 맞기만 한다면 쓸 만은 할 것 같으니 말입니다. 저는 본시 보수를 얻기 위해 땅을 보는 놈이므로 임자만 고르면 괜찮을 것 같습니다. 절 주시면 이보다 나은 땅을 찾아 가져다 드리지요.

김좌근이 호탕하게 웃었다.

-그러고 보니 부려만 먹고 그동안 내가 무심했구만 그래. 가져가

게나.

-고맙습니다.

-허허허, 젊은 사람이 보기와는 달라.

일전에 그의 할아버지 김이중을 이장해야 되겠다기에 평소 봐 두었던 명당 자리를 내주었다. 대단히 만족한 김좌근이 상지라며 재상에게 큰돈을 내놓았다. 재상은 상지를 받지 않았다.

김좌근이 왜 그러냐고 물었다.

-대감나리, 상지를 바라고 한 일이 아닙니다.

-집안이 구차하다는 말을 들었네.

-살 만은 합니다.

-돈보다는 내 환심을 사겠다?

김좌근이 노골적으로 재상의 속을 짚었다.

-곁에 두신다면 혼신을 다하겠습니다. 그때 큰상을 주십시오.

김좌근이 호탕하게 웃었다.

-자네 같은 사람은 처음일세. 나중에 집이라도 한 채 달라는 말 같구먼.

-그렇게 되도록 노력하겠습니다.

-좋네, 배포도 있고. 그래야지, 사내라면.

재상은 이렇게 속을 숨겼다. 상지나 얻어내다가는 언제 어느 때 버림을 받을지 모르는 일이었다.

그랬는데 하찮은 묏자리에 욕심을 보이자 김좌근이 고개를 끄덕였다.

-천상 산쟁일세. 상지도 마다하더니. 내 일이 있어서 먼저 나갈 테니 뒤에 나오게.

김좌근이 먼저 방을 나갔다.

재상이 멍하니 지도를 바라보다가 집었다. 새삼스레 지도를 펼쳐 보았다.

보면 볼수록 이상하다는 생각이 들었다. 모든 것이 꼭 뒤집어진 것 같았다. 그러나 저러나 이미 절이 들어서 있어 묏자리로 쓸 수는 없는 땅이었다.

그래서 김좌근은 미련 없이 버렸겠지만 이런 곳은 비책이 있다. 세월을 기다려 혈자리가 뭉쳐지는 곳을 찾아내 쓰면 되기 때문이다. 절터로부터 살짝 비켜 서 있는 그 어디.

아무튼 당장에 쓸 수는 없고, 더 기다려야 할 땅이었다. 화로 위로 눈물처럼 내리는 눈이 그치고 나서야 황금 화로 위로 천상의 음악을 들을 수 있는 그런 자리였다.

천자의 땅

차비를 단단히 차리고 재상을 따라 나선 지 한참이었다.

홍선군과 재상, 두 사람이 말을 타고 서너 시진을 달려왔을 터였다.

충청도 덕산. 서쪽으로 5리 정도 들어가자 가야산이었다.

산기슭을 돌아서자 푸른 물이 감도는 옥병계(玉屛溪)가 나타났다. 가야골의 산세가 눈이 시리도록 아름다웠다.

가야사가 맞바로 보이는 곳에서 재상이 먼저 말고삐를 당기고 내려섰다. 비로소 홍선군의 눈이 열렸다. 어쭙잖은 그의 실력으로 봐도 공후지지(公侯之地)임이 분명했다.

가야산 서편 봉우리의 두 바위. 솟아 있는 모습이 문기둥 같았다. 넓게 펼쳐진 가야산 한복판에 임금이 병풍을 뒤로 하고 만조백관을 거느린 것 같은 풍광이 현실 세계 같지 않았다.

홍선군은 두 손으로 자신의 눈을 비볐다.

도대체 내가 무엇을 보고 있나? 아, 이런 곳이 있었던가!

-명당이로고!

아무리 봐도 이대천자지지가 분명했다.

세상에 이런 곳이 있었단 말인가! 저 구릉, 저 골짜기. 저 기운……

그들은 좀 더 올라갔다. 절이 하나 보였다.

-가야사입니다. 천년이 넘은 고찰이지요.

-가야사?

-그렇습니다. 설로루천 혈. 눈이 화로에 하늘의 눈물처럼 내리는 혈입니다.

흥선군이 입을 딱 벌렸다.

-이 사람 무슨 소리를 하고 있는가?

-그러나 이제 금로낙천 혈로 일어나고 있지요. 잘만 쓰신다면 세상이 따뜻하고 천상의 음악이 세상의 즐거움이 될 대명당입니다.

-아, 그런 혈이 있다더니……. 그런데 절이다? 이럴 수가!

아깝다, 소리가 먼저 터져 나가는 것을 흥선군은 겨우 참았다.

-왜 이런 곳에? 절터를 음택으로 쓸 수 없다는 것쯤은 아네. 더욱이 천 년이 넘었다면…….

재상이 희미하게 웃었다.

-그래서 왔습니다.

재상이 조금의 흔들림도 없이 말했다.

-그래서 왔다니?

흥선군이 되물었다.

재상이 사방을 살펴보며 말을 이었다.

-보이지 않습니까, 저 명당 자리가……. 분명 두 임금을 배출할 이대천자지지입니다. 김좌근의 시선을 돌리기는 했으나 정만인이

란 자가 그것을 모를 리 없습니다.

-그렇다고 해도 절터가 아닌가?

-비책이 있습니다.

확신에 찬 어조였다.

-비책?

재상이 고개를 끄덕였다.

-저는 나리의 소망을 알고 있습니다. 수백 년간 이어져온 종묘사직을 지키는 일이겠지요. 그럼 만대의 부귀영화보다는 이대천자가 난다는 저 자리를 택해야 되지 않겠습니까.

-그렇긴 하네만 음택이라 쓸 수 없는 자리가 아닌가. 이런!

칼날 한 개가 단단하게 숨겨진 흥선군의 속마음을 다시 한 번 확인하고 난 재상이 시선을 돌려 금탑과 가야사를 바라보았다.

-저 지형을 자세히 보십시오.

흥선군이 재상의 시선이 머문 곳을 바라보았다.

-나리, 예전에 감우팔원이라는 대풍수와 그의 제자 도선국사가 있었습니다. 감우팔원은 저 가야사 혈을, 도선국사는 저 금탑 자리를 진혈로 보았습니다. 감우팔원은 금탑 자리를 원숭이가 초생달을 볼 자리쯤으로 보았는데, 도선국사는 달랐습니다. 이 세상 어디에서도 만월이 비치지 않는 자리가 없다는 것입니다.

-그럼 저 금탑 자리가 진혈이다?

-그렇습니다. 가야사를 불태우지 않고 저 금탑만 헐어내어 이장을 할 수 있다는 말입니다. 본시 진혈은 사혈을 거느립니다. 그러나 이곳이 대명당인 것은 둘 다 진혈이라는 것입니다.

-그럼 왜 그 유명한 풍수 둘이 싸웠는가?

-상징성이지요. 행운과 불행은 어깨동무를 하고 있다는 걸 알라. 그걸 우리들에게 가르친 것이지요.

-하여튼! 절을 불태우지 않고 저 금탑혈를 쓸 수 있다?

홍선군이 홍분하여 확인하듯 물었다. 그런데 재상이 돌연 고개를 저었다.

-그런데 문제가 있습니다.

-문제라니?

-천하의 명당이라도 기가 서로 맞아야 합니다. 나리 아버님과 저 터는 맞지 않습니다.

-이 사람 무슨 소린가? 자네가 내 아비를 어찌 안다고?

재상이 웃었다.

-왜 모르겠습니까. 나리를 보면 알 수 있지요.

-나를?

-역의 기본 이치는 음양(陰陽)에 있습니다.

홍선군이 못미더운 표정을 지었다.

-어서 본론이나 말해보게.

-나리는 천성적으로 양기를 타고 태어나셨다는 말입니다.

무슨 말이냐는 듯이 홍선군이 눈을 크게 뜨며 되물었다.

-왜, 믿기지 않으십니까?

홍선군이 손을 내저었다.

-자네가 무얼 잘못 생각하고 있구먼. 이 사람아, 내가 어디로 봐 그래 보이나.

-언제나 속에서 불이 일지 않으십니까?

-어허, 이것 참!

-풍수는 조화입니다. 음양의 조화이지요. 음기의 사람이 양기의 땅을 만났을 때 그 기운이 평화롭습니다. 그러나 양기가 강한 사람이 양기의 땅을 만나면 폭발합니다. 나리와 마찬가지로 나리의 아버님도 양기였을 것이옵니다. 만약 저곳에 나리의 부친이 들어간다면 왕이 되실 수 있을지 모르나, 그 길이 순탄치 않습니다. 이대천자가 나올지 몰라도 멸문의 길을 면치 못할 테니 말입니다.

-…….

-나리에게는 차라리 가야사 터가 맞을지 모르겠습니다. 그곳이 금탑보다 음기가 승하기 때문입니다.

-그런데?

-제가 양기가 강한 금탑을 쓰라는 것은 이유가 있기 때문입니다.

-이유?

-금탑 터를 쓰려면 먼저 선행해야 할 것이 있습니다. 이장하기 전에 해결해야 될 문제 말입니다.

숨긴 속을 드러내듯이 재상이 말했다.

-그게 뭔가?

-가야사 터가 음기가 승하다고 절을 불태울 수는 없으니 비책을 쓰기로 했던 겁니다. 산 자의 기는 사자의 기보다 강합니다. 아무리 명당발이 좋다 해도 형편을 만들지 못하면 결코 기적은 일어나지 않습니다. 본시 명혈은 그 묘를 쓰려는 이의 운과 결부되어 있습니다. 그것은 운이 좋은 사람의 곁에 있으면 내 운이 건너가는 이치와 같습니다. 이 길로 김좌근 일파의 기를 꺾어놓아야 할 것입니다.

-그러니까 그들의 운을 뺏는다?

-바로 풍수의 절대진리인 탈신공개천명의 이치입니다. 신의 힘을

뺏어 하늘의 명을 바꾼다. 김좌근은 음기의 소유자입니다. 그 음기를 나리 것으로 하려면 그들의 기를 차단해 가져와야 합니다. 그것이 운(運)입니다.

-…….

-기가 차단되면 운은 나리의 것이 될 것입니다. 운이 건너왔기 때문입니다. 나리에게는 왕이 있고, 그들의 기를 꺾어 놓을 증거만 찾아낸다면 명당발이 제대로 일어나게 될 것입니다. 그때까지 결코 그 누구에게도 속내를 보여서는 안 될 것입니다. 더욱이 정만인이라는 자에게는 말입니다.

-그런데 말일세. 김좌근의 기가 내게 넘어온다고 해서 내 아버지의 기가 변할 리 없지 않은가?

-그건 걱정하지 마십시오. 무덤 속의 시신 상태에 따라 후손의 일상이 좌우되는 것처럼 산 자에 의해서도 시신의 기가 변하는 것입니다. 그러므로 죽은 자와 산자의 기는 언제나 통하게 되어 있고 그게 바로 명당발인 것입니다.

-흐흠.

-먼저 그들의 기를 꺾을 증거를 찾아야 합니다. 그런 뒤 이장을 해도 늦지 않습니다. 그때 저 설로루천혈은 금로락천으로 바뀌어 세상은 천상의 즐거움이 가득한 따뜻한 곳이 될 것입니다. 그들의 기를 꺾어 놓기만 한다면 혈처는 안전할 것입니다.

-그렇군!

흥선군이 고개를 주억거렸다. 그러다가 그는 주먹을 쥐고 오닥지게 어금니를 씹어 물었다.

그 모습을 살피는 재상의 입가에 야릇한 미소가 번졌다.

백락명당

1

아침부터 김병기가 든 게 김좌근은 이상하다는 생각이 들었다.

-왜 그러느냐?

-어제 들어와 정지관이 가져다 준 지도를 찾았더니 없더군요. 아버님이 어디 치우셨나 해서요.

-그 지도 버렸느니라.

-예?

김병기가 깜짝 놀라는 표정을 지었다.

-파자점 치는 오지관이 아니라고 하더군. 무엇보다 그곳은 이미 선대께서 알아본 땅이야. 설로루천 터. 그래서 절터가 된 땅이야.

-그래요?

-본시 장동김문 가문에 있던 것이지. 열두 명의 지관 모두가 그곳은 명당이 아니라 살기가 어린 흉지라 판단한 곳이야. 그래서 절을 지었다는데, 정지관 그놈이 무슨 억하심정으로 그곳을 점지해 왔는지 원.

-그렇군요.

김병기의 날카로워진 눈매가 더욱 매섭게 번쩍였다.

2

-여기가 어딘가?

-보십시오. 대단하지 않습니까.

재상이 가리킨 곳으로 김병기의 고개가 돌아갔다. 그가 봐도 명당이었다.

어설픈 김병기의 눈에도 대간맥이 층층절절하고 수려하기가 그지없었다. 청룡백호가 좌우로 옹립하고 과협이 크게 장원했다.

김병기가 눈을 번뜩이다가 재상을 돌아보았다.

-이유가 뭔가? 이런 천후지지를 내게 주는 이유가?

재상이 고개를 내저었다.

-저는 산지기입니다. 산을 타다 보면 알게 되지요. 좋은 터가 누구의 것이라는 것을.

-무슨 소린가?

-나리를 뵈었을 때 이 자리가 나리의 것임을 알았습니다. 선친을 이 자리에 이장하신다면 만대가 영화로울 것입니다.

재상의 가슴에 일어서 있던 비수가 그 날을 번쩍였다.

김병기. 그리고 김좌근. 명당에 미친 자들이고 보면 그만한 미끼를 던지지 않고서는 안 될 것이었다.

-이런 자리가 있었다니!

김병기는 의부 김좌근을 떠올렸다.

만약 그가 이 자리를 본다면?

별 볼일 없는 곳에 묻힌 외할아버지의 모습이 뇌리를 스치고 지나갔다. 외할아버지는 살아 벼슬이 아버지보다 못했다. 아버지는 그래도 판돈녕을 지냈다.

외할아버지 해평 윤씨 대주 윤치승. 그 묏자리가 참으로 볼품없었다. 장동김문에 비해 턱없이 척박한 곳에 묻힐 수밖에 없었다.

어머니의 비원이 떠올랐다. 외할아버지를 좋은 곳에 모시지 못해 언제나 울던 사람.

-찬 땅에 묻혀 신음할 네 외할아비를 생각하면 가슴이 이리 아리는구나. 장동김문의 씨이면 뭐할 것이냐. 너는 내 속에서 나를 먹고 자란 내 새끼야. 윤씨 가문의 새끼란 말이다.

-좀 더 설명해보게.

김병기의 말에 재상이 속으로 쾌재를 불렀다.

드디어 미끼를 무는군.

-백 가지의 즐거움이 언제나 따른다는 백락의 자리입니다.

백락의 자리라……. 김병기가 되뇌었다.

-만대에 걸쳐 백 가지 즐거움이 있다는 자리. 백성이 평안하고 즐거운 자리.

김병기가 마른 입술에 침을 발랐다.

-그것이 저 자리다?

-그렇습니다.

재상이 대답하며 고개를 끄덕였다.

-왕건의 여자가 묻혀 영화를 다한 자리지요. 오백 년 전에 그 지

기를 다했지요. 이제 휴유기가 지나고 다시 지세가 영글어 넘쳐나고 있으니 저 자리를 두고 어디를 가겠습니까. 분명히 왕후지지입니다.

왕이 될 자리…….

김병기가 눈을 감으며 주먹을 쥐었다.

3

바람이 부는 것인가. 황촉이 흔들렸다.

초저녁에 들여놓은 과일이 그대로 있었다.

과일 한 점을 입에 넣어 볼까 하다가 단 게 싫어 흥선군은 몸을 뒤챘다.

일전에 보고 온 가야사의 모습이 눈앞에 떠올랐다.

그때 이미 결심을 완전히 굳혔지만 아무리 생각해도 꿈만 같았다. 얼치기 풍수 실력인 그의 눈에도 그곳은 분명 이대천자지지였다. 그렇다면 어떤 일이 있더라도 그 혈처를 차지해야 한다.

아침에 일어나 조반을 뜨는 둥 마는 둥 하고 흥선군은 차비를 하고 나섰다. 김병학을 찾아갈 참이었다. 아버지 이구의 묘를 옮기려면 그의 도움이 필요하다는 생각에서였다.

김병학은 장동김문 사람이었으나 김좌근과는 그 성품이 달랐다. 서화를 사랑하여 감성이 깊고 성품이 어질고 점잖았다. 흥선군 역시 묵에 조예가 깊었으므로 대하는 게 남달랐다.

그러나 몰락한 왕족. 그것도 삼청동 개걸레라 소문난 그를 상대

할 김병학이 아니었다.

　두 사람 사이가 은밀히 가까워진 것은 김좌근이 찾던 묏자리 때문이었다. 김좌근이 그렇게 찾으려고 하는 용인 명당을 먼저 알고 김병학에게 넘겨주었던 것이다.

　그때부터 김병학은 흥선군을 달리 대했다. 비록 파락호 생활을 하고 있었으나 그의 처지를 동정하였고 어려운 일이 있으면 인간적으로 도와주곤 하였다.

　흥선군이 들어서자 김병학이 반갑게 맞았다.

　-그래 오늘은 어쩐 행차시오?

　직접 친 난초나 한 점 가지고 와서는 억지로 맡기고 가던 사람이 빈손인 걸 보고 김병학이 웃으며 물었다.

　흥선군이 속없이 따라 웃었다.

　-허허허, 무엇을 팔러 오시었느냔 말씀 같아 심히 민망하오이다 그려.

　-그렇게 들리던가요? 그래 오늘은 어찌 오시었소? 멀쩡한 걸 보니 술도 하지 않으신 것 같은데…….

　-그렇소이다, 대감. 오늘은 그림을 팔러 온 게 아니올시다.

　-그래요?

　-오늘 그림을 그리다 보니 그만 제가 쓰던 벼루가 깨져버렸지 뭡니까.

　-벼루가 깨져요?

　-그래 이렇게 빈손으로 왔습니다 그려.

-그러면 벼루를 사 그림을 그리면 될 게 아니오?

-막상 벼루를 사려고 하니 마음에 드는 게 있어야지요. 그래 대감께서 귀히 여기시는 형산 옥벼루나 한 번 봤으면 하고…….

-그래요? 그거야 뭐 어렵지 않지요.

김병학은 선선히 그에게 형산 옥벼루를 보여주었다. 중국의 황제가 조선의 임금에게 보냈다는 세상에 단 하나뿐인 귀한 것이었다.

비록 장동김문의 세력을 업고 이 벼루가 자기 것이 되긴 하였지만 따지고 보면 그것은 이씨 왕조의 재산이요, 전유물이었다.

난을 치기로 할 것 같으면 조선 팔도에서 둘째가라면 서러워 할 홍선군이 시장 바닥에 굴러다니는 잡동사니 벼루나 골라야 했을 테니 그의 심정을 이해하고도 남았다.

홍선군이 그것을 손에 들고 취한 듯 살펴보았다.

비록 개망나니 소리를 들을망정 누구보다도 그의 예술적 기지와 재주를 아끼던 김병학은 그만 눈을 감아버리고 말았다.

그때 홍선군이 그의 심중을 꿰뚫었다 .

-대감, 가히 명품은 명품입니다. 보고만 있어도 저절로 신이 나는군요. 여기다 먹을 갈아 난초 한 번만 쳐보면 원이 없겠소이다.

-내 화선지를 내어 드릴 테니 한 수 쳐보시지요.

그 말에 홍선군이 펄쩍 뛰었다.

-아, 아니외다. 감히 어떻게 여기서 이 옥벼루를 쓸 수 있겠소이까. 적어도 이런 명품을 쓰려면 목욕재계하고 의관 정제한 다음 예를 갖춘 후에라야 쓸 수 있는 것이외다. 그러하오니 이 벼루를 오늘 하루만 빌려주십시오.

홍선군의 속셈을 모르는 김병학으로서는 말을 들어보니 그럴듯

했다. 그만한 정열이 있었기에 그만한 예술적 경지의 작품이 나오는 게 아니겠느냐는 생각에서였다.

결국 김병학은 그 벼루를 흥선군에게 빌려주고 말았다. 넘겨주었다는 말이 옳았다. 흥선군은 벼루를 빌리겠다고 작정했을 때부터 돌려줄 생각은 아예 않고 있었다.

4

재상이 정해준 묏자리로 검은 옷을 입은 장정들이 은밀히 움직였다.

그들의 어깨에 메인 관도 없는 시신. 바로 김병기의 외할아비 윤치승이었다.

이미 광중은 열 자 깊이로 파져 있었다.

재상이 하늘을 살피다가 지켜보고 선 김병기에게 손짓을 했다.

매장이 시작됐다. 어디선가 닭이 울었다.

김병기가 가까이 다가오자 재상이 문득 한 마디 했다.

-동천이 밝아오는군요.

재상이 직접 광중으로 내려갔다. 이왕 자리를 내어주었다면 성심을 보여야 할 것이었다.

재상이 산역꾼을 내보내고 직접 일을 챙기기 시작하자 김병기의 눈에 열기가 돌았다.

증천

1

정만인이 들어선 것은 해가 기웃해서였다.

-왜 이렇게 늦었나?

문을 열어준 김병기가 물었다.

-오씨 성을 가진 풍수는요?

먼저 와 있느냐는 말이었다. 김병기가 대문을 걸다 말고 멈칫했다.

-대감께서 오늘 만나보라기에…….

말을 덧붙이는 정만인을 보며 김병기가 고개를 내저었다.

-함양으로 떠났다네. 그곳 풍수가 터를 하나 봐놓았다고 하기에.

그래요, 하는 표정을 짓다가 정만인이 흘끗 김병기를 쳐다보았다.
김병기가 멈칫했다.

사랑으로 들자 김좌근이 누워 있다가 일어나 앉았다.

-어서 오게.

-함양이라니요?

들었느냐는 표정을 지으며 김좌근이 김병기를 눈으로 가리켰다.

-저 사람 외가가 그곳 아닌가. 좋은 자리가 있다고 하기에. 사람이 괜찮아 보이기는 하던데.

-다음에 만나도 되지요. 그러나 저러나 지금 이럴 때가 아닌 것 같습니다.

정만인의 말에 김좌근이 왜, 하는 표정을 지었다.

-혹시나 해서 아랫것을 붙여놓았더니 흥선군이 떠돌이 지관 따라 덕산 가야산을 갔다 왔다고 합니다.

-덕산?

무슨 소리냐는 얼굴로 김좌근이 물었다. 그 사람 땅에 미친 것이야 세상이 다 아는데 하는 표정이었다.

-전에 내가 드린 지도 어디 있습니까? 하늘에서 눈이 화로 위로 떨어지는 명천도 말입니다.

몰라서 묻느냐는 듯이 정만인을 김좌근이 노려보았다.

-그건 왜 찾는가?

-왜 찾느냐니요?

정만인이 오히려 어이가 없다는 표정을 지었다.

-하고 많은 명당을 놔두고 절터를 가지고 와? 명천도는 무슨. 모든 것이 뒤집어져 있더구만.

-왜 이러십니까. 그 지도 덕산 가야사 터입니다. 천하의 대길지.

김좌근이 어이없는 표정을 짓다가 눈을 부라렸다.

-흐흠, 그래서 절이 있었구만.

-맞습니다. 그 지도!

-이놈! 날 뭘로 보고.

갑작스런 김좌근의 변화에 정만인이 입을 벌렸다.

-아니, 왜 그러십니까?

김좌근의 턱수염이 부들부들 떨렸다.

-그 지도가 덕산 가야사 것이라면 이놈, 그 땅은 일찍이 장동김문의 것이었느니라. 도저히 음택지가 되지 못한다고 하여 절을 지었다거늘 어디 줄 곳이 없어 내게 그곳을 가져왔단 말이냐.

김좌근의 눈가에 독기가 가득했다.

정만인이 벌떡 일어났다.

-대감, 참으로 답답하십니다.

-무엇이?

-왜 진짜를 구별하지 못하십니까?

정만인이 그대로 죽여주십시오, 할 줄 알았는데 오히려 화를 내자 어이가 없어진 김좌근의 얼굴이 벌겋게 달아올랐다.

-이놈! 네놈이 죽으려고 환장을 했구나.

-어떻게 그곳이 흉지란 말입니까. 본디 장동김문의 땅인데 절터라 버렸다면 장동김문의 눈이 먼 것이겠지요. 그곳은 절터가 아닙니다. 명천도, 즉 하늘이 내린 금로낙천 텁니다.

-금로낙천이라니? 모두가 설로루천이라 하는데 도대체 지금에 그 땅을 가져온 이유가 뭐냐?

-대감, 그 지도가 본시 그렇게 그려졌기 때문입니다. 본모습을 보아야지요. 그곳이 천하대명당이기 때문입니다.

-천하대명당?

-왜 그곳에 절이 들어섰는지 아십니까? 그 터는 무오년에 써야 할 땅이기 때문입니다. 그래서 설로루천으로 그려졌던 것입니다. 하

늘에서 눈이 화로 위로 눈물처럼 내리는 터.

　-무엇이?

　-지금 이럴 사이가 없단 말입니다. 지금이라도 주상이 죽어 보
십시오. 다음 왕은 누가 되겠습니까? 장동김문 중에서 김좌근 대감
이 수장이라 하더라도 대감만 있는 것이 아닙니다. 왜 김병학이 흥
선군을 가까이 하는지 아십니까. 흥선군이 순원왕후 사망 이후 조
대비(신정왕후)를 만나고 있다는 말이 있습니다. 만약 조대비의 힘이
미친다면 누가 옹립되겠습니까?

　이번에는 김좌근이 벌떡 일어났다. 조대비는 효명세자의 세자비
다. 왕위에 오르지 못하고 죽은 효명세자의 아들 헌종이 왕위에 오
르면서 대비가 된 인물이다.

　장동김문을 친정으로 둔 시어머니 순원왕후에 밀려 한 많은 궁중
생활을 했던 비운의 대비다. 그러므로 장동김문에게 친정의 원한을
갖고 있다. 그럼 그 길을 찾고 있을 터인데, 흥선군이 조대비에게 접
근하고 있다? 그렇다면 어떻게 되는가, 철종이 후사가 없이 죽을 경
우엔…… 이런!

　-그러니까 뭐냐? 김병학이 그 낌새를 느끼고, 그래서 흥선군이
덕산 가야사에?

　김좌근이 중얼거리며 후들후들 떨었다. 그러면서도 자신의 가문
에서 부정한 절터를 명당이라고 하는 정만인이 못내 미덥지 않아
고함을 질렀다.

　-이놈, 가야사는 음택이 될 수 없다는 것은 세상이 다 아는 사실
이니라.

　-대감!

-천하의 지관들이 이미 그 자리를 흉지로 꼽았거늘…….

-대감, 대감께서 그 터를 직접 본 적이 있으십니까? 부처님의 은덕에 의해 세상에서 가장 빛나는 명당이 되었사온데, 그런 천자지지를 두고 어디서 명당을 구한단 말입니까.

그래도 김좌근은 정만인을 믿지 못하고 주먹을 쥐었다.

-그래 봤자 네놈은 술사일 뿐이다. 죽은 왕의 목을 자르고, 왕의 태실 자리에 암장이나 하는. 네놈을 내가 어떻게 믿는단 말이냐!

-제가 한 그 더러운 일들이 왕실에 어떤 화를 불렀는지, 대감께선 눈으로 확인하시지 않으셨습니까. 왕실의 태가 생기는 족족 흐르고 있지 않습니까?

그제야 김좌근이 기세를 좀 꺾었다.

-이 길로 차비를 하십시오.

-그곳으로 가자?

김좌근이 사태의 심각성을 깨달은 얼굴로 되물었다.

-대감을 금상으로 만들어드릴 명당입니다. 왜 그걸 모르십까. 그곳에 묘를 쓰기만 한다면 이대천자지지가 될 것입니다.

-그게 정말인가?

이대천자라는 말에 비로소 정신이 든 듯 김좌근이 물었다.

-가보시면 알 게 아니겠습니까.

김좌근이 사랑방의 문을 열어젖히며 고함을 질렀다.

-병기야, 병기야.

2

두 필의 말이 가야산을 향해 바람처럼 달렸다. 그들의 뒤에 김병기가 그림자처럼 말을 몰았다. 벌써 두 식간을 달려온 셈이었다.

-세 식간은 족히 걸릴 것입니다.

바람이 세찼다. 말머리를 맞추자 김좌근이 고함을 질렀다.

-말을 잘 모는군.

-나리도 못지않습니다.

-언제 배운 솜씬가?

-이래뵈도 사대부집 자손입니다.

그들이 가야산에 닿았을 땐 옷 밖으로 소금기가 배어나고 있었다.

지칠 만도 한데 전혀 피곤한 기색이 아니었다. 산기슭에 있는 주막으로 들어가 국밥과 막걸리로 속을 채우고 가야산으로 올랐다. 이내 천년 고찰 가야사가 그들 앞에 모습을 드러냈다.

-풍수를 아실 테니 묻는 것입니다. 저 절터 말입니다. 와본 적이 있으십니까?

김좌근이 고개를 내저었다.

-그럼 보시지요. 신안의 눈을 가진 옛날의 풍수사들이 일찍이 흉악한 무리들이 터를 탐할까 걱정되어 절을 세우시고 명당임을 숨기신 곳입니다.

주위를 둘러보는 김좌근의 입이 딱 벌어졌다.

명당이다. 지도로 볼 때와는 판이하게 다르다. 지도의 산이 아니었다. 뭔가 이 모습을 뒤집어 놓은 듯했었는데 아니었다. 가야산 서편 봉우리의 두 바위. 문기둥처럼 솟아 있다.

지도에는 그게 뒤집어져 함몰되어 있었다. 그래서 흉지로 본 것이다.

저 수려한 산세. 임금이 병풍을 뒤로하고 만조백관을 거느리고 있다. 이대천자지지가 분명하다. 석문산이 주봉이다. 그것이 주봉이 되어 좌우로 울묵줄묵 뻗어내려 좌천룡 우백호가 병풍을 쳐놓은 듯 하고 골짜기 중앙에 가야사가 자리 잡았다.

절의 금당 뒤 높은 언덕에 찬란한 자태를 뽐내며 서 있는 저것. 금 탑이다. 5층 석탑에 금빛을 둘렀다.

동남쪽으로 시선을 돌리니 평야가 시원하다. 대흥땅 봉수산이 안 산이다. 청룡의 맥은 옥양봉 만경봉으로 이어져 덕산을 거쳐 용머 리에 이르고 있다. 백호의 맥은 가사봉, 가엽봉을 거쳐 금청산 월봉 에서 뭉치고 있음이 분명하다.

아아, 청룡맥의 옥류폭포. 그 물이 가야사 앞을 맴돌아 와룡담을 감싸고 절 앞에서 굽이친다. 두 줄기 물이 가야사에서 합쳐지니 천 하의 명당 자리가 아니고 무엇인가.

-명당이로고! 혈 자리가 어딘가?

김좌근이 풍광에 취해 넋이 나간 음성으로 물었다.

-저기 보이는 저 가야사입니다.

-그럼 절을 불태워야 한다는 말이 아닌가?

-왜 자신 없으십니까?

패기에 찬 정만인의 음성이 가슴에 와 박혔다.

-믿어지지 않는구나. 묘를 쓰기 위해 세월도 알 수 없는 절을 없 애라니……

정만인이 흐흐흐, 웃었다.

-대감, 왕이 되는 일이 그리 쉬운 일인 줄 아셨습니까. 큰 뜻을 이

루기 위해 작은 것들이 희생되는 것은, 오래전부터 반복되어 온 세상의 이치입니다.

김좌근이 혼란스러운 표정을 하고 가야사를 바라보았다.

나무랄 데 없는 명당 중의 대명당이었다. 하지만 절터다. 절터를 어떻게 묏자리로 쓴단 말인가. 그래서 선친들이 포기했던 것이 아닌가.

-내가 듣기에 이곳은 쌍혈이라 감우팔원과 도선국사가 진혈을 놓고 의견이 달랐다고 알고 있다. 저 절터가 진혈이라면 도선국사가 점지한 자리, 바로 저 금탑은 사혈이라는 말이 아닌가?

-맞습니다.

-어허! 감우팔원이 제대로 보았다?

-그렇습니다. 천하의 도선도 눈이 멀 때가 있다는 증명입니다.

김좌근은 어금니를 지그시 씹었다. 그래서 선친들이 포기하고 또 포기했었으리라.

김좌근이 흔들리고 있다는 사실을 안 정만인이 혀로 마른 입술을 적셨다.

송엽 사이를 헤집고 달려온 바람이 김좌근의 도포자락을 흔들었다. 정만인이 그 바람을 잡아챘다.

-이장을 결심한다 하시더라도 신중히 해야 할 것입니다.

-신중히?

-저 절터를 음택으로 쓰기 위해 예전부터 양택으로 기를 눌러 놓은 것입니다. 그 혈처에 절을 지어 혈을 복되게 하고 있었던 것입니다.

-그래? 아직 시신이 들어갈 때가 아니다?

-세월은 익었습니다만 절을 묏자리로 쓰려면 합당한 꺼리를 만들어야 하지요. 지금부터 준비를 해야 합니다.

저기 산이 있어

1

김좌근은 김병기와 저녁상을 물리고 뜰로 나갔다. 여기 저기 단풍색이 고왔다.

-산보나 좀 할까?

김병기를 돌아보며 김좌근이 묻자 김병기가 따라 나섰다.

두 사람이 대문을 나서 뒷짐을 지고 걸었다.

-내가 실수를 한 것이 아닌가.

-예?

-일전에 정지관이 준 명천도 말이야. 흥선군이 가야사에 갔다 왔다니 이상하지 않은가?

가야사를 보고 온 후로 그 터가 생각날 때마다 명천도 생각이 나하는 말이었다. 가끔 가슴 한쪽이 캥겼다.

-그럴 리가요. 덕산에 명당이 한두 곳 있는 것도 아니고. 더욱이 천년고찰이 들어서 있지 않습니까. 안다고 하더라도 쓸 수 없는 땅

이지요.

-하기야!

-그렇잖아도 명천도를 가져간 오지관을 떠보았는데, 아무것도 모르는 눈치였습니다. 물전포에 잡혀 먹었다며 물전표를 보여주더군요.

-하하하, 그러고 보면 제일 안전한 곳에 잡혀 있는 게 아닌가. 더욱이 그곳이 어디인지도 알 턱이 없고 보면.

세상 명산을 다 뒤진다 해도 명천도가 가리키는 그곳이 어디인지 모르고 보면 어떻게 알겠느냐는 말이었다.

-그렇잖아도 제가 물전포에서 찾을까 생각도 해봤지만 그럼 또 생각이 달라질지도 모르겠고…….

-놔둬라. 한 번 준 것인데 도로 찾는다면 눈치 빠른 자가 이상하게 생각할지도 모른다. 굳이 빌미를 줄 필요도 없고. 설령 안다 하더라도 함부로 쓸 수 있는 땅도 아니니.

그들이 대화를 나누며 걷는데 누군가 비칠거리며 다가와 앞을 막아섰다.

갓은 찌그러졌고 두루마기라고 걸쳤는데 때에 절었다. 거기다 술 냄새까지 풍겼다.

사람 같지 않아 김좌근이 어험 큰기침을 하며 비켜가려 하자 흥선군이 앞을 막아섰다.

-이 사람이?

김좌근이 눈을 치떴다. 이마의 굵은 주름이 꿈틀거렸다.

-한잔했습지요.

-취한 거 같은데 비키시게.

김병기가 눈을 치뜨고 나섰다. 그때 천하장안이 어둠 속에서 모습을 드러냈다.

김좌근과 김병기의 시선이 그들을 바라보았다. 김좌근의 미간이 꿈틀거렸다.

-흐흐흐, 죄송합니다. 제가 대감도 못 알아보고……. 잘난 왕손들 중 또 누구를 없앨지 모의를 하러 가시는구만요. 아이고, 무서우셔라.

-왜 이러시나! 이 무슨 작태인가!

김좌근이 낭패해하자 김병기가 나섰다.

흥선군이 빙글빙글 웃다가 서서히 몸을 움직여 김병기에게 다가들었다. 그는 갑자기 개처럼 두 손을 들고 왈, 하고 짖었다.

김병기가 흠칫 놀라며 뒤로 물러났다. 흥선군이 히히히, 웃었다.

-정말 미쳤지 않았는가!

김병기가 소리치자 흥선군이 헤헤헤, 웃다가 한마디 했다.

-조심하시는 것이 좋을 게야. 난 취하면 물기도 하니까.

김좌근이 아랫것들을 데리고 사라지는 흥선군을 바라보며 츱, 혀를 찼다.

술이 취하면 상하를 모르는 작자라는 걸 모르는 게 아니었다. 왕손이라 함부로 할 수도 없고, 에이, 하고 그는 또 혀를 찼다.

얼마 전까지만 해도 목숨 부지 못 할까 슬슬 기더니 궁중 살림을 총관장하는 도제조를 맡으면서 임금의 성은을 입어 정2품의 종친 행사를 제대로 하려 들었다.

무엇보다 어디서 이상한 놈들을 끌어 모아 이제는 아예 눈을 치뜨는 꼴이 제 주제를 모르는 소인배 행세를 제대로 하고 있었다.

하룻밤 강아지 범 무서운 줄 모른다더니……. 죽으려고 환장을 한 것이야.

2

집으로 돌아와 사랑채로 들면서 김좌근은 주먹을 쥐었다.

아무리 생각해도 이상했다. 뭔가 있다 싶었다.

무슨 수작이야 그래. 정말 흥선 이놈이 조대비와?

은근히 일어나는 부아가 그의 의심을 부채질해댔다. 아무리 생각해도 의심이 잦아들지 않았다. 천하장안의 꼴들이 더욱 신경에 거슬렸다.

예전에 해치워버렸어야 하는 건데.

-아버님, 잠시 들어가겠습니다.

-들어오너라.

산보 길에서 사람을 데리러 갔던 김병기가 들어왔다.

-흥선이 그놈, 설마 했는데 아무래도 그자의 속내가 예사롭지 않아. 갈수록 기세가 등등해지고 있지 않은가. 예전의 흥선이 아니야.

-그렇잖아도 요즘 대비전 출입이 잦다고 합니다. 분명 뭔가 있을 것 같은데 알다가도 모르겠습니다. 정 거슬린다면 손을 쓰겠습니다.

김병기의 말에 김좌근이 고개를 내저었다.

-그게 그리 쉽지 않다. 꼴에 그래도 왕손이 아닌가.

-쥐도 새도 모르게 날려버릴 수도 있습니다. 쉬운 길을 두고 굳이 어려운 길을 갈 필요가 있겠습니까.

-섣불리 건드렸다간 오히려 일을 그르칠 수가 있어. 그의 약점을 한 번 찾아보거라. 뭔가 있을 것이야. 약점이 보이지 않는다면 빌미를 만들어야 할 게야. 정지관의 말을 들어보면 우리가 점찍어 놓은 가야사 혈을 기웃거리고 있을지 모른다고 하는데, 설마가 사람 잡

는다고…….

-염려 놓으십시오.

-흥선을 따르는 천하장안이라고 했나? 그놈들의 동태를 유심히 살펴봐. 분명히 무엇인가 있을 것이야. 갑자기 조무래기들을 달고 다니는 게 영 예사롭지가 않아.

-알겠습니다.

김병기가 대답했다.

-하루 속히 신속하게 일을 추진해야 할 게야.

-당장 사람을 풀겠습니다.

-숨통은 싹이 나기 전에 조이는 게 좋아. 동조 세력이 등장하기 시작하면 골치가 아프게 될 터이니.

-염려 놓으십시오.

그렇게 말하고 김병기는 일어나 방을 나갔다.

7장

용의 눈 1

1

홍살문을 들어서자 정자각에 이르는 길이 보였다.

참도를 통해 먼저 건릉(정조 왕릉)에 이른 원명이 능역 남측에 지어진 재실 앞에서 왕릉을 지키는 능참봉과 실랑이를 벌였다.

홍선군은 원명을 향해 다가갔다.

원명이 난감한 표정으로 홍선군을 돌아보았다.

-왜?

홍선군이 그에게 물었다.

-안 된답니다.

원명의 대답을 들으며 홍선군이 명패를 꺼내 능참봉에게 보였다.

명패를 보며 능참봉이 심드렁한 표정을 지었다. 누군지 알고 있다는 표정이었다.

-이보게. 그래도 명색이 내가 왕족인데, 조상 묘에 인사도 못 드리나?

능참봉이 노골적으로 곤란한 표정을 지었다.

-그러니까 지금이라도 비변사에서 허가를 받아 오시라니까요. 왕족이시라면 더 잘 아실 거 아닙니까.

능참봉이 결사적으로 막아서자 흥선군은 난감한 표정을 지으며 재상이 있는 곳으로 돌아왔다.

-안 된답니까?

재상이 기다리고 있다가 물었다.

-할 수 없지. 이곳에서 보이기는 하니까 살펴보게. 어쩌겠나?

재상이 더 볼 필요가 없다는 표정을 지었다.

-분명합니다. 광중에 물이 찼습니다.

-정조 할아비의 광중에 물이 찼다고? 정말 그게 보인단 말인가?

-자세히 보십시오. 능이 서슬이 퍼렇습니다. 주위로 푸른 기가 돌고 있다니까요. 분명히 광중에 물이 찼다는 증겁니다. 그나저나 못 들어가게 한다면 방법이 있지요.

-응?

-개처럼 기어 들어가는 수밖에요.

곁에서 원명이 뜨악한 표정을 지었다.

-그건 내 전문이지.

흥선군이 웃으며 중얼거렸다.

흥선군이 천하장안을 향해 손짓을 했다.

천하장안이 몰려왔다.

2

-에이, 살을 좀 빼야겠습니다.

-어허!

-소리 내지 마십시오. 능참봉이 눈치 챈다면 병사들이 몰려올 겁니다.

재상의 질타에 홍선군의 몸이 좀 날래졌다. 그들은 금표를 헤치고 개구멍처럼 움푹 파인 땅 밑을 기어나갔다.

-언제까지 이렇게 기어야 하나?

홍선군이 힘이 드는지 뒤에서 기어오고 있는 재상을 향해 물었다.

-소인도 온 지 오래돼서 기억이 가물가물합니다요. 허나 모든 길은 하나로 통하는 법.

-내가 미쳤지. 갈데없는 풍수쟁이 말을 믿고 여기까지 오다니…….

원명이 뒤따라오며 투덜거렸다.

점차 개구멍이 밝아져왔다. 입구로부터 빛이 들어오고 있었다.

-입굽니다.

재상이 소리쳤다.

드디어 펼쳐진 건릉의 전경. 어느 사이에 달이 떠 있었다.

홍선군은 잠시 서서 멀거니 건릉을 바라보았다. 쏟아지는 달빛이 눈부셨다. 달빛은 봉분 아랫단까지 뻗어 있었다. 금관조복을 입은 문인석도 보이고 석마도 보였다. 조각 기법이 자세하여 예사 석공의 솜씨 같지 않았다.

-어떤가? 건릉의 형세는…….

174

홍선군이 눈을 빛내며 재상에게 물었다. 누군가 먼저 능을 손댄 흔적이 없느냐는 말이었다.

재상이 허리를 펴고 한동안 날카롭게 능을 살펴보았다. 능을 살펴보다가 주위까지 살폈다.

가장 위쪽이 죽은 왕의 영혼이 깃드는 상계다.

문인의 공간이 중계, 무인의 공간이 하계다. 상계의 봉분, 곡장과 석호, 석양, 혼유석, 망주석 어느 것 하나 그대로다. 중계에 세운 장명, 문석인과 석마도 그대로다. 하계의 무인석과 석마도 그대로다.

-손댄 흔적은 없습니다.

-그런데 혈처에 물이 찼다는 게 말이 되는 소린가?

-그렇게 나쁜 터는 아닙니다. 물골이 아니라도 때로 물이 찰 때가 있습니다. 배수 시설을 잘 못했을 때지요. 둘러보니 배수 시설이 잘 되어 있지 않습니다. 형세만 보면 노루가 누워 있는 형국인데 수구가 발달되어 있지 않습니다. 장마 때라 비가 많이 왔고 물이 찬 겁니다.

-허허, 그래서 광중에 물이?

-설마가 사람 잡는다는 거 모르십니까.

재상이 홍선군의 생각을 넘겨짚듯 말했다.

-물의 침범을 막기 위해 조치를 했지만, 그것은 평지일 때이지요. 물골의 압력은 평지일 때의 압력과 비교가 되지 않습니다. 물골의 압력은 쇠도 뚫습니다.

-그래도 관상감 최고의 지관이 천하대명당이라며 잡은 자린데…….

-천하대명당도 자연의 이치 앞에는 어쩔 수 없다는 걸 모르시는

군요. 땅속의 변화를 당시의 명지관이라 한들 어찌 알 수가 있었겠습니까. 제 말을 못 믿으시겠다면 봉분 옆 오시 방향으로 5치만 파보십시오.

설마 하면서 흥선군이 천하장안에게 눈짓을 했다.

천하장안이 봉분 옆을 파기 시작했다.

잠시 파자 재상의 말대로 어느새 구덩이에 물이 차기 시작했다.

-이럴 수가!

흥선군이 자신도 모르게 중얼거렸다.

그때 망을 보던 하정일이 낮게 소리쳤다.

-관군들이 올라옵니다!

흥선군이 보니 멀리서 관군들이 달려오고 있었다.

-덮어라 어서!

천하장안이 재빠르게 흙을 덮었다.

흥선군이 먼저 숲 쪽으로 뛰기 시작했다.

그때, 으악! 하는 소리와 함께 재상이 허공으로 튕겨 올랐다.

흥선군이 뛰다 말고 돌아보니 멧돼지를 잡는 데 쓰이는 올무에 재상이 걸려 허공에 거꾸로 매달렸다.

-풀어라.

흥선군이 소리치자 천하장안이 하나 같이 칼을 빼 들고 올무를 향해 달려들었다.

줄을 끊어내려 하지만 쉽게 끊어지지 않았다. 재상이 빠져 나오지 못하는데 관군들이 점점 가까이 다가왔다.

-버리고 가시죠. 이러다 우리가 잡히겠습니다.

하정일이 다급하게 흥선군을 쳐다보며 소리쳤다.

-그냥 가면 어떡해! 가지 마!

재상이 다급하게 소리치자 흥선군이 가려다가 재상을 향해 달려들었다.

-나리, 빨리 오십시오.

천희연이 뛰다가 돌아보며 흥선군더러 재촉했다.

-이쪽으로 몸을 좀 틀어보게.

재상이 몸을 틀자, 흥선군이 올무를 베어냈다.

재상이 땅에 처박히자 흥선군이 일으켜 세웠다.

천하장안이 되돌아오자 흥선군이 재상을 일으키려고 낑낑거리고 있었다.

재상이 걷지 못하자 급한 김에 천희연이 어깨에 둘러메고 뛰기 시작했다.

-어이구, 더럽게 무겁네. 뭘 처먹었기에…….

흥선군의 입가에 웃음이 도는데 원명이 앞서 뛰며 킬킬 웃었다.

지관의 길

1

긴장이 풀어져서일까, 하나 같이 술에 취해 헤헤거렸다.

기녀들이 곱지 않은 눈길로 쳐다보곤 했다.

-저 파란강충이들이 어쩐 일이래. 맨날 남의 술이나 동냥질 하더니 아주 날을 잡았네. 뭔 돈이 있다고…….

천하장안이 술에 취해 술집 안을 어슬렁거리며 돌아다니자 기녀들이 슬슬 피했다.

화려한 복식의 기생들은 누구 하나 그들을 거들떠보지도 않았다. 지체가 높아 보이는 사대부들의 방으로만 몰려가고 있었다.

흥선군이 복도를 지나 쪽문으로 나가자 주인을 기다리는 말구종(말잡이 노비)들과 가마꾼들이 칼춤을 구경하고 있었다.

흥선군은 칼춤을 추고 있는 여인이 초선이라는 것을 알아보았다. 저쪽 구석에 초선의 모습을 홀린 듯 바라보는 재상의 모습이 보였다.

번쩍번쩍 초선이 휘두르는 칼이 포물선을 그렸다. 관중들이 박수와 환호를 보내는데 어느 한순간 흥선군과 초선의 시선이 마주쳤다.

초선이 싱긋 웃고는 칼을 휘두르며 다가와 흥선군의 귓가에 입을 가져다대고 소곤대듯 물었다.

-저 보고 싶어서 오셨어요?

-공술 먹으러 왔다.

둘의 대화에 구경꾼들이 와하, 웃었다.

초선이 춤을 추며 요염하게 재상을 가리켰다.

-이분은 누구십니까?

흥선군이 재상을 흘깃 보고는 희미하게 웃었다.

-풍수 천재 박재상.

초선이 묘한 눈웃음을 짓는데 멀리서 동기생이 그녀를 불렀다.

-초선 언니, 그만 놀고 빨리 올라와요. 이대감께서 찾으셔요.

초선이 마지막 풀이를 끝내고 절을 올린 뒤 구경꾼들의 박수를 받으며 달려 나갔다.

흥선군과 재상의 시선이 그녀 뒤를 쫓았다.

초선이 가버리자 재상이 돌아서서 흥선군을 끌었다.

-가십시다.

-술이 제법 센데 그래.

흥선군이 같이 걸으며 느물거렸다.

-한 번도 취한 적이 없습니다. 그러나 저러나 너무하네요. 잘난 놈들이 부르니 얼씨구나 하고 달려가는 걸 보면…….

초선이를 두고 하는 말이라는 걸 알고는 흥선군이 흐흐, 웃었다.

-그만큼 우릴 믿는다는 뜻 아니겠나.

-기녀가 기생다워야지요. 기둥서방도 아니고…….

-내가 초선이 기둥서방일세.

-나리!

-초선이 앞에서는 나는 무엇이라도 될 수 있다네. 수문장도 될 수 있고, 시정잡배도 될 수 있고, 주먹이나 쓰는 껄렁패도 될 수 있다네. 그녀를 지킬 수 있다면 뭘 못 하겠는가.

두 사람이 초선의 방으로 돌아와 앉았는데 문이 열리며 그녀가 들어왔다.

-뭐 모자란 거 없으세요? 안주 좀 더 내오라고 할까요?

두 사람 사이의 술상을 내려다보다가 초선이 흥선군 곁에 자리하고 앉았다.

-애들은 어쩌고 있느냐?

흥선군이 초선에게 물었다.

-아주 취해 곯아떨어졌습니다.

-허허, 녀석들.

초선이 호기심 어린 눈으로 재상을 건너다보았다.

-지관이시라구요?

재상이 술잔을 내려다보고 있다가 천천히 그녀를 향해 시선을 들었다.

-지관이시라면 묏자리를 훔치는 일을 하시는 겁니까?

초선의 당돌한 물음에 재상이 술잔을 들어 입으로 가져가다 말고 뜨악한 표정을 지었다.

흥선군이 의미심장하게 두 사람을 보았다. 초선이 눈치를 채고 말을 이었다.

-말이 좀 심한가요? 소녀의 짧은 소견엔 땅이란 것은 기운이기도

하고 재물이기도 한 것 같아서……. 높으신 분들이 대를 이어 명당을 쓰니 자자손손 잘 먹고 잘사는 것 같고, 우리 같은 천출들은 평생 명당 근처도 못 가보니까요.

홍선군이 듣고 있다가 흥미로운 표정을 지으며 고개를 끄덕였다.

-그래, 그러고 보면 지관의 책임이 없는 것도 아니지. 좋은 땅은 지관들이 있는 놈들에게 죄다 바쳐왔으니…….

-하긴 그러네요.

자조 섞인 재상의 대답에 홍선군이 장난스럽게 건너다보았다.

갑자기 재상이 혀를 꼬았다.

-그럼 없는 자들에게 밥 한 술 여겼다고 먹여줘 봤습니까.

-응?

-지관도 밥 안 먹고 살 순 없다는 말씀입지요. 먹고살기 위해 지관 노릇 하는 거 아닙니까.

-그만두세.

말이 진지해 질 것 같자 홍선군이 잘랐다.

-지관이 백성의 가난을 외면해서 안 된다는 것쯤 왜 모르겠습니까. 그러고 보면 나 같은 지관이 혈충이지요. 땅의 지기를 빨아먹고 사는 혈충이.

-이 사람아, 그만두어.

재상이 그만둘 기세가 아니자 홍선군이 다시 잘랐다.

-나리, 하지만 분명히 할 게 있습니다. 가난은 왜 나랏님도 못 구한다는 말이 있는 줄 아십니까. 그렇다면 땅 잘 보는 지관이 이 세상에서 제일 잘 살아야지요. 왕도 되고, 사대부도 되고. 정승도 되고, 영의정도 되고…….

―…….

땅이 아무리 좋아도 들어갈 임자가 있고, 복을 받는 이가 정해져 있다 그 말입니다. 문제는 업입니다, 업. 내가 과거 무엇을 해서 먹고 살았나. 오늘 내가 무엇을 해서 먹고 살고 있나. 그럼 내일이 보이지요.

홍선군의 눈빛이 서늘하게 빛났다.

―난 그렇게 생각하지 않네. 풍수의 골자가 무엇인가. 신의 힘을 빼앗아 운명을 바꾸는 것이라며?

―하하하, 그렇지요. 그런 땅을 찾아야지요. 그러나 돈 몇 푼에 신의 힘을 바꿀 땅을 건네야 하는 지관의 눈물을 아십니까? 모릅니다. 몰라요!

―허허, 이 사람, 비로소 취해 가는군.

―나리, 저 걷기 시작할 때부터 아버지를 따라 이 나라 명당이란 명당은 다 돌아다녀 봤습니다. 정3품 이상 어른들의 조상 묏자리 정도는 모두 꿰고 있지요. 장동김문들이 떵떵거린 게 언제부터였습니까. 세조께서 어떻게 조카의 자리를 빼앗아 왕이 되었는지는 나리께서 더 잘 알고 계실 겁니다. 그런데 그들을 그렇게 만든 지관은 어디 있습니까. 보았습니다. 그런 지관들. 내 아버지요. 돌아온 건 죽음일 뿐이었지요.

홍선군이 무섭게 그를 노려보고 있다가 일어났다.

그는 술상을 돌아 재상 가까이 다가갔다. 무릎을 꿇고 재상의 손을 잡았다. 재상이 그를 마주 보았다.

―첫눈에 알아보았지. 예사롭지 않다는 걸. 누가 지관의 슬픔을 모르겠는가.

홍선군이 자신이 차고 있던 단주를 벗어 재상의 손목에 끼웠다.

뜻하지 않은 홍선군의 행동에 재상이 눈을 크게 떴다.

2

세상을 살면 얼마나 살까

죽어 가면 북망산천…….

재상은 흥얼거리며 걸었다.

그래 이게 사는 것이지.

그의 뒤를 복면 쓴 남자들이 따랐다.

신작로 끝자락을 돌아서는데 검은 그림자가 갑자기 재상을 에워

쌌다.

-뭐야?

골목 끝에서 사내 하나가 걸어 나왔다. 김병기였다.

재상이 그를 보고 빙긋이 웃다가 허리를 굽혔다.

-나리, 오랜만에 뵙겠습니다.

-늦은 시간인데 즐거워 보이는구나.

-헤헤헤, 한잔했습지요. 홍선군을 만나 함께 일하기로 했거든요.

김병기가 고개를 주억거렸다.

-너를 의심하지는 않더냐?

재상이 고개를 내저었다.

-걱정 놓으십시오. 내일은 함께 궁에 들어가 전하를 만나기로 했

습니다.

-그래……. 이번 일로 네 인생이 바뀔 수 있다는 걸 잊지 마라.

-그런데……. 건릉 자리를 잡은 지관이 누굽니까? 흉지도 그런 흉지가 없던데.

뜻밖의 물음에 김병기가 싸늘하게 재상을 노려보았다.

-나리는 아실 거 아닙니까.

김병기가 계속 쏘아보다가 아랫것들에게 일렀다.

-가자.

홀로 남은 재상이 푸우, 뜨거운 숨을 내쉬다가 손을 홰홰 내저으며 비틀거렸다.

-왜 대답을 안 하는 거야?

3

홍선군은 회현동 막골목을 올라챘다.

서대터에 살고 있는 정원용의 집 추녀가 날아갈 듯했다.

그는 영의정을 지냈을 만큼 권세가 막강한 인물이었다. 본시 서대터는 12명의 판서가 날 자리로 유명한 곳이다. 그 자리에서 벌써 열 명의 판서가 나왔다.

그가 사랑채로 들었을 때, 병조판서 조두순이 들어 있었다. 조두순은 순조, 헌종을 보필했던 노련한 정객이었다.

흐흠, 끼리끼리 모인다더니…….

그런 생각을 하고 있는데 조두순이 일어나 나가버렸다.

둘만 남게 되자 홍선군은 소매 속의 벼루를 내놓았다.

정원용이 깜짝 놀란 표정을 지었다.

형산 옥벼루?

흥선군 앞에 놓여 있는 벼루, 분명 김병학이 갖고 있던 벼루였다. 저자가 벼루를 빌려갔다는 소문은 들었다. 그런데 왜 여기에?

-옥벼루 아니오?

정원용이 들뜬 목소리로 먼저 물었다.

-맞습니다.

-왜?

흥선군이 실실 웃었다.

-저를 의심하시는 것이옵니까?

-무슨 말씀이오?

-무엇인가 착각을 하고 계신 것 같사온데…….

-착각?

-무릇 모든 것에게는 음양이 있게 마련이지요. 하물며 이 귀한 벼루인들 그것이 없겠소이까. 김병학 대감 집 깊은 장롱 속에 들어앉은 건 수놈이요, 내가 가진 이것은 그것의 짝인 암놈이외다.

-그래요? 어떻게 그걸?

-모든 것에는 임자가 있게 마련.

-임자?

-그래 이렇게 찾아온 것이외다. 사실 이것은 오래도록 종가의 보물로 숨겨 오던 것인데 생각해보니 제가 임자가 아닌 것 같기에…….

말뜻을 금방 알아들은 정원용이 만면에 웃음을 띠었다. 누군가 그랬다. 너무 날이 서 있다고. 날을 죽이라고 했다. 날을 죽이는 데

서화만 한 것이 없다고 했다. 그래서 그림을 그렸다. 그러다보니 김정희를 알았고, 흥선군을 알았다.

알고 보았더니 삼청동 개망나니라는 흥선군은 그런 사람이 아니었다. 예술적 기질이 강했고 심성이 고왔다. 그와 교류하면서 언제나 조카 김병학이 가지고 있는 옥벼루가 탐났다. 그 벼루에 먹을 갈고 그림 한 폭만 그려봐도 원이 없을 것 같았다.

그런데 흥선군이 마음을 알고 옥벼루의 짝을 가지고 왔다.

-그렇다면 그걸 내게?

-임자인 것 같아…….

-어허, 이렇게 고마울 수가!

-장차 어려운 부탁을 해도 그때 잘 봐달라는 뇌물입니다.

기분이 좋아진 정원용이 하하하, 웃으며 손을 홰홰 흔들었다.

-농도 기분 좋게 하시는구만, 하하하.

덫을 놓고 정원용의 집을 나서는 흥선군의 발걸음이 가벼웠다.

두고 보자, 두고 봐. 아직은 때가 아니야.

4

-분명히 천슬은 정조대왕의 광중에 함께 묻혀 있을 것입니다.

별도 없는 밤이었다. 김좌근과 정만인 사이가 그래서 더 은밀해 보였다. 대황촉의 불 그림자가 두 사람을 안개처럼 싸안고 흔들렸다.

-그걸 어떻게 꺼내와 묻는단 말인가?

천슬은 이무기를 가두어 놓았다는 푸른 구슬을 일컫는 것이었다.

김좌근이 난감한 표정을 지으며 물었다.

-보아하니 정조대왕의 광중에 물이 찼습니다.

-물이 차?

되묻고는 김좌근이 눈을 감았다.

-그래서?

-이참에 천릉을 하자고 주장하는 겁니다.

-천릉을?

-파묘하게 될 게 아닙니까?

-그때 꺼내자?

-맞습니다.

-그게 용이할까?

-주상을 설득해야지요. 주산이 약하고 꿈틀거리는 게 없으니 혈처가 분명치 않고 땅이 질고 습하며 청룡과 백호가 갖춰지지 않아 자손에게 복이 쌓일 리가 없는 땅입니다.

김좌근이 머리를 끄덕였다.

-알았네.

정만인이 돌아가고 나자, 김좌근이 김병기를 불렀다.

-오풍수에게서는 연락이 없었나? 홍선군 그놈을 좀 알아보았다고 해?

-시킨 대로 하고 있다고 합니다.

김병기가 김좌근의 눈치를 보며 대답했다.

-그래?

김좌근이 되묻고 문득 김병기를 쏘아보았다.

바람의 넋

1

오늘 따라 길이 멀다. 조바심 때문일까.

산까치가 담 너머 감나무 가지에 앉아 짖어댔다.

솟을대문이 갑자기 낯설었다. 주위를 살피고 이리 오너라, 하고 불렀다.

—오늘 아침 어전에서 김좌근이 정조할비의 묘를 천릉해야 한다고 주장했다네.

사랑으로 들기가 무섭게 기다리고 있던 홍선군이 말했다.

홍선군의 말을 듣고 있다가 재상이 머리를 끄덕였다.

—답이 나왔군요. 정확히 천슬이 묻힌 곳은 정만인이 모르고 있다는 증거입니다. 천릉을 막아야 합니다. 우리가 천슬을 꺼낼 때까진.

—도대체 비변사의 눈을 피해 어떻게 파묘를 하나?

—쉽지 않지만 천릉 전까지는 파내야 합니다. 주상을 만나보시지요. 천릉은 천부당만부당하다고 주장하십시오. 장동김문의 속이 보

인다고 하시든지요.

-쉽지 않을 텐데……. 이러면 어떻겠나, 내 짧은 풍수 실력으로 주상을 설득하기 뭐할 것 같으니 자네가 나와 함께 입궁하는 것이?

뜻밖의 제안에 재상이 그럴 줄 알았다는 표정을 짓다가 가까스로 되물었다.

-제가요?

-어떡하든 주상을 설득해야 하지 않겠는가.

재상이 일부러 멍한 표정만 짓자 흥선군이 툭툭 어깨를 두드렸다.

-이참에 주상도 만나보면 좋지 뭘 그러나.

이번엔 재상이 고개를 끄덕였다.

-그렇게 하지요. 하지만 결코 김좌근의 무리들이 알게 해서는 안 될 것입니다.

흥선군이 고개를 끄덕였다.

2

흥선군을 따라 재상은 어전으로 한 발을 들여놓았다.

바닥에 발이 닿자 갑자기 몸이 몇 근은 더 무거워지는 기분이었다. 아니 무언가가 어깨를 꽉 잡고 내리누르는 압력이 느껴졌다. 발 바닥의 촉감이 어전의 위용을 더해주었다.

드높은 천장의 중보, 용의 몸뚱이에 채색된 청황의 단청. 놀랍다. 어마어마하다.

육중한 만자창으로 바람이 흘러들어와 앞서가는 흥선군의 도포자락을 흔들었다. 눈을 내리깐 채 재상은 숨소리조차 낼 수 없었다.

전방의 시야가 트였다. 앞서가던 내관이 옆으로 비켜서면서 누군가를 향해 읍했기 때문이었다.

재상은 내관이 읍한 사람을 향해 고개를 들었다. 익선관을 쓴 사람이 자신을 내려다보고 있었다.

왕이다!

그는 자신도 모르게 왕을 향해 엎드렸다. 엎드리면서 그제야 왕을 향해 서 있는 흥선군의 모습을 보았다.

-전하, 제가 말씀 드린 지관이옵니다,

철종의 시선이 재상에게로 똑바로 쏟아졌다.

재상은 이마를 바닥에 대고 왕을 쳐다볼 용기가 나지 않았다.

-그대의 말은 익히 들었느니라. 천릉을 하면 안 된다 했다고?

재상이 더욱 엎드렸다.

-네, 전하. 그렇게 사료되어 아뢰었나이다.

철종의 시선이 흥선군에게 돌아갔다.

흥선군의 음성이 들려왔다.

-전하, 정조 할바마마가 묻힌 곳은 천하의 길지라 소문난 곳입니다.

-숙부님, 광중에 물이 찼다고 하지 않습니까.

철종이 영 마뜩찮은 얼굴로 재상을 내려다보았다. 다시 시선을 돌려 흥선군을 보았다.

-일에는 절차가 있는 법입니다. 제 마음대로 할 수 있는 게 아니에요.

잠시 생각에 잠겼던 철종의 시선이 재상을 향했다.

-말해보라. 왜 천릉이 부당한지?

-전하, 정조대왕릉은 대길지이옵니다. 형세만 보면 노루가 누워 있는 형국입니다. 주산이 약하다는 설이 있사오나 혈처가 분명치 않은 것은 아니옵니다. 청룡과 백호가 희미하다고 갖춰지지 않은 것이 아니오며, 큰 시내가 바로 흐르는 것을 복이 달아나는 형세로 보는 이도 있사오나 물은 흘러가야 하는 것이옵니다. 광중에 물이 차는 것은 계절의 변화에 의한 것이옵니다. 겨울에는 땅이 어니 물이 갇히고 여름에는 녹으므로 물이 차는 것이옵니다. 그것은 어느 묏자리에서도 볼 수 있는 현상이옵니다. 일찍이 건릉을 돌아본 결과 다만 물이 빠져야 하는 수로 공사가 미미한 듯하였나이다.

-그럼 수로만 잘 내면 괜찮다는 말이냐?

-그러하옵니다, 전하. 노루 명당은 만세에 하나 나올까 말까한 천하대명당이옵니다. 하여 종묘사직이 보호 받을 것이오니 신의 말을 믿으시옵소서.

새상의 말을 듣고 있던 홍선군이 읍하며 못을 박았다.

-전하, 천릉은 분명히 이해할 수도 납득할 수도 없는 일이옵니다.

철종이 눈을 감으며 한숨을 쉬었다.

어떡할 것인가. 저들의 세상인 것을.

3

햇볕이 따가웠다. 나뭇잎 사이로 참새 몇 마리가 숨바꼭질을 하고 있었다.

궁에서 돌아온 홍선군 뒤에 재상이 서 있었다.

갑자기 대문이 열렸다. 궁노비 하명길이 헐레벌떡 들어섰다. 재상과 홍선군의 시선이 그를 향해 달려갔다.

-네놈 명길이 아니냐.

홍선군이 먼저 물었다.

-나리, 드릴 말씀이 있습니다.

-아닌 밤중에 무슨 소리야?

-나리, 들어나 주십시오.

홍선군과 재상의 시선이 뒤엉켰다.

-사랑으로 들자.

자리에 앉기가 무섭게 하명길이 입을 열었다.

-돌아가신 순조대왕께서 염하는 마지막 날이었습니다. 11월이었는데, 비까지 와서 몸이 젖으니 한겨울처럼 추운 밤이었습죠.

홍선군의 눈이 번쩍 빛났다.

-그래서?

하명길이 말을 이었다.

그의 말은 이랬다.

그날, 하명길은 빈전도감(왕이나 왕비의 장례 동안 관을 모시는 관아)을 동료와 함께 지키고 있었다. 번개와 천둥이 쳐댔는데 한 무리의 사내들이 나타났다. 모두 사복 차림이었다. 그들 뒤에 얇은 비단으로 얼굴을 가린 사내가 서 있었다.

사내 하나가 하명길에게 명령했다.

-문을 열어라.

-아무도 들어갈 수 없습니다.

하명길이 막아서자 다른 사내가 그에게 허가서를 내밀었다.

그도 허가서를 보고는 어쩔 수 없이 들여보냈다.

-비변사에서 보낸 허가서였는가?

듣고 있다가 흥선군이 물었다.

-네, 중요한 일이니 아무도 들이지 말라고 했습니다.

-뒤에 선 자가 누구였나?

-비단 천으로 얼굴을 가려 알 수가 없었습니다. 그런데 마지막으로 들어가면서 제게 문득 한마디 하는 겁니다.

-뭐라고?

-편안히 살겠으나 자손은 없겠구나. 그러는 겁니다. 너무 어이가 없어 할 말을 잃었지요. 비가 자꾸 들이치고 너무 추워서 동료가 수라간에 뜨거운 물을 가지러 간 동안, 비라도 피할 겸 빈전도감 안으로 들어갔는데 그때 본 겁니다.

-뭘?

흥선군이 다급한 어조로 물었다.

-쾅! 하고 천둥이 치고 번갯불이 번쩍했는데, 도끼를 들고 순조임금의 염한 시체를 둘러싼 장정들과 얼굴을 비단으로 가린 사람을 본 겁니다. 얼굴을 가린 사람이 귀신같은 음성으로 말하더군요. 목뼈가 완전히 부러져야 한다고. 그 목소리! 무덤 속에서 들려오는 소리 같았어요. 천둥이 치고 번개가 번쩍 했는데, 사내들이 사정없이 순조임금의 목을 치더군요.

-어떻게 그런!

-너무 놀라 풀썩 주저앉았는데 사내들이 낌새를 채고 주위를 둘러보더군요. 다행히 구석에 숨을 데가 있어 위기를 모면했습니다. 그 후로 괜히 꿈자리가 뒤숭숭하고 왕실에 자꾸 나쁜 일이 생기는

게 그 때문인가 싶기도 하고……. 아무튼 이렇게라도 털어놓게 되어 다행입니다.

-순조임금의 목을 자르라 한 그자가 대체 누군가?

하명길이 머리를 내저었다.

-모르겠습니다. 얼굴을 가려서…….

흥선군이 팔짱을 끼며 눈을 감았다.

비단으로 얼굴을 가렸다면, 김좌근 곁에서 지관 일을 본다는 정만인이란 자?

흥선군은 하명길을 물끄러미 내려다보았다.

지금 이자가 거짓을 고하고 있을 리는 없었다. 그가 거짓을 고할 이유가 무엇인가!

어쨌든 이대로 있을 순 없다는 말이다. 순조임금의 목을 칠 정도라면 정조대왕 능이라고 못 파헤치겠는가.

흥선군이 그런 생각을 하는데 재상도 그와 같은 생각을 하다가 고개를 갸웃했다.

4

-먼저 해야 할 일이 있을 것 같아.

-예?

흥선군의 말에 앞서 가던 재상이 돌아섰다.

-순조 할아비의 목을 정만인이란 자가 잘랐다면 거기 누가 있었겠는가?

-김좌근?

-그렇지. 비변사에 그 증거가 있다면 증거를 확보하고 성상에게 고해 순조할아비의 묘를 파묘해보면 그들의 죄상이 드러나지 않겠는가.

-맞습니다. 비변사의 허락 없이 왕릉을 수색한다는 것은 있을 수 없는 일입니다. 아무리 판서라 할지라도 비변사와 왕명의 허락 없이는 수색할 수 없어요.

원명이 듣고 있다가 말했다.

-비변사로 가보자.

그들이 비변사 앞에 당도했을 때 내금위들이 지키고 있었다.

내금위복을 입은 천하장안이 몸을 숨기고 있다가 껄렁껄렁 보초를 선 내금위들에게 다가갔다.

그들이 술독을 한쪽에 놓고 내금위들의 관심을 끈 사이, 수풀 뒤에 숨어 있던 흥선군과 원명과 재상이 뛰었다. 그들은 잽싸게 재실 문서 저장소 안으로 들어갔다.

재실 문서 저장소가 손을 탈 것들이 없다 보니 내금위가 지키고는 있어도 경계가 허술할 수밖에 없었다.

재상이 손에 든 초롱에 불을 밝혔다. 사방이 뚫린 초롱이 아니라 한쪽으로만 빛이 새어나가게끔 만들어진 초롱이었다.

문서로 꽉 차 있는 저장소가 드러났다.

원명이 빠른 속도로 서가에 꽂힌 문서를 훑어나가다 재실 출입 문서를 찾아내고는 나지막이 소곤거렸다.

-찾았습니다. 서가 '사'열 첫 번째부터 열다섯 번째 권까지입니다.

흥선군이 재빨리 다가가 첫째 권을 뺐다. 원명과 재상이 다음 권들을 빼왔다.

　뒤지기 시작하자 먼 세월의 허가증을 찾기엔 양이 너무 많았다.

　-이거 너무 많군요.

　원명이 살피다가 난색을 표했다.

　-찾아라! 빨리.

　열심히 문서를 찾는데 갑자기 밖이 소란스러웠다.

　재상이 내다보자 내금위들과 천하장안이 칼을 들고 싸우고 있었다.

　천하장안이 술만 먹고 돌아가려 하자 내금위들이 시비를 건 모양이었다. 어떻게 된 판인지 내금위들의 수가 많았다. 아마 지나가다가 합세를 한 모양이었다.

　-시간이 없습니다.

　재상이 목소리를 낮추었다.

　홍선군과 원명이 당황하자 재상이 그들을 다잡았다.

　-우선 초롱불부터 끄시고 그냥 다 들고 나가야 되겠습니다! 통째로.

　홍선군이 초롱불을 끄고 원명과 재상이 한아름씩 문서를 들고 도망치는데 천하장안과 싸우던 내금위 하나가 소리쳤다.

　-침입자다! 쫓아라!

　이번에는 천하장안이 도망치기 시작했다.

　수풀 뒤 세워 놓은 말을 타고 홍선군이 앞장 서 도망을 쳤다. 원명과 재상이 홍선군 뒤를 따랐다.

5

등불이 밝았다. 기녀들의 창과 가야금 소리가 들려왔다. 술상이 옆으로 밀렸고 흥선군과 원명, 초선이와 재상이 쌓아둔 문서를 열심히 찾았다.

-갑오년 11월 정만인 외 5명. 순조대왕께서 염하신 날과 똑같은 문서입니다. 이날은 효명세자의 태실이 묻히기 전날입니다.

구석에서 문서를 읽고 있던 원명이 종이 한 장을 들고 흔들었다.

재상이 잠시 문서를 읽어보다가 흥선군을 향해 시선을 돌렸다.

-정만인……. 순조대왕릉에 역풍수를 한 자라면 이날 분명히 무슨 일이 있었을 겁니다.

흥선군이 고개를 끄덕였다.

-갑오년이라면 그때의 관상감 상지관을 찾아야 하겠구나.

-그렇습니다.

재상이 대답했다.

갑오년 11월이라…….

흥선군이 입으로 외며 찾는데 원명이 소리쳤다.

-찾았습니다.

원명이 열 권 째 권을 놓으며 문서 하나를 골라냈다.

흥선군이 후다닥 다가가 원명이 짚은 문장을 읽었다.

-갑오년 11월 16일 정만인 외 4명 출입 허가 비변사 도제조 하옥?

-하옥이 누구지?

원명이 중얼거렸다.

재상의 얼굴도 점점 어두워졌다.

-순조임금이 갑오년 11월 13일 해시에 승하하셨으니까 그날들의 기록이 여기 있군요. 14일 고부의를 치렀고 다음날 목욕의, 다음날 습의, 성복…… 발인할 때의 광경이 굉장하군요. 만장이 수백이었으며, 시신을 담은 대여는 종묘로 옮겨졌으며, 그곳에서 노제를 지낸 후 장지로 옮겨져 재실에 모셔졌다. 다시 제가 시작되었으며…….

거기까지 읽던 원명이 틀림없다는 듯이 음성에 힘을 주었다.

-기회는 이때뿐이었을 겁니다. 비변사가 재실에 도착할 시점. 광중에 묻힌다면 무슨 수로 파묘를 하겠습니까. 그걸 알고 있었다면 재실에 안장되었을 때 제를 지내는 동안 관 뚜껑을 땄다는 말이지요.

-그러니 재실에 도착한 날이다?

홍선군이 물었다.

-그렇습니다. 그렇다면 분명히 그날 비변사의 기록이 남아 있을 것입니다. 이것이 맞는 것 같습니다. 11월 16일 날 하옥 대감의 승인이 있었다고 되어 있지 않습니까.

홍선군이 허벅지에 올린 주먹을 가만히 쥐었다.

-명길의 말이 사실이란 말이 아니냐?

홍선군의 말에 하나 같이 입을 벌리고 할 말을 잃었다.

물의 넋

1

구름이 북쪽으로 흘렀다.

검은 구름장이 비를 몰고 올 것 같았다. 검게 물들어오는 구름장이 사납게 달려오는 군마 같았다.

골목으로 들어서자 가마 하나가 보였다.

김병기구나, 하는 생각이 들었다.

눈치를 챘나?

재상이 가까이 다가들자 가마 안에서 김병기의 음성이 흘러나왔다.

―많이 늦는구나. 그래, 그 궁노비가 뭐라더냐?

김병기의 얼굴은 보이지 않고 목소리만 들렸다.

몸이 후들후들 떨렸다.

―궁노비가 찾아갔었지? 그 일에 대해 말하더냐?

알고 있구나!

이럴 때는 정직하게 나가야 한다. 이미 뒤를 따라붙고 있었다는 말이다.

-그걸 어떻게?

-궁에 우리가 보는 눈이 한둘이 아니다.

-내일 홍선군이 주상을 만나러 갈 것입니다.

재상은 망설이다 말했다.

-홍선군이 김좌근 대감이 빈전도감에 보낸 허가서를 손에 넣었습니다.

김병기가 그제야 가마에서 내렸다.

-그럼 주상을 만나기 전에 네가 없애거라.

재상은 순간 당황했다.

사람을 죽이라니.

-나리, 그런 일은 못 합니다요.

-잡스런 풍수쟁이 주제에. 네가 무슨 고결한 선비라도 되는 줄 아느냐? 너를 살려두는 것은 네놈이 내게 보여준 정리 때문이다. 내일 홍선군이 궁에 들어갈 때, 그의 집 근처에 궁수들을 배치할 것이다. 홍선군이 화살에 맞으면 넌 혼란스러움을 틈타 홍선군이 가진 문서를 없애.

그 말을 남기고 김병기의 가마가 눈앞에서 떠났다.

재상은 그 자리에 서서 멀어져가는 가마를 노려보았다.

2

대문이 삐걱 소리를 내며 열렸다. 홍선군이 태연하게 밖으로 나왔다.

재상이 길목에서 흥선군을 멀거니 바라보았다.

재상은 움직이지 않았다. 김병기의 살수가 어느 지붕에서 그를 노리고 있을지 몰랐다. 다가들 수가 없었다. 그게 신호가 될 테니까.

말구종이 말을 대령하고 엎드렸다.

흥선군이 등을 밟고 말 등에 올랐다.

말 엉덩이를 차려고 하다가 뒤를 돌아보고는 재상이 보이자 물었다.

-왔으면 들어오지 않고?

재상은 그 자리에 붙박인 듯 서서 움직이지 않았다.

흥선군에게 피하라고 신호를 보낼 수 있다면 좋겠지만, 지금 그렇게 알릴 틈은 없었다. 어디선가 날아들 화살이 그보다 몇 십 배는 빠를 테니까.

대신 재상은 소리치듯 말했다.

-지금 궁으로 들어가는 길입니까?

흥선군이 문뜩 수상한 낌새를 느꼈다.

정상적인 행보라면 그가 저렇게 멀찍이 서 있는 게 맞지 않았다. 벌써 다가와 있을 것이다. 그런데도 멀거니 지켜보고만 있다니. 그 떨어져 있는 거리만큼 수상한 기운이 채워졌다.

-궁에도 곧 뭔가 변화가 오겠지.

흥선군을 재상이 불안하게 바라보았다.

그 순간 화살촉 하나가 지붕 위에서 반짝 빛났다.

재상이 순간적으로 위기감을 느끼고 소리쳤다.

-나리! 피하십시오!

슝, 이미 화살이 발사되어 흥선군의 갓끈을 스치고 지나갔다.

재상이 흥선군을 향해 뛰었다. 흥선군이 몸을 날려 말 뒤로 숨었다.

다시 날아든 화살이 이번에는 말의 등짝에 꽂혔다.

말이 놀라 달아나면서 그가 무방비로 노출되었다.

재상이 흥선군의 몸을 덮기 위해 뛰어들었고, 날아온 화살이 재상의 옆구리에 꽂혔다.

말구종이 비명을 지르며 도망갔다.

그 사이 화살이 지붕 위에서 다시 날아왔다. 이번엔 흥선군의 팔을 스치고 맞은편 판자벽에 가 꽂혔다.

천하장안과 원명이 대문 안에서 달려 나왔다.

원명이 흥선군과 재상을 엄호했다. 하정일이 흥선군의 말을 낚아채 타고 궁수를 쫓았다.

-괜찮으십니까?

원명이 흥선군에게 다가들어 물었다.

-박지관이 화살에 맞았다.

장순규가 재상을 일으켰다. 되돌아온 하정일이 말 등에서 뛰어내렸다.

-놈들을 놓쳤습니다.

-어서 박지관을 집으로 옮겨라! 빨리!

흥선군의 음성에 다급함이 묻어났다.

눈을 뜨자 옹기종기 모여선 사람들이 보였다. 천하장안과 원명, 흥선군이었다.

의원이 재상의 맥을 짚다가 놓았다. 의원은 웃는 눈이나 눈동자가 보이지 않고 귀가 뾰족한 관상을 하고 있었다.

-다행히 이제 고비는 넘겼으니 너무 염려하지 마십시오.

의원이 흥선군을 향해 말했다.

-괜찮나?

흥선군이 재상을 걱정스레 내려다보며 물었다.

-여기 계실 것이 아니라 궁에 가셨어야지요.

가까스로 정신을 차린 재상이 올려다보며 말했다.

-지금 그게 문젠가. 나 때문에 자네가 죽을 수도 있었는데.

-시간이 없습니다. 어서 궁으로 가서 전하께 문서를 보이십시오.

문 밖에서 몰래 소리를 듣고 있던 상길이 몸을 돌렸다.

3

햇살이 편전 모퉁이로 기어들어와 반들반들 윤이 나는 바닥에서
놀고 있었다.

김좌근이 가져온 청나라 도자기를 살펴보던 철종이 그에게 따뜻
한 미소를 보냈다.

김좌근이 때를 놓치지 않았다.

-전하께서 좋아하실 거라 생각했사옵니다.

-이건 값을 얼마나 쳐줘야 하나요?

-그냥 제가 드리는 선물이옵니다. 그저 전하가 강녕하시기만을
바라는 신하의 충정이라고 생각해 주시옵소서.

-대감이 보기에 제가 굳건하지 않아 보이십니까?

-늙은 제 눈에 전하를 만만하게 보는 삿된 무리들이 보이옵니다.

특히 흥선군 말이옵니다. 최근 그자의 움직임이 수상하다는 소문이 있사옵니다.

-그럴 리가요. 숙부님께서는 저처럼 노는 걸 좋아하는 한량이십니다.

-전하, 흥선군은 야심이 가득한 자이옵니다. 다만 한량인 척 본모습을 숨기고 있을 뿐이옵지요.

김좌근의 말을 들으며 철종은 고개를 끄덕이더니 생각에 잠기는 척했다.

4

-괜찮아?

용식이 물었다.

-살 만해.

-나 섭하다. 은밀하게 일을 치르겠다기에 보고만 있었다만.

-걱정 마.

-나도 따라 붙으마.

-아직은. 뒤에서 김좌근 무리의 행동거지나 살펴줘. 그게 더 큰일이니까.

-알았다. 대신 약속해라. 그러다 먼저 가면 무슨 소용이냐. 화살이 옆구리에 맞아서 다행이지 심장 쪽이면 어쩔 뻔했냐.

-알았다니까.

204

홍선군은 궁으로 들어섰다.

그의 뒤에 천하장안이 눈을 번뜩이며 따르고 있었다.

빈전도감 근처를 지나는데 사람들이 웅성거리는 모습이 보였다.

-무슨 일인가?

홍선군이 궁노비로 보이는 사람에게 물었다.

-여기서 일하던 궁노비 하나가 자살했습니다.

홍선군은 천하장안과 함께 사람들이 모여 있는 곳으로 향했다.

나무에 목을 맨 하명길의 시체가 보였다.

홍선군은 놀라 멀거니 하명길의 시체를 바라보았다.

5

상궁이 철종과 홍선군 사이에 차를 놓고 물러났다.

홍선군은 굳은 얼굴로 철종 앞에 비변사 허가서를 놓았다.

철종이 김좌근의 서명이 있는 비변사 허가서를 집어 살펴보고는 생각에 잠겼다가 홍선군을 향해 시선을 들었다.

-그러니까……. 염 마지막 날, 김좌근 대감이 사람을 보내 목을 절단했고, 그걸 목격한 궁노비가 오늘 자살했다?

-그러하옵니다.

-이거 참……. 너무 만들어진 이야기 같지 않습니까?

-전하, 마음을 굳건하게 먹어야 하옵니다. 왕실을 해치려는 무리들이 지금 역풍수를 행하고 있습니다.

철종이 이맛살을 찌푸렸다.

-왜 이리 나에게 모두 굳건하라, 굳건하라 말들이 많은지.

귀찮다는 듯이 철종이 일어섰다. 그때 내관의 음성이 들려왔다.

-전하, 김좌근 대감이 들었사옵니다.

철종이 고개를 홰홰 내저었다.

홍선군이 눈을 번뜩였다. 그 모습을 본 철종이 내관을 향해 버럭 소리를 질렀다.

-들라 해라.

그렇게 명하고 두고 보자는 미소를 물고 홍선군을 돌아보았다.

-어떻습니까? 우리 한번 직접 물어보는 것이.

홍선군은 철종의 돌변에 눈을 크게 떴다.

-전하……. 아니 되옵니다.

그때 김좌근이 나타났다. 홍선군과 김좌근의 눈빛이 뒤엉켰다.

-전하, 옥체 강녕하시나이까.

-아주 굳건하고 강녕하오. 방금 내가 숙부께 너무 엄청난 이야기를 들어서 말이오.

철종이 김좌근의 서명이 있는 비변사의 허가서를 보였다.

-이것이 갑오년에, 대감이 비변사에서 허가한 문서가 맞소이까?

김좌근이 문서를 내려다보았다.

-그러하옵니다.

김좌근이 침착하게 대답했다.

-염을 한 임금의 성신 근처에 사람을 들인 이유가 무엇이오?

철종이 눈을 가늘게 뜨고 김좌근의 얼굴을 똑바로 쳐다보며 물었다.

-사특한 무리들이 왕의 성신을 해할까 걱정되어 지킬 인원을 보충한 것뿐이옵니다.

김좌근의 음성은 정확하고 침착했다.

-네 이놈!

홍선군이 듣고 있다가 벌떡 일어났다. 그냥 있어서는 안 되겠다는 생각이 들었기 때문이었다.

-홍선군! 지금 누구 안전에서 누구의 신하를 꾸짖는 거요? 꾸짖어도 내가 꾸짖습니다!

철종이 돌아보다가 어이가 없어 버렸다.

홍선군이 읍하며 부들부들 떨었다.

김좌근이 눈을 시퍼렇게 치뜨고 미소를 물었다.

6

맥이 빠진 채 홍선군은 천하장안을 데리고 집으로 들어섰다.

재상이 기다리고 있다가 그를 맞았다.

-궁에 가신 일은 어찌 되었습니까?

홍선군은 고개를 내저었다.

-우리에게 고변한 궁노비 하명길이 오늘 죽은 채 발견됐네. 주상께선 믿지 않으시고. 이미 놈들이 수를 쓴 게지.

-누가 죽였답니까?

-날 죽이려던 놈들이겠지. 장동김문 놈들……. 본보기를 보인 것이야. 나 때문에 무고한 사람이 죽었어.

홍선군이 허망한 어조로 말했다.

-나리 책임이 아닙니다.

-힘이 없어서 주변 사람을 지키지 못했다. 애초에 내 잘못이야. 미안하구나. 별 볼일 없는 왕손 주제에 그놈들과 정면 대결하려고 했으니……. 자네를 끌어들인 것도 너무나 후회되네.

-그냥은 있지 않을 것입니다.

재상은 이를 악물었다.

이제부터 모든 힘을 모아 장동김문 놈들의 풍수 흉계를 파헤쳐야 할 것이었다. 그들을 쓰러뜨리는 데 혼심의 힘을 다해야 할 것이었다.

잎 속의 꽃

1

탁.

여인의 손끝이 매서웠다.

-나리, 단수입니다.

-어허, 실력이 보통 아닐세.

초선의 물음에 김병기가 희미하게 웃으며 말했다.

-아시면서…….

초선이 눈을 곱게 흘겼다.

-제법이구나. 당장 내 말을 먼저 살려야지 상대 돌을 잡으러 가니질 수밖에 없다? 으하하, 그렇구나.

초선이 조심스레 김병기의 눈치를 살폈다.

-나리.

목소리에 정을 담아 부르자 김병기가 왜 그러느냐 하는 얼굴로 고개를 들었다.

-혹 정만인이라는 풍수쟁이를 아십니까?

김병기가 초선을 빤히 건너다보았다.

-그자는 왜?

-이번에 홍대감 댁 첩으로 들어가게 된 설이 말입니다. 그 애가 홍대감 댁 첩으로 들어가게 된 이유가 정만인이 알려준 땅에 할머니 묏자리를 써서 그렇다는 겁니다.

김병기가 어이없다는 듯 피식 웃었다.

-저도 좋은 묏자리를 써서 팔자나 한 번 고쳐보고 싶어서요.

-넌 그런 욕심이 없는 줄 알았더니, 너도 다른 계집과 다를 바 없구나.

-이 세상에는 두 부류의 계집이 있지요. 욕심에 솔직한 계집과 욕심에 솔직하지 못한 계집. 궁에 계신 높으신 분들이 그렇듯 말입니다.

김병기가 재밌다는 듯 소리 내어 웃었다.

-그를 만나게 해주어야겠구나.

김병기가 속을 숨기고 말했다.

-정말입니까?

-그럼 넌 내게 뭘 해주겠느냐?

김병기가 초선을 건너다보았다.

잠시 초선의 눈을 쳐다보다가 손을 뻗어 초선의 얼굴을 어루만졌다. 초선이 어찌할 바를 모르고 얼굴을 붉혔다.

2

돌아가는 초선의 발걸음이 비칠거렸다. 아버지의 모습이 떠올랐다. 홍선군 집 땅이나 부쳐 먹던 농사꾼이었다.

이름이 김소돌이었다.

아버지가 죽고 홀로 돌아다니다 흘러든 곳이 월영각이었다. 인물 한 번 번듯한 탓에 기방의 기녀가 되고 만 것이다. 이름마저 기방에 맞게 변했다. 초선.

그렇게 기녀가 되었지만 기녀 생활이 간단치만은 않았다. 월영각 제일의 기녀가 되기 위해서는 배워야 할 것이 하나둘이 아니었다. 창을 배워야 했고 춤을 배워야 했고 기녀로서의 자세를 배우고 그림을 배워야 했다.

홍선군을 만났을 때 전신이 얼어붙었다. 옛날 자신을 보살펴주던 이씨 가문의 오라버니였다.

그러나 찌그러진 갓처럼 절망에 휘감긴 하웅 오라버니의 모습을 보았을 때 가슴이 미어지는 것 같았다. 자신이나 다를 바 없는 행색이었다. 그와 자신이 어쩌면 이리도 닮았을까 싶었다.

그의 소문을 모르지는 않았다. 자신이 성이에서 초선이 되는 사이 하웅 오라비는 운현동으로 이사해 장가도 가고 애도 낳았다고 하였다. 그런데 꼴이 말이 아니었다. 술 한 잔에 미쳐 기녀의 가랑이를 기고 있었다.

-네가 정말 성이란 말이냐?

묻는 하웅 오라버니의 눈에서 눈물이 흘러내렸다.

그 눈물에 가슴이 쩍쩍 갈라졌다.

하찮은 놈의 딸. 그리고 이제 기방의 기녀.

도저히 상대가 되지 않는 신분이었다.

하웅 오라버니는 전혀 그런 기색을 보이지 않았다. 말없이 자신을 안았다.

그의 품에 안겨 속내를 보았다. 언제나 그의 눈은 말하고 있었다.

두고 보아라. 두고 보아라.

초선은 그런 흥선군이 좋았다. 자신도 더 강해져야겠다고 생각했다.

그가 웃으면 눈물이 났다.

흥선군이 가슴에 품은 야망과 꿈을 알게 되자 그녀 가슴도 뜨거워졌다.

그를 위해서라면 목숨도 아까울 것이 없었다. 그에 비하면 김병기란 자는 권력가로 승승장구할 수 있는 운명과 환경을 완벽하게 타고난 자였다.

김좌근의 양자가 되었다는 것은 명문가 장동김문의 머리라는 것을 의미하고 있었다. 빈틈이 없고 냉혹한 사람이었다.

3

밤이 깊어가고 있었다.

꿈에서 깬 흥선군이 일어나 앉았는데, 상길의 음성이 들려왔다.

흥선군은 땀이 찬 이마를 소매 끝으로 쓸었다.

-왜 그러느냐?

-나리, 웬 여인이 나리를 찾아왔습니다. 잠깐 나와 달라는 뎁쇼.

상길이 흥선군의 눈치를 살피다가 후딱 대문가로 달려갔다.

대문이 열리자 장옷을 머리까지 덮어쓴 여인이 들어섰다. 장옷을 내리자 초선의 얼굴이 나타났다.

그제야 흥선군은 사랑을 나섰다. 흥선군을 발견한 초선이 다가오며 반갑게 불렀다,

-나리…….

흥선군이 상길을 향해 손을 내저었다.

-들어가 있거라.

상길이 후딱 머슴채로 들어버렸다.

-이 밤에 무슨 일이냐? 이곳에 나타나지 말라 하지 않았느냐.

흥선군의 차가운 어조에 초선의 얼굴에 원망이 배어났다.

-여기 드나들다 그들의 눈에 띄기라도 하면…….

-그게 아니고 안채에 계신 대부인 마님 때문이겠지요.

다분히 원망기가 느껴지는 초선의 비아냥에 흥선군이 초선을 향해 똑바로 돌아섰다.

-어허!

-제가 괜히 기녀겠습니까. 사내의 사랑채에 함부로 드나들 수 있어서가 아니겠습니까.

흥선군이 왜 이러냐는 듯이 쳐다보다가 먼 산으로 시선을 돌려버렸다.

초선이 안타깝게 다가들었다.

-나리, 진정 제 심정을 모르시겠습니까?

-말을 삼가지 못하겠느냐?

흥선군이 주위를 살피며 그녀를 꾸짖었다.

초선이 더욱 다가들었다.

-나리, 저와 함께 떠나십시다. 이러다 나리까지 잘못될까 두렵습니다.

홍선군의 눈이 번쩍 열렸다.

－둘이 함께 하면 뭔들 못하겠습니까. 저는 시골 아낙으로 살아도 좋습니다.

어이가 없어 홍선군이 하하하, 하고 웃음을 터트렸다.

－네년이 정녕 미친 게 아닌가!

초선이 고개를 떨구었다.

－도대체 무슨 생각인 게냐?

침묵이 흘렀다. 어디선가 아이를 찾는 아낙네의 부름 소리가 들려왔다.

잠시 후 초선이 마음을 다잡았다.

－내일 김병기 나리와 점심 후에 정만인을 만나러 가기로 했습니다.

홍선군이 놀란 눈으로 초선을 돌아보았다.

－오늘 밤 마지막으로 나리를 만나러 온 것입니다.

말하고 돌아서며 초선이 장옷을 덮어 썼다.

초선의 결연한 태도에 홍선군의 그림자가 얼핏 흔들렸다.

－초선아!

초선이 뒤도 돌아보지 않고 대문을 향해 걸어갔다.

하늘화로

1

-가자!

흥선군이 재상과 천하장안에게 일렀다.

해가 중천이었다. 붉은 햇살이 검은 구름장을 터져 나와 빛기둥을 이루고 있었다.

흥선군은 월영각을 향해 바삐 걸었다.

월영각 앞에 이르자, 꼭 기다린 것처럼 화려하게 차려 입은 초선이 웃으며 김병기의 가마에 타는 모습이 보였다.

김병기의 가마가 출발했다.

-쫓아라!

천하장안이 뒤를 쫓기 시작했다.

미로 같은 길을 한참이나 돌고 돌아, 가마가 마치 절 같기도 하고 사당 같기도 한 묘한 분위기의 청나라식 저택에 닿았다. 집 앞은 무사들이 철통 경계를 하고 있었다.

김병기가 가마에서 내려 저택 안으로 들어갔다.

-저곳에 정만인이란 자가 있단 말입니까?

숨어서 보고 있다가 천희연이 흥선군에게 물었다.

-초선의 말이 맞다면······.

흥선군이 낮게 뇌까렸다.

2

사랑채로 안내되면서 초선은 얼핏 뒤를 살폈다. 집 안은 낯설었다. 대문 안쪽으로 만들어진 네모진 정원이 우선 그랬다. 사랑이라고 생각되는 건물도 이상했다.

문이 열려 있었는데, 무당 집 같이 여러 명의 신들이 그려진 그림과 불상과 탱화들이 얼핏 보였다. 바닥으로부터 아이 키 정도 높이의 단을 만들어 그 위에 모셔놓은 묘한 방이었다.

그들은 사랑방 곁의 자그마한 겹방으로 안내되었다.

잠시 기다리자 문을 열고 나타날 줄 알았던 정만인이 방 뒤쪽 발이 쳐진 곳에서 스윽 나타났다. 여전히 그는 얼굴을 가리고 있었다.

-오랜만이군.

김병기가 그를 알아보고 짧게 뇌까렸다.

정만인이 김병기에게 공손히 읍했다.

-오실 줄 알고 있었습니다.

김병기가 어이없어 하는데 정작 정만인은 심드렁했다.

-한동안 격조했지요? 어쩐 일이십니까?

김병기가 잠시 정만인을 쏘아보다가 평상심을 되찾고 초선을 흘 끗 돌아보았다.

-이 아이가 자넬 만나고 싶다고 졸라 데리고 왔네. 상을 보고 적 당한 묏자리를 일러주게.

초선이 긴장하자 정만인이 그녀의 얼굴을 찬찬히 쏘아보았다.

-너의 눈이 말하고 있구나. 나의 얼굴이 보고 싶다고.

초선이 호르르 떨었다.

-관상을 보랬더니 심상을 읽고 있는 것인가.

김병기가 한 마디 했다.

-고달픈 인생, 화무십일홍이다. 열흘 붉은 꽃 없어. 서러워 마라. 술과 춤, 가얏고가 있지 않느냐. 어찌 그토록 나와 닮았을까. 평생을 탄금해도 양반들의 가랑이 사이에서 벗어날 수 없으니. 그것이 다 어미 묏자리 때문이다.

-묏자리?

초선이 되뇌었다.

-아니오. 어머니가 홀로 나를 키웠소. 아직도 살아 있다는 말이오.

초선이 의식적으로 본심을 숨기고 거짓말을 하자 그가 고개를 내 저었다.

-그건 네 어미가 아니야. 키운 어미지.

초선의 눈이 점점 커졌다. 그의 말대로 자신을 기른 어미는 생모 가 아니었다. 아버지가 죽자 어린 자신을 두고 달아났지만, 그에겐 그가 어머니였다.

참으로 용하다는 생각이 드는데 그의 음성이 뒤따라왔다.

-숨겨둔 정인이 있지?

초선이 말문이 막혀 멍하니 그를 쳐다보다가 김병기를 돌아보았다.

-나리, 이자가 무슨 말을 하는지 모르겠습니다.

김병기가 재밌다는 듯 희미하게 웃었다.

-그 숨겨 둔 정인이 나인가?

김병기가 웃다 말고 정만인에게 물었다.

갑자기 정만인이 초선에게만 들리도록 무서운 어조로 속삭였다.

-곧 큰 화가 닥칠 게야.

그렇게 속삭이고 정만인이 꿰뚫듯 쏘아보자 초선은 문득 두려움이 몰려와 눈물이 고였다.

화라니? 초선은 일부러 턱을 빳빳이 들었다. 결코 이런 자에게 기죽어서는 안 된다는 생각 때문이었다.

-용한 지관이라 하여 나리를 졸라 찾아 왔더니 맞추는 게 하나도 없는 선무당이네. 나리, 이만 가시지요.

초선은 쏘아 붙이고 발딱 일어났다.

흥미롭게 지켜보던 김병기가 허허허, 웃으며 일어났다.

김병기가 초선과 함께 나가며 정만인에게 한 마디 했다.

-철부지라고 너무 함부로 대한 것 아닌가.

-나리, 금기가 강한 상입니다. 목기가 강한 나리와는 상극이니 멀리하십시오.

김병기가 새삼스럽게 앞서 가는 초선을 바라보다가 정만인을 무서운 눈으로 쏘아보았다.

-내일 들르도록 하게.

-알겠습니다.

대답하고 정만인이 돌아서며 싱긋 웃었다.

초선은 대문을 나서면서 주위를 힐끔거렸다.

3

홍선군과 재상을 골목 끝에 몸을 숨기고 김병기와 초선의 동태를
살피고 있었다.

초선과 김병기가 나와 떠나자 그들을 보고 있던 홍선군이 앞서
나갔다.

-들어가자.

그들이 들어서자 정만인이 뜰까지 나와 기다리고 있었다.

-오셨군요. 기다리고 있었습니다.

홍선군과 천하장안이 의외의 상황에 하나 같이 흠칫했다.

재상도 예사롭지 않은 정만인의 용모에 일순 몸이 굳었다.

-기다리고 있었다?

홍선군이 그의 말을 되뇌며 어이없다는 표정을 지었다.

-알고 있었다는 말이 아닌가?

-나를 찾으려 했다면 그들의 뒤를 따라붙어야 했겠지요.

-그들에게 무슨 말을 했느냐? 내게도 알려줘야겠다.

-무슨 말씀이신지? 천자지지를 구한다기에 가르쳐주었을 뿐입니다.

-그곳이 어딘데?

홍선군의 물음에 정만인이 풀썩 웃었다.

-그걸 말로 어찌…….

-다시 묻겠다. 그곳이 어디냐?

정만인이 씁쓸하게 웃었다.

-말을 못 알아들으시는군요. 아실 만한 분이. 내가 말하면 장동김문에서 가만있겠습니까.

-아뢰지 않는다면 네놈의 목이 먼저 떨어질 것이다.

홍선군이 단호하게 말하자 그제야 정만인이 사기를 꺾었다.

-그럼 어쩐다? 그걸 드린다면 제게는 무얼 주시겠습니까?

정만인이 한쪽 눈을 치뜨며 노골적으로 물었다.

-그곳이 정말 천자지지라면 네가 평생을 쓰고 남을 재물을 주마.

정만인이 눈을 감았다가 눈꼬리로 웃었다.

-나리에게 그만한 재산이 있던가요?

말은 홍선군에게 하면서도 그의 시선은 재상에게로 꽂혔다. 홍미롭다는 듯 입가에 희미한 미소가 물렸다.

-한 나라를 일으킬 꿈이 내게 있느니라. 그까짓 재물이 대수일 것 같으냐.

-하하하, 그렇군요. 잠시 기다리시지요. 지도를 가지고 나올 테니.

정만인이 안으로 들어갔다.

햇살이 눈부셨다. 네모난 뜰로 쏟아진 햇살 속으로 나비가 날아올랐다. 홍선군은 정만인을 기다리며 나비의 날갯짓을 바라보았다.

나비가 이 꽃 저 꽃 기웃거리다가 허공으로 날아올랐다.

나비가 눈가에서 사라졌어도 정만인은 나타나지 않았다.

-이놈 왜 나오지 않는 게야?

홍선군이 천하장안에게 물었다.

-이상합니다. 들어가 봐야겠습니다.

안으로 들어갔던 천희연이 이내 달려 나왔다.

-나리, 놓쳤습니다.

-뭣이?

-뒤에 밖으로 난 문이 있었습니다.

-이런!

홍선군이 달려 들어갔다. 열린 문 저쪽에서 풀을 뜯던 황소의 울음소리가 들려왔다.

4

풀잎마다 이슬이 영롱하다. 하늘의 눈물인가. 아침 안개가 아직까지 물러가지 않았다. 멀리 관상감 건물이 보였다.

-나 어때?

내금위 복장을 한 안필주가 하정일에게 물었다.

-잘 어울립니다.

-아서라.

진심이 느껴지지 않는지 안필주가 앞서 나갔다.

관상감이 더 가까워졌다. 마침 안에서 하급 관리 하나가 나오자 천하장안이 칼을 빼들며 에워쌌다. 하급 관리가 놀라 허둥거렸다.

-왜, 왜들 이러시오?

-말 좀 물어보세.

천희연이 말했다.

-무엇이오?

-전에 있던 상지관이 누군지 알고 있나?

-무슨 일 때문에 그러시오?

-내금위에서 나왔네. 그자를 찾아내야 할 일이 있어서.

-그분은 지금 목멱산에서 항아리 만드는 일을 하고 계시는데…….

그제야 천하장안이 물러났다.

겁에 질린 하급 관리가 비틀비틀 그들을 흘끔거리며 달아났다.

천하장안의 발걸음이 빨라졌다.

흥선군이 집에서 그들을 기다리고 있다가 벌떡 일어났다.

-어디 있다더냐?

-목멱산에서 항아리를 굽고 있다고 합니다.

흥선군이 손으로 턱을 받치고 생각에 잠겼다.

-가자. 재상이 안에 있으니 내가 찾는다 이르고.

-알겠습니다.

천희연이 안으로 들어가다가 나오는 재상과 마주쳤다.

-나리가 기다리고 계신다.

-알았소.

재상이 부리나케 흥선군을 찾았다.

-자네도 차비를 하게. 상지관이 있는 곳을 알아냈다고 하니…….

재상을 본 흥선군이 일렀다.

5

생각보다 목멱산이 멀었다.

한양에서 얼마 멀지 않을 줄 알았는데 두 식간을 달렸어도 아직
도였다.

목멱산 근처 전 상지관 송제우의 집으로 들었을 때는 해가 기웃
기웃할 무렵이었다.

첩첩 산중에 달랑 너와집 한 채. 연기가 피어오르고 있었다.

젖혀진 사립으로 들어서자 마침 죽창을 열어놓고 있던 송제우가
눈을 크게 떴다. 일흔이나 되었을까. 머리가 하얗게 세었고 골 깊은
주름이 그의 연륜을 말해주고 있었다.

흥선군이 그를 보고서야 기억이 나는지 고개를 끄덕였다.

난 또 누구라고.

송제우도 흥선군을 기억하는지 밖으로 나왔다.

-흥선군 나리, 여기까지 어쩐 일이십니까?

-여기 계셨구만. 보이지 않는다 했더니…….

-우선 들어오십시오.

방이 좁아 토벽 그대로의 작은 방이 무너질 것 같았다. 천하장안
은 밖에서 기다리라고 했으나 부득부득 그들도 들어와 앉았다.

-뭐 하나 물어보려고 왔소이다.

-무얼?

-효명세자 말입니다.

흥선군이 단도직입적으로 질렀다.

-효명세자?

송제우가 불에 덴 듯 눈을 크게 떴다. 갑자기 그의 미간이 사시나
무처럼 떨렸다.

흥선군이 기미를 놓치지 않았다.

-그분의 태실 말이오.

-그게 왜…….

송제우가 성가시다는 어투로 되물었다.

-효명세자의 태실 자리는 정조대왕께서 승하하시기 전, 미리 찾아둔 명당 중의 명당이었지.

송제우가 시선을 내리깔았다.

-그날의 일을 말해줄 수 없겠소?

송제우가 잠시 생각하다가 고개를 떨구었다. 그의 얼굴이 새하얗게 굳어가고 있었다.

그는 잠시 그렇게 있다가 고개를 들었다.

-그러니까 태항아리가 묻히기 전날 일을 내게 묻고 있는 것이오?

-맞소. 그날 비변사에서 보낸 자들이 왔었소?

송제우가 역시 그랬구나, 하는 표정을 짓다가 고개를 주억거렸다.

홍선군이 바짝 당겨 앉았다. 산 속이어서일까, 바람이 찬데 웽웽거리는 모기소리가 들려왔다.

-모습이 기억나시오?

홍선군이 다급하게 물었다. 송제우가 고개를 끄덕였다.

-기억나오. 내 어찌 그날을 잊겠소.

-누구였소?

-젊은 사람들이었소. 그 중 이상한 사람이 있었소. 음성이 쉰 것 같기도 하고……. 귀신의 호곡소리 같아 섬뜩하기도 했고.

-어떻게 생겼던가요?

재상이 물었다.

송제우가 고개를 갸웃했다.

-생긴 건 모르겠고. 가면 같은 걸 쓰고 있었소.

-천으로 된?

홍선군이 물었다.

-맞소.

-뭐라던가요?

재상이 물었다.

-……주상 몰래 태실의 혈자리를 바꾸어야 한다고. 난 절대 안 된다고 했지. 얼굴을 가리고 있던 놈이, 아니 풍수쟁이라고 하던가? 암튼 그랬소.

-혹시 정만인이라고 하지 않던가요?

천희연이 듣고 있다가 끼어들었다.

송제우가 부르르 떨었다.

-맞소, 그놈! 정만인. 난 김좌근이 그놈과 결탁해 태실의 혈처를 바꾸려 했다고 고변하려 했었소.

-그래서요?

홍선군이 침을 꼴깍 삼키며 물었다.

-순조임금에게 간했지 뭐겠소. 그러자 그날 밤, 놈들이 찾아와 내 마누라를 죽였어. 무지한 놈들. 그 길로 이곳으로 내려온 거요. 지금도 잊질 못하오. 어전에서 보았던 김좌근. 그자의 눈빛…….

-걱정 마오.

홍선군이 재빨리 말했으나 송제우의 눈에 벌써 의심의 기색이 짙어지고 있었다.

-그대가 김좌근의 무리와 다르다는 걸 모르는 바 아니나 알 수가 있어야지요.

-그래서 이렇게 온 것이외다.

송제우가 마음을 달래려는 듯 곰방대를 물었다. 담배 연기를 내뿜고 한숨을 휴, 하고 내쉬더니 못 참겠는지 이내 입을 열었다.

-원래 태실이 묻혀야 할 혈처에 다른 게 묻혀 있으니.

-그게 무슨 말이오?

-그렇지 않으면 효명세자께서 그렇게 일찍 돌아가셨을 리가 없지.

-그게 무슨 말입니까?

-가서 파보면 알 게 아니겠소.

-파보면? 가만. 김좌근 그자, 헌종 임금이 살았을 때 순조 대왕의 태실 자리를 건드려 난리가 난 적이 있지 않은가?

-맞습니다.

흥선군의 말에 송제우가 고개를 끄덕였다.

-태실 자리만 노린다?

흥선군이 중얼거렸다.

-그야 뻔하지요. 왕릉을 어떻게 건드릴 수 있습니까. 아무리 그 권세가 높아도 왕릉을 바꿔칠 수는 없는 겁니다. 거기다 태실 자리는 명당의 운이 시작되는 곳에 점지되기 마련이지요. 그보다 더 좋은 명당 자리가 어디 있겠습니까.

곁에서 재상이 고개를 끄덕이며 말했다.

-그럼 이번에도 그의 아비 김조순이 거기 묻혔다?

흥선군이 짧게 뇌까렸다.

226

6

기녀들의 간드러진 웃음소리와 연주 소리에 기방이 떠나갈 듯했다.

초선이 돌을 놓으려다가 흠칫했다. 갈수록 흰 돌의 대세가 흔들리고 있었다.

-장사가 잘 되나 보다.

김병기가 단수를 치며 조선에게 말했다.

초선이 돌을 내려다보다 말고 생글생글 웃었다.

-나리 덕분이 아니겠습니까.

-아서라. 누가 들을까 두렵구나.

-호호호, 나리도 두려운 게 있으십니까?

-나도 호환 마마는 두렵다.

-나리, 대마가 잡혔습니다.

-응? 허어, 참. 실력이 더 는 게 아닌가.

김병기가 심드렁하게 말했다.

-왜 일부러 그곳에 놓으셨습니까?

초선이 돌을 따내며 물었다.

-글쎄 그럴까?

김병기가 말하고 마지막 돌 한 점을 놓았다.

호구 자리였다.

-소탐대실 경적필패라 했던가, 으하하하.

-꼼수를 부리며 작은 실리에 연연하다가는 꼭 대세를 그르치는 법이다?

초선이 난감해 하다가 김병기의 말을 되씹었다.

-무엇보다 상대를 얕보지 말고 대국에 임해야 할 것이란 말일세. 대마는 좀처럼 죽지 않는다는 말을 명심해야 할 게야. 너무 날 얕본 게 아닌가?

-그렇군요.

그렇게 말하고 바둑판을 내려다보던 초선은 돌을 던져버리고 말았다.

김병기가 잠시 눈을 감고 있다가 허리를 펴며 일어났다.

-벌써 시각이 이렇게 되었구나.

-술상 올리라 하겠습니다.

-아니다. 오늘은 그냥 가봐야겠구나.

김병기가 문을 향해 다가가다가 돌아섰다.

-초선아.

뒤따르던 초선이 걸음을 멈추었다

-왜 내게 일부러 졌느냐?

초선이 시선을 내리깔았다.

-나리!

-내가 모를 것 같았더냐? 백돌을 잡지 않는 너의 심사를. 언제 배운 것이더냐? 순장바둑!

-눈치 채셨군요. 이 집에서 배웠지요. 저한테는 이기고 지는 게 별로 중요하지 않습니다.

-내가 이기기만 하는 걸 즐기는 치졸한 인간이라는 말 같구나.

-나리두. 그저 이쯤에서 끝내는 것이 나리께서 더 즐거울 것 같았을 뿐입니다.

-재밌구나. 그래, 네 말대로 즐거운 시간이었다. 집안의 제사 일

로 내일은 못 볼 것이다.

김병기는 그렇게 말하면서 그녀를 안고 싶다는 생각을 했다.

아직은 아니지.

김병기는 알고 있었다. 흥선군의 존재. 그리고 그를 사랑하는 초선.

그래, 너는 이제 곧 흥선군을 찾아갈 테지.

김병기는 쓸쓸하게 회심의 미소를 지으며 방을 나갔다.

7

대문이 삐걱 열리더니 천희연의 음성이 들려왔다.

뒤이어 초선이 대문을 들어섰다.

-어쩐 일이냐?

-나리께 고할 일이 있어 찾아왔습니다.

그렇게 말하고 초선은 기댈 데 없는 사람처럼 주위를 두리번거렸다.

-여긴 정말 변한 게 없습니다.

-왜 그러느냐?

흥선군이 섬돌로 내려서며 물었다.

초선은 대답 없이 정원을 향해 걸어갔다.

-꽃이 참 아름다워요.

흥선군이 다가와 그녀의 곁에 섰다.

-밤이 깊었다. 무슨 일이냐? 고할 게 있다니?

초선이 틈을 내주지 않는 흥선군 앞으로 돌아섰다. 그녀가 입을
열려 하자 흥선군이 주위를 둘러보았다.

-예전처럼 드나들면 안 된다 하지 않았느냐. 어서…….

-나리, 장동김문에 내일 제사가 있습니다. 장동김문의 눈을 피해 나리의 뜻을 행하시려면 지금이 기회입니다.

-김병기 그놈을 만났더냐?

-만나지 않고 어찌 알겠습니까.

-조심하여라. 언제 늑대로 변할지 모르니.

초선이 흥선군을 똑바로 쳐다보다가 손등으로 시선을 떨어뜨렸다.

-나리답지 않군요. 질투를 다하시고.

-질투? 네가 못 하는 소리가 없구나. 그만 돌아가거라.

초선이 원망스럽게 흥선군을 쳐다보다가 대문을 향해 걸어갔다. 삐거덕 대문 열리는 소리를 들으며 흥선군은 입술을 씹어 물었다.

용서하여라, 초선아.

8

해가 서산마루에 걸렸다. 날은 을씨년스러웠다. 검은 구름장이 해를 물어버려 더욱 그랬다.

천하장안이 흥선군의 동태를 살폈다.

-나리, 김좌근이 집을 나섰다는 전갈이 왔습니다.

천희연의 말에 결심을 굳힌 흥선군의 사랑방 문이 열렸다.

-들어오너라.

천하장안이 우르르 사랑으로 들었다.

-때가 되었다.

-출발 준비되었습니다.

장동김문 가의 기제사라면 김좌근의 사랑방이 빌 것이다. 기제사이기에 모두 종택으로 몰려갔을 것이기 때문이다. 그러면 오늘 밤이 기회였다.

초선이 김좌근의 집으로 불려갔을 때, 문서함이 사랑에 있는 걸 보았다고 했다. 그럼 거기 있을 것이었다.

-실수해선 안 된다.

흥선군이 천하장안에게 일렀다.

-알겠습니다.

천희연이 대답했다.

천하장안이 떠나자 흥선군이 곰방대를 물었다. 담배연기가 주위를 감쌌다. 그의 눈가에 김좌근의 화담을 넘어 들어가는 천하장안의 모습이 보였다.

가을국화

1

잠시 검은 구름장에 얼굴을 숨겼던 해가 드러났다. 온 세상이 붉은 물감을 풀어 놓은 듯했다.

-더 지체할 수 없습니다.

장순규가 말했다.

-김좌근 그대로다.

김좌근과 풍채가 비슷한 아랫것을 하나 구해 수염을 붙이고 음성까지 연습을 시켰다.

-꼴이 비슷하면 음성도 비슷한가?

흥선군의 말에 재상이 웃었다.

-울림통이 그렇습니다. 생긴 게 비슷하면 목소리도 비슷한 법입니다.

-가자!

흥선군이 이윽고 일어났다.

산봉우리 사이로 형용할 수 없는 서기가 노을빛처럼 물들었다.

태조산으로부터 치달려온 산들이 흡사 반개한 꽃봉오리 같았다. 배산이 병풍 같고 좌청룡 우백호가 분명하다.

태봉산 관리소는 능이 바라보이는 곳에 있었다.

제법 큰 은행나무가 관리소를 지키듯 서 있었다. 은행나무는 암수를 함께 심기 마련인데 짝이 보이지 않았다.

가짜 김좌근이 앞장서고, 당상관과 당하관 차림을 한 그들 앞에 태봉산 관리인이 무릎을 꿇었다.

가짜 김좌근이 품속에서 비변사 허가증을 꺼냈다.

천하장안이 제사로 자리를 비운 김좌근의 사랑방에서 몰래 훔쳐낸 것이었다.

비변사 허가증을 본 관리인이 일어나며 정중히 고개를 숙였다.

-이렇게 대감께서 납시셨으니 영광입니다요.

-우리끼리 할 일이 있으니 절대 아무도 들이지 말게.

가짜 김좌근이 말했다. 포졸 복장을 한 재상과 흥선군이 졸래졸래 그들의 뒤를 따랐다.

관리인이 여부가 있겠느냐는 얼굴로 굽실거렸다.

-알겠습니다요.

재상이 능을 살펴보니, 산이 막 뛰쳐나오려는 맹호의 모습이었다.

맹호출림형(猛虎出林型).

매우 기세가 강한 명당이었다.

이곳에 태실을 쓴다면, 본인은 물론 자손도 무병장수할 수밖에 없다.

그러나 효명세자는 젊은 나이에 이유도 모른 채 돌아가시지 않았는가. 장동김문이 이곳을 건드렸기 때문에? 무엇인가를 파묻었다고 했다. 저들 사람을 왕위에 앉히기 위해.

그 증거를 찾아내야 한다.

-도대체 여기 뭐가 있다는 거야?

홍선군의 중얼거림에 재상이 나섰다.

-파보지요. 파보면 장동김문 가문에서 무엇을 묻었는지 알 거 아닙니까?

천하장안과 재상이 달려들어 땅을 파기 시작했다.

-설마 이놈들이 효명세자의 태항아리에 놈들의 태를 넣어 묻었다고?

홍선군이 넘겨짚고 낮게 소리를 질렀다.

-여기 뭔가 보이기는 하는데 항아리는 아닌 것 같습니다, 이상합니다. 이게 뭐죠?

중얼거리듯 말하는 재상의 손이 더욱 빨라졌다.

-뭐냐?

홍선군이 물었다.

재상이 계속 파다가 고개를 들었다.

-관이 맞습니다.

-뭐라고?

홍선군이 가서 보니 정말 관이다.

-흙을 더 치워봐라.

반쯤 드러난 관의 모습이 완전히 드러났다. 관은 붉은 천이 휘감겨 있었다.

재상의 눈이 점점 더 커졌다. 관을 덮은 붉은 천이 썩다가 말았는데 천 위의 글이 잘 보이지 않았다.

흥선군이 붉은 천 위의 몇 자 글을 보이는 대로 읽었다.

'○○○○ 靑松沈氏○○○○○○ 柩'

사람들이 하나 같이 경악하여 한동안 말을 잇지 못했다.

-누군지 모르겠는데요.

재상이 글을 보며 흥선군에게 말했다.

-천인공노할 놈들! 관을 열어봐라.

천희연이 관으로 달려들었다. 곡괭이에 관 뚜껑이 부서져 나갔다.

사람들이 놀라 뒤로 물러났다. 시지근한 냄새가 주위로 퍼졌는데 관에 물이 차 있었다.

물에 의해 살은 썩지 않고 퉁퉁 불어 있었다. 머리카락이 한 발이나 길었고, 손의 손톱도 한 뼘이나 길었다. 썩지 않은 얼굴이 흉측했다.

-멱목을 벗겨봐라.

천희연이 멱목을 벗겼다.

-윽!

시신은 이미 해골이 되었을 줄 알았으나 산사람 그대로였다. 누구인지 알 수가 없었다.

-여자인 것 같은데요.

천희연이 시체를 살펴보다가 말했다.

-여자라면 김좌근의 어미라는 말인가?

흥선군이 되뇌었다.

-김좌근의 아버지 김조순의 정실이 심씨입니다. 영천군수를 지낸 심건지의 딸이지요.

-김좌근이 제 조상들을 죄다 왕릉에다 암장했을지도 모른다고

하더니, 헛소문이 아니었어.

순간 재상의 눈빛이 번쩍했다.

그가 맞은편 산을 살폈다. 그러다가 소리쳤다.

-개산이다!

-개산?

홍선군이 얼떨결에 되뇌었다.

-개가 엎드린 복구혈(伏狗穴)입니다. 진주 덕천강에 있었는데, 여기에 그 진혈이 있었다니! 이제야 알겠군요. 김좌근의 속내를.

갑자기 감격해 어쩔 바를 모르는 재상을 쳐다보며 홍선군이 뜨악한 표정을 지었다.

-이 산세를 보십시오. 맹호출림형의 명당입니다. 호랑이가 배가 고파 사냥을 나서는 형국이지요.

-그런데 왜 개를 닮은 산인가?

-그만큼 먹이가 많다는 말이지요.

-이럴 수가! 그래서 김좌근이 제 어미를 이곳에다 옮겼다는 건가?

홍선군이 탄식하다가 시신을 다시 살폈다.

-그런데 이상하지 않은가. 명당에 묻혔다면 시신이 왜 이 모양인가? 명당발을 제대로 받았다면 이럴 리가 없지 않은가?

-물이 차 좋은 명당이 딱 한 곳 있습니다.

홍선군의 눈이 휘둥그레졌다.

-어옹수조형(漁翁垂釣形)이라는 천하대명당입니다 물고기는 잘 때도 눈을 감지 않습니다. 그렇게 집안을 지키는 신이지요. 그래서 절의 풍경도 물고기 모양이고 자물쇠도 물고기 모양인겝니다.

-그런 명당도 있나?

-그래서 명당은 두 얼굴을 가지고 있다는 것입니다. 흉당에 물이
차 썩지 않는 시체가 있는가 하면 천하대명당이라고 하더라도 썩지
않고 자손에게 발복을 주는 명당이 있으니까요.
　홍선군이 재상의 설명에 탄식하는데, 천희연이 나섰다.
　-시신이 누구이건 그나저나 배짱이 대단합니다. 투장을 하면서
명정을 벗겨내지 않고 그대로 묻었으니.
　-무언가에 쫓겼을지도 모르지요.
　장순규가 대답했다.
　-맞습니다. 어미를 묻은 지 얼마나 되었는지 모르겠지만 아직도
명정이 삭지 않은 걸 보면…… 관도 아직 멀쩡해 보이고 말입니다.
　-어쩌시겠습니까?
　홍선군이 눈을 감았다.
　-시간이 없습니다. 다시 이런 기회도 없고요.
　홍선군이 생각하다가 고개를 내저었다.
　-그냥 덮게.
　재상이 놀란 표정을 지었다.
　-나리, 지금이 그들을 꺾을 수 있는 절호의 기회입니다. 그들에게
똑같이 역풍수를 가할 수 있는!
　홍선군은 고개를 내저었다.
　-난 그들처럼 되고 싶지 않네.
　재상이 이해할 수 없다는 눈빛으로 쳐다보았다.
　-이 시신이 김좌근의 어미라는 결정적 증거가 없지 않은가. 아니
라면? 김조순처럼 멀쩡히 김좌근의 어미가 선산에 묻혀 있다면?
　그때 천희연이 끼어들었다.

-누구든지 간에 진짜 묻혀 있어야 할 효명세자 전하의 태는 어디 묻혀 있는 걸까요?

재상이 좀 더 넓게 지세를 둘러보았다.

주산의 사격에 해당하는 작은 터가 눈에 들어왔다. 그곳에 나무가 쓰러지듯 심어져 있었다.

-저곳입니다!

재상이 손가락으로 가리켰다. 그가 가리킨 곳으로 사람들의 시선이 달려갔다.

-저곳은 호랑이에게 쫓기는 개의 형국입니다. 호랑이에게 위협당하고 있는 개의 아가리에 분명히 태가 묻혀 있을 것입니다.

천하장안이 그곳으로 몰려갔다.

-파라.

흥선군이 말이 떨어지기가 무섭게 원명과 장순규가 달려들었다.

왕세자나 왕세손 등 다음 보위를 이어받을 왕족의 태는 일반인들과 달리 태옹에 넣지 않고, 태봉(胎峰)으로 가봉될 것을 감안하여 석실을 만들어 보관한다. 시신을 묻듯 회벽을 치는 것이 아니라 태가 들어갈 정도의 석실이므로 쉽게 파낼 수 있다.

그러나 태를 태실까지 봉송해 봉안하는 절차는 까다롭다. 먼저 관상감에서 태를 봉안할 장소를 물색해야 하고 봉송과 개기(開基), 봉토(封土) 등의 날을 가린다.

그 사이에 선공감에서는 길을 닦고 태를 봉송 안치한다. 그런 다음 감역관을 두어 태실을 감독하게 한다.

감역관은 관할 구역의 관원을 데리고 태실을 순행하며 이상 유무를 항상 확인해 관상감과 비변사에 보고해야 하고, 만약 누군가 태실을 고의로 훼손했다면 생명을 잃을 수도 있었다.

　잠시 후 원명이 소리를 지르며 뒤로 넘어졌다. 석실이 아니었다.

　-이게 뭐야?

　장순규가 소리치며 후다닥 뛰었다.

　천하장안들이 소리를 지르며 흩어졌다.

　뱀이었다. 태항아리 태옹에서 뱀이 쏟아져 나오고 있었다. 붉고 푸른 뱀의 모양새가 살기스러웠다.

　흥선군과 재상도 뱀을 피해 뒤로 물러서다가 넘어지고 말았다.

　-조심하십시오.

　-이, 이럴 수가!

　흥선군이 자신을 향해 머리를 세우고 달려드는 뱀을 보며 다급하게 중얼거렸다.

　흥선군을 노려보는 뱀의 눈빛이 차갑게 빛났다. 뱀의 머리가 흥선군을 물기 위해 활시위처럼 뒤로 젖혀지는 순간, 재상의 손이 재빠르게 뱀의 목을 잡아챘다.

　뒤이어 뱀의 몸뚱이를 석상에 후려쳤다.

　뱀이 늘어져버리자 재상이 흥선군을 바라보았다. 넘어진 흥선군의 다리가 부들부들 떨렸다.

　-괜찮으십니까?

　-어떻게 이런 일이……. 석실이 아니고 태옹이라니?

　할 말을 잃고 흥선군이 허공을 쳐다보았다.

　-일단 효명세자의 태항아리를 비석 밑에 묻어야 하겠습니다.

　-그러세.

　효명세자의 태 항아리를 관이 있던 혈 앞으로 옮기고 흙을 덮기 시작했다.

 ―괜찮겠나?

 ―이렇게 해 두면 지기를 태실이 받게 될 것입니다.

 흥선군의 표정이 점차 결연한 표정으로 바뀌었다. 그때 그들은 모르고 있었다. 기제사에서 돌아온 진짜 김좌근이 기절한 행랑아범을 발견한 뒤 문서함에서 비변사 허가증이 없어졌다는 것을 알고 태봉산으로 달려오고 있다는 것을.

2

 김좌근과 김병기 등 장동김문 무리들의 발걸음이 사나웠다.

 가면으로 얼굴을 가린 정만인의 눈빛도 유난스레 반짝였다. 그들은 태봉산 관리소 앞에서 관리인과 한참을 실랑이를 했다.

 ―방금 다녀가시지 않았습니까?

 ―나를 언제 보았다는 것이야?

 비로소 속았다는 것을 안 관리인을 밀어버리고 그들은 태실로 들어섰다. 이미 흥선군의 무리들은 물러간 뒤였다.

 경건하게 태실석 앞에서 예를 올린 뒤 김좌근이 명령했다.

 ―살펴봐라.

 뭔가 이상함을 느낀 정만인이 태실석 주위를 살폈다.

 ―누군가 파헤쳤습니다.

 정만인의 말에 김좌근의 눈빛이 사납게 빛났다.

 ―뭐야? 누가?

-땅을 잘 아는 자가 분명합니다. 혈처가 흐트러진 것을 보니.

집으로 돌아온 김좌근은 상석에 앉아 눈을 번뜩이며 이를 갈았다. 그의 앞에 김좌근의 눈치를 살피며 김병기가 앉아 있었다.

-그러니까 홍선군이 분명하다?

-그가 아니면 누구겠습니까.

정만인이 대답했다.

김병기가 김좌근의 눈치를 보며 고개를 건성으로 주억거렸다. 그의 눈앞으로 명정만 바꾸어 버린 어머니의 사체가 떠올랐다. 혹시나 하고 바꾼 붉은 명정이 펄럭, 하고 나부꼈다.

-쳐 죽일 놈! 이 사실을 주상이 안다면 큰일 아닌가. 이 일에 대해 아는 자는 한 놈도 남기지 말아야 할 것이야.

-완벽을 기하겠습니다. 심려치 마십시오.

김병기가 대답했다. 음성이 썩은 나무 등걸이 부서지듯이 버석거렸다.

3

홍선군의 말을 듣는 철종의 표정이 점점 일그러졌다. 한참을 어이없어 하다가 겨우 물었다,

-그러니까 놈들이 그분의 태실 자리를 빼앗아 묘를 썼단 말입니까?

-전하께서 흉지에 묻힌 태항아리에서 나온 뱀들을 보셨어야 합

니다.

철종이 기가 막혀 자리에서 일어났다.

-그게 사실이라면 어찌합니까?

-전하, 이번엔 단호하고 강하게 밀어붙이셔야 합니다.

흥선군이 눈을 빛내며 말했다.

-그들에게 휘둘려 유약하게 구셨다가는 절대 그들을 이길 수 없을 것입니다.

-대신들이 가만있지 않을 텐데…….

-전하는 일국의 왕이십니다!

흥선군이 큰 소리를 내자 비로소 정신을 차린 철종이 가만히 흥선군을 쏘아보았다.

-소신의 말을 역시 못 믿으시겠다면 태실 자리를 파서 전하의 눈으로 직접 확인하소서! 이번 일은 김좌근 대감을 찍어낼 수 있는 천재일우의 기회입니다.

철종이 고개를 끄덕이며 눈을 감았다. 아직도 미적거리는 왕의 속내가 못내 안타까워 흥선군은 다시 입을 열려다가 그만두었다.

다그친다고 될 일이 아니었다. 그리고 태실이 그렇게 되었다는데 화가 안 날 리 없을 것이었다. 다만 장동김문을 잘못 건드렸다가는 그 뒤에 올 화근을 염려하고 있는 것이다.

그러나 임금은 그럴수록 강해져야만 한다.

4

궁을 나온 홍선군은 집으로 돌아왔지만 뾰족한 수가 생각나지 않았다.

아직 수가 부족하다. 정만인……. 그자를 찾아내야 장동김문 놈들의 역풍수를 전부 알아 낼 수 있을 텐데.

그런 생각을 하고 있는데 재상이 들어왔다.

-무슨 수가 없겠나?

-금방 한 생각입니다만 상지관이었던 송제우, 그자가 정만인의 얼굴을 알고 있다고 하지 않았습니까?

-얼굴을 보았다고는 하지 않았잖은가.

재상이 고개를 갸웃했다.

-그가 모든 걸 접고 산속으로 들어간 걸 보면 무엇인가 알고 있다는 생각이 듭니다.

-제 마누라가 죽는 바람에 그랬다고 하지 않았는가.

-그날 그럴 위인으로 느껴지지는 않았습니다. 마누라의 복수마저 접을 수밖에 없는 그 무엇이 있는 것처럼 보였습니다.

-그로서는 도저히 감당이 되지 않는 상대라 그럴 수도 있지 않겠는가.

-그럴까요? 분명합니다. 뭔가 있습니다.

홍선군이 급하게 천하장안을 불렀다.

5

그 시각 원명은 홍선군의 집으로 오던 도중, 일전에 박재상을 치료했던 허마진을 만났다. 그의 뒤에는 두 명의 장정들이 서 있었다. 박형득과 설민수가 그들이었다.

-홍선군 나리 집에 계십니까?

-왜 그러시오?

-나리께서 정만인이 누군지 아는 자를 찾고 계신다 하기에…….

-그가 누군지 아오?

-예전에 이현 나리 집에서 한 번 만난 적이 있습지요. 이자들은 이현 나리와 친했던 무사들로, 정만인이 누군지 아는 자들이옵니다.

-그래요. 잘됐군요. 나도 마침 가는 길이외다. 같이 가십시다.

정작 정만인을 아는 자들이 집으로 찾아온 줄도 모르고 재상과 홍선군은 송제우를 향해 말을 몰았다.

-얼마 전에 산에서 돌아와 이 어디에 방을 얻었다는 말을 들었네.

-있을까요?

-저길세.

-가까운 곳에 있었군요.

ㄴ자로 지어진 고옥이었다. 대문도 없었다. 담도 토담이었다. 집은 기와집인데 볼썽사납게 탑머리는 짚으로 엮어 덮었다,

젖혀진 사립으로 홍선군이 먼저 들어섰다.

어쩐지 집 안이 휑했다. 텅 비어 있는 집을 이리 저리 살피는데,

그들 앞에 중년의 여인이 나타났다. 서른 중반이나 되었을까.

　-뉘시오?

　-여기 살고 있는 노인을 만나러 왔소.

　-그분은 냇가에 빠져 죽었소.

　-뭐요?

　-근데 참 이상도 하지. 물이 무릎밖에 안 오는 곳이었는데…….

여인이 송제우가 남긴 것 같은 항아리들을 옮기며 중얼거렸다.

드러나는 그림자

1

그들이 집으로 돌아온 것은 그로부터 반 식간이 지나서였다.

막 골목으로 접어들다가 재상이 먼저 멈칫했다.

-나리, 관군입니다.

-관군?

앞을 바라보며 흥선군이 되뇌었다.

-무슨 일이 있는 것 같습니다.

재상이 말했다.

-저거 원명이 아닌가. 저 사람은 일전에 자네를 치료해주었던 허마진이라는 사람인데.

느닷없이 관군들의 음성이 들려왔다.

-의금부에서 나왔다. 반역죄인들은 오라를 받으라!

재상이 위기감을 느끼고 흥선군을 골목 안쪽으로 끌어당겼다.

-의금부에서 왜?

홍선군이 관군들을 바라보며 물었다.

-일이 꼬인 것 같습니다. 놈들이 먼저 손을 쓰고 있는 모양입니다.

그때 말을 타고 지나가려던 천하장안이 골목에 숨어 있는 홍선군과 재상을 보고는 말을 멈추었다.

-나리.

앞장 선 천희연이 말에서 내렸다.

홍선군이 입에다 손가락을 갖다 대며 눈을 껌뻑였다. 천하장안이 눈치를 채고는 골목 안으로 숨어들었다.

-왜 그러십니까요?

-뭐가 잘못된 모양이다. 반역 죄인이라며……. 원명이, 원명이 큰일이구나.

홍선군이 그러면서 집을 바라보자 그들이 앞세웠던 원명이 어느 사이에 오랏줄에 묶여 끌려가고 있었다. 허마진과 사내 둘도 마찬가지였다. 자기들은 그저 홍선군을 만나러 왔다고 하고 있었지만 막무가내로 잡아가는 중이었다.

-저놈들을…….

홍선군이 화를 못 참아 집으로 뛰어가려는 걸 재상이 잡았다.

-안 됩니다, 나리.

-놔라.

그 소리를 들은 금위대장이 홍선군을 발견하고 고함을 질렀다.

-저기 있다!

금위대장이 부하들과 함께 달려왔다.

-안 되겠습니다. 피하십시오.

천희연이 홍선군을 말 등에 태우고 말의 엉덩이를 쳤다.

-이랴.

재상도 장순규의 말 엉덩이에 올라타고 달리기 시작했다.

-바로 궁으로 들어가자!

흥선군이 앞서 달리며 소리쳤다.

2

밤, 추국장의 분위가 살벌했다.

횃불이 어둠을 밀어내고 장작불이 여기 저기 피워졌다. 의금부 도사의 얼굴에 불기운이 너울거렸다.

무릎이 꿇려진 원명과 허마진, 함께 잡혀온 사내들의 얼굴이 피범벅이었다.

-모진 놈 곁에 있다가 벼락 맞는다더니. 우리가 무슨 죄가 있다고…….

허마진이 억울하다는 듯이 뇌까렸다.

그 소리를 들으며 의금부 도사가 묶여 있는 원명 앞에 스윽 다가갔다.

-네놈 뒷조사를 좀 했지. 허의원이 모두 불었어. 전계군의 서자라고? 왕손이라고 계속 뻗대겠다면 방법이 있지. 형도 형이라 할 때가 좋고, 왕손도 대우 받을 때가 좋은 것이다. 좋은 말 할 때 고하는 것이 좋을 것이다. 어떻게 된 일인지 고해보거라.

-억울하다! 대체 누가 고변한 것이냐?

원명의 말에 의금부 도사가 눈을 부라렸다.

-다 증거가 있으니 잡아들인 것이다.

-저희는 아무 죄가 없습니다.

곁에 묶여 있던 허마진이 나섰다.

원명이 그렇게 고하는 허마진을 돌아보았다. 괜스레 그의 음성이 차분하다는 생각이 들었기 때문이었다. 허마진의 말이 이어졌다.

-그저 원명 나리께서 은밀히 어떤 풍수쟁이를 찾는다 하여 그자를 만나게 해주려 한 것뿐입니다.

-허마진!

원명이 소리쳤다.

의금부 도사가 일어나 원명을 발로 내질렀다.

-아직도 정신을 못 차렸네.

원명이 옆으로 나동그라졌다.

이번에는 허마진을 향해 의금부 도사가 다가가 앉았다.

-그래, 무슨 말을 하면서 풍수쟁이를 찾던가?

-흥선군이 왕이 될 땅을 찾고 있다 하였소.

-허마진!

원명이 일어나며 소리치자 허마진이 시선을 돌려버렸다.

-아니야! 저자가 거짓말을 하는 것이야. 모함이다!

원명이 의금부 도사를 향해 악을 썼다.

의금부 도사가 일어나 원명을 후려쳤다.

원명이 옆으로 나동그라지며 비명을 질렀다.

3

휘황한 한낮의 햇살이 문틈으로 들어와 어전을 거닐었다.

어전 회의가 시작된 지도 한참이었다. 철종은 여전히 모호한 표정을 짓고 있었다. 무거운 분위기가 계속해서 흘렀다.

-이번 기회에 역도의 잔당들을 발본색원하여 왕실의 위엄을 드높이는 기회로 삼아야 하옵니다.

김좌근이 침묵이 부담스러운지 불쑥 입을 열었다.

-그러하옵니다, 전하. 감히 왕이 될 땅을 찾고 있었다니, 그게 바로 역모를 꾀한 게 아니고 무엇이겠나이까?

조병구가 맞장구를 쳤다.

-속히 흥선군을 잡아들여 그의 죄를 물어야 합니다.

김좌근이 다시 나섰다.

철종의 표정은 역시 모호했다. 그는 잠시 생각하다가 입 밖으로 물음을 밀어내었다.

-지금 짐 더러 무슨 짓을 하라고 하는 것인가?

-전하!

당황한 김좌근의 음성이 튀었다.

철종이 그를 돌아보았다.

-그래, 흥선군을 속히 잡아들이고 죄를 묻고 사지를 절단 내라 그 말 아닌가. 그런데 말이오.

철종은 말을 끊고 여유 있게 새끼손가락으로 귀를 후볐다.

-왕의 땅을 훔친 신하는 어떻게 해야 하는지 알고 있는 게요?

갑작스런 철종의 말에 어전이 얼어붙었다.

-무슨 말씀이시온지?

신하들이 서로 눈치를 보는 가운데 조병구가 되물었다.

철종이 싸늘하게 그를 내려다보았다.

-돌아가신 효명세자의 태실에 누군가 몰래 자기 조상의 시신을 암장했다는 말을 들었소.

김좌근이 이래선 안 되겠다는 생각이 들어 나섰다.

-전하, 국본의 태실은 저희 비변사에서 목숨을 걸고 지키고 있사옵니다. 대체 누가 감히 국본의 터를 빼앗아 암장을 한단 말입니까?

피를 토하는 듯한 아룀에도 철종의 표정이 심드렁했다. 그는 갑자기 김좌근을 쏘아보다가 버럭 고함을 질렀다.

-김내관! 김내관!

-예, 전하.

밖에서 부복하고 있던 김내관의 음성이 들려왔다.

-들라, 어서.

김내관이 황급히 들어와 아뢰었다.

-전하, 흥선군 나리 들었사옵니다.

김내관을 정작 찾아놓고는 흥선군이 왔다는 소리에 철종은 할 말을 잃고 일렀다.

-들라 해라.

문이 열리고 흥선군과 박재상이 들어왔다.

놀라는 대신들 사이로 김좌근의 눈빛이 번뜩였다.

그런 채로 입이 저절로 벌어졌다.

오지관, 저자가 왜 여길, 하는 표정이었다.

흥선군과 김좌근의 눈빛도 부딪쳤다.

-어서오세요.

철종이 흥선군과 재상을 보며 말했다.

-전하, 일전에 들었던 풍수쟁이입니다. 이 사람에게 물어보십시오. 이번 사건의 내막을 소상히 알고 있는 것 같으니 말입니다.

철종이 재상을 쏘아보다가 고개를 숙이고 엎드리고 있는 그에게 물었다.

-그래, 뭘 보았느냐?

-전하, 그 태실 자리는 천하제일 명당으로, 그곳에 태실이 모셔져 있다면 효명세자께서 그렇게 일찍 돌아가셨을 리 없사옵니다.

재상이 머리를 조아리고 아뢰었다.

흥선군이 기다리고 있다가 김좌근을 대놓고 노려보며 나섰다.

-전하, 몰래 왕족의 땅을 뺏어 묘를 쓴 자! 이 자리에 그 사악한 짓거리를 한 자가 있습니다. 참으로 질긴 인사이옵니다. 선왕께서 살아 계실 때 순조대왕의 태실 자리를 탐내어 제 아비를 밀장했더랬는데, 아직도 그 버릇을 버리지 못하고 다시 선왕의 자리에 밀장했나이다.

대신들이 하나 같이 놀라 웅성거렸다.

김좌근의 턱수염이 흔들렸다.

-전하! 헛소리이옵니다. 자신의 죄를 숨기려는 수작이 분명하옵니다. 저자의 입을 찢으시옵소서! 사지를 절단하여 먼저 왕실을 능멸한 본보기를 보이시옵소서, 전하!

철종이 심술궂게 웃었다.

-그럼 묏구뎅일 파 보면 알겠구나.

철종이 비열한 어조로 뇌까렸다. 강화도 촌구석에서 나무나 해나

르던 근성이 그대로 드러나는 어투였다. 그동안 짓누르고 억눌렀던 그의 비열하고 무작스런 야수성이 그대로 드러나는 순간이었다.

대신들이 모두 놀라 서로 쳐다보는데 김좌근이 멍하니 입을 벌리고 얼어붙었다.

4

긴 행렬이 태봉산으로 향했다. 한낮의 햇살이 따가왔다. 꼭 거대한 뱀이 기어가는 것 같았다. 알록달록한 꽃뱀의 몸체 같았다.

행렬은 태봉산을 올랐다. 태실석 앞에 철종의 가마가 도착하고 신하들과 재상이 섰다.

흥선군은 의기양양한데 비해 김좌근은 안절부절못하는 낯빛이었다.

드디어 호위장이 가져다놓은 의좌에 앉으며, 철종은 효명세자 태실의 혈처를 잡은 관상감 국풍을 불렀다.

-그대가 태실을 정했으렷다?

철종이 수염이 하얀 관상감 국풍에게 물었다.

-그렇사옵니다. 소인이 석실을 만들어 안치하였나이다. 왕족의 태실은 일반인들처럼 태옹에 넣어 안치하지 않으므로 석실이 나올 것이옵니다.

-그대가 석실에 직접 안치하였는가?

-분명하옵니다.

-파보아라.

철종이 호위장에게 명령했다.

관졸들이 파기 시작했다. 얼마 파지 않아 뭔가 보이기 시작했다.

-태를 안치한 석실입니다!

보고 있던 조병구가 소리쳤다.

신하들이 술렁거렸다.

당황한 흥선군이 무슨 소리냐는 표정으로 석실을 내려다보았다. 그가 시선을 들었을 때, 박재상도 어이없다는 표정을 짓고 있었다.

순간 비열한 웃음이 김좌근의 얼굴 위로 흘렀다.

어떻게 된 일이냐는 듯 철종이 흥선군을 향해 눈꼬리를 꼬았다. 흥선군이 허둥거렸다.

그와는 달리 재상이 침착하게 지세를 살폈다.

-잠깐! 지금 석실이 있는 곳은 원래 혈처가 아니옵니다!

-아니라니? 이놈! 천한 것이 어딜 끼어드느냐! 그 혈처를 잡은 국풍이 묻은 곳이다. 이놈, 어디서 이간질이냐.

재상의 말에 김좌근이 발끈했다.

-지금 파고 있는 해시 방향으로 더 넓혀 파보십시오! 그곳이 원래 태실석이 있던 혈자리이며, 그곳에 장동김문의 대어미 시신이 있을 것이옵니다.

-닥쳐라! 저자를 끌고 가라!

철종이 차가운 눈으로 흥선군을 쏘아보았다.

-흥선군! 이게 어떻게 된 일인가? 분명히 말하지 않았나? 어디서 저런 돌팔이를 끌고 와서…….

-전하, 그럴 리 없습니다. 제가 분명 똑똑히 보았습니다.

-무엇을 보았다는 것인가? 태를 안치한 국풍이 그럼 거짓을 아뢰고 있다는 말인가?

목숨을 내놓지 않고서야 그럴 리가 있느냐는 철종의 말에 관상
감 국풍이 기다렸다는 듯이 나섰다.

　-전하, 본시 태실의 주위에 세우는 금표가 그 증명이나이다. 태실
은 범위가 있기 마련이옵니다.

　-범위?

　-신분에 따라 차이가 있다는 말씀이옵니다. 왕은 300보이옵니다.
대군은 200보이옵고, 기타 왕자와 공주는 100보이옵니다. 그러므로
태실의 위치가 옮겨질 수가 없는 것이옵니다.

　철종이 눈을 감았다. 낭패한 빛이 얼굴에 번졌다.

　김좌근이 눈치를 채고 나섰다.

　-감역관은 무엇 하는가? 감히 누가 태실을 건드릴 수 있다는 말
인가?

　감역관은 태실의 안위를 맡은 벼슬아치다. 왕의 태실은 3년마다
태실 안위제를 지내기 마련이다. 그 제를 주관하며 태실을 관리하
는 사람이 곧 감역관이었다.

　감역관이 후다닥 달려와 바짝 왕 앞에 엎드렸다.

　-전하, 태실 자리가 바뀌었다니 말도 되지 않는 소리입니다. 감히
그 누가 이곳을 손댈 수 있단 말이옵니까. 소인이 목숨을 걸고 처음
부터 관원들과 함께 지켜왔사옵고 그럴 수도 없는 일이옵니다. 맹
세할 수 있나이다.

　철종이 강렬한 햇살을 올려다보다가 입을 쩝 찼다.

　철종이 실망한 빛을 감추지 못하자 흥선군이 허둥거렸다.

　-전하, 분명 이 눈으로 보았나이다.

　-글쎄, 무엇을 보았다는 게요? 능을 지켜온 당사자들이 아뢰고

있지 않소. 그럼 저들이 지금 목숨을 내놓고 거짓을 고하고 있다는 말이요? 당장에 드러날 일을? 에이, 돌아가자! 돌아가. 더 파고 말고 할 것도 없다.

철종이 일어나 가마를 향해 다가가자 박재상이 고함을 질렀다.

-전하! 태실이 있던 혈자리를 더 넓혀 파보시옵소서!

철종이 잠시 돌아서서 재상을 노려보았다.

-네놈의 눈구멍을 파고 입을 찢어야 할 것이나 내 흥선군을 보아 참는 것이니라. 가자.

철종이 흥선군을 답답하다는 눈빛으로 노려보다가 고개를 홰홰 내저으며 가마에 올랐다.

신하들이 혀를 차며 왕을 따라 태봉산을 떠나기 시작했다.

재상의 목소리는 점차 들리지 않고, 흥선군만 덩그러니 망연자실 서 있다가 풀썩 주저앉았다.

5

밤이 속절없이 흘렀다. 대황촉 아래 마주앉아 유유히 차를 마시는 김좌근과 김병기의 얼굴에 웃음이 절로 넘쳤다.

-어찌한 것이냐?

차를 한 모금 마시고 차 맛을 음미하다가 김좌근이 김병기에게 물었다.

-미리 사람을 보내 금표을 옮기고 태실석을 통째로 옮겨놓은 것 뿐입니다.

-국풍이 모를 리 없었을 텐데?

-미리 손을 써놓았습지요. 관상감 국풍도 그렇고 감역관도 그렇고…….

-그나저나 흥선군 옆에 있던 오지관이란 놈 말이다. 아직도 정신을 못 차렸더구나. 목숨만은 살려놓았더니……. 화가 되기 전에 미리 없애는 게 좋지 않겠느냐. 그자의 말대로 팠으면 어찌할 뻔했느냐?

-수상한 데가 많아 샅샅이 알아본 결과, 그자는 죽은 박풍수의 아들이었습니다.

김좌근이 꿈틀 놀랐다.

-누구?

김좌근이 너무 오래돼서인지 기억이 나지 않아 되물었다.

-선왕 시절, 효명세자 능을 구할 때 말입니다.

그제야 기억이 나는지 아, 하다가 그래서…… 하는 눈빛으로 쳐다보았다.

-놈이 속을 숨기고 일부러 저희들에게 접근했다는 걸 나중에야 알았습니다.

-그놈의 아들이? 죽일 놈이로다. 당장에 물고를 내라.

-기회를 잡아 실행하겠습니다.

김좌근이 쩝, 혀를 차며 흔들리는 황촉에 시선을 붙박았다.

-인연사 참으로 무섭구나!

6

고신을 당한 원명과 허마진 무리들의 모습이 걸레쪽처럼 흐느적거렸다. 의금부 도사의 고함소리에도 짜증이 배어나왔다.

-사실대로 고하면 고신은 멈출 것이다.

-저흰 정말 아무 죄가 없습니다. 흥선군에게 풍수쟁이를 만나게 해준 죄밖에.

허마진이 피를 물고 말했다.

의금부 도사가 원명을 향해 달래듯 다가들었다.

-이게 벌써 며칠째냐. 흥선군이 왕이 될 명당을 찾고 있다는 말만 하면 모든 게 끝난다.

고개 숙이고 잠시 죽은 듯 기절해 있던 원명이 근근이 고개를 들었다. 그는 가까스로 눈을 떠 보다가 쿡쿡 웃었다.

-미쳐버린 게 아닌가.

의금부 도사가 뇌까렸다.

-그렇다. 지금까지 내가 거짓말을 했다.

원명이 웃다가 말했다.

-그래?

의금부 도사가 반색을 하며 다가들었다.

-어서 진실을 고해보아라.

원명이 실성한 듯 웃으며 말을 이었다.

-왕이 될 명당을 찾고 있던 자는 흥선군이 아니라 나였다.

-뭐라?

-흥선군의 풍수 실력이 예사롭지 않았거든. 그를 이용한 것이다.

왜냐하면 내가 왕이 되고 싶었거든, 하하하.

허마진이 당황한 표정으로 원명을 돌아보았다.

허마진 무리들이 난감해하자 지켜보던 의금부 도사가 안 되겠다는 표정을 지으며 일어났다.

-어린 것이 제법이군. 여봐라, 계속 주리를 틀어라. 아니, 불화로를 가져 오너라.

군졸들이 벌겋게 단 불화로를 원명 앞으로 들이밀었다.

인두를 가져와 화로 속의 불 위로 올려놓았다. 인두가 벌겋게 달자 의금부 도사가 직접 나섰다.

시뻘겋게 단 인두가 원명의 가슴으로 파고들었다.

원명이 처절하게 비명을 질러대다가 그대로 질식해버렸다.

7

그 산이었다. 견산이 맞바로 보이는 산.

그 산에 물골의 시신이 호랑이의 턱을 베고 누워 있었다.

흥선군이 자꾸만 재상을 잡아끌었다.

-놔요! 놓으라니까!

-이 사람 왜 이러나?

꿈속이었지만 흥선군의 음성은 분명했다.

-이 순간을 얼마나 기다렸는지 아십니까. 개인적 원한에 의한 오판이라고 해도 좋고 속단이라고 해도 좋습니다. 내가 맞다면 맞는 겁니다.

삽을 쥔 재상의 손이 높이 들렸다.

삽날이 일직선으로 시신에 내리꽂혔다. 퉁퉁 불은 시체에서 썩은 물이 솟아올랐다. 물이 관 밖으로 튀자 홍선군이 물러섰다. 찢어진 살 조각이 튀는 줄도 모르고 삽날이 계속해서 체백을 헤집었다.

홍선군이 잡아당겼다.

-그만해. 그만하라니까.

-웃기지 마. 이래서 인과응보인 것이다. 이때를 기다린 것이다. 이때를! 이제 장동김문의 세상도 끝이다. 지옥으로나 가거라. 지옥으로!

홍선군이 자꾸 잡아당겼다.

-그만둬. 그만두라니까!

-아직 안 끝났어! 아직 안 끝났다니까! 하늘이 무심치 않았어. 하늘이, 우하하하…….

-완전히 미쳤군.

홍선군이 자신을 둘러메고 뛰기 시작했다.

-놔, 놓으라니까.

그렇게 고함치다가 눈을 떴을 것이었다. 땀이 후줄근히 배어나와 있었다. 재상은 일어나 앉아 멀거니 방 안을 휘둘러보았다.

아아, 내가 미쳐가고 있구나.

8

황촉의 불꽃이 거칠게 흔들렸다. 바람이 없는데도 이상한 일이었다. 그만큼 김좌근의 낙담이 큰 탓도 있었다.

어미의 체백이 뇌리를 스쳤다.

아직도 심장이 벌컥거렸다.

비명도 지르지 못하고 바라만 보았었다.

이제 이 가문의 명당발도 끝나는 것인가.

-걱정 마세요. 이 복수를 꼭 하고 말 테니.

김병기가 바람처럼 나서는 모습을 보며 김좌근은 주먹을 쥐었다.

-한 놈도 남기지 마라.

-알겠습니다.

그래. 한 놈도, 한 놈도 살려두어선 안 된다. 감히 장동김문의 대어미를 건드리다니.

9

좀 전까지만 해도 읍하고 서서 아뢰었는데, 말이 먹혀들지 않자 흥선군은 철종 앞에 황급히 엎드렸다. 그 바람에 황촉이 자지러지다가 겨우 몸을 뒤채었다.

-전하, 따지고 보면 동생이 아닙니까. 원명은 아직 어립니다. 어린놈이 역모라니요. 그게 말이 되는 일입니까.

철종이 흥선군을 싸늘하게 노려보다가 불쑥 한 마디 했다.

-왜 이러세요, 하는 일마다……. 자백한 것을 내가 어쩌겠습니까?

흥선군이 울컥했다.

-정말 그 말을 믿으시는 것입니까. 이 모든 것을 김좌근 대감과 장동김문 놈들이 꾸민 일이라는 걸 왜 모르십니까.

흥선군의 말을 듣고 있던 철종이 침상에서 일어났다.

좀 전까지도 예를 차렸는데 화가 머리끝까지 올라 옆에 있던 벼루를 흥선군의 머리를 향해 집어 던졌다. 옥! 하는 소리를 지르며 흥선군이 옆으로 쓰러졌다. 그의 머리에서 피가 흐르기 시작했다.

철종의 벼락같은 고함소리가 그 위로 흘렀다.

-네 이놈! 지금까지 네 놈 말에 놀아난 난 무어냐? 장동김문 놈들 앞에서 날 바보로 만든 것도 모자라, 왕이 될 땅을 찾고 있었다는 자백을 받고도 나더러 참으라는 것이냐?

흥선군이 피를 흘리며 일어나자 철종은 손가락으로 밖을 가리키며 고함을 질렀다.

-꼴도 보기 싫으니 나가거라!

문이 열렸다. 천천히 일어난 흥선군은 문을 향해 걷다가 신하의 예를 갖춰야 한다는 생각에 돌아서서 읍하고는 몸을 돌려나갔다.

피가 흐르는 머리를 싸쥐고 비틀거리며 낭하를 걸으면서 흥선군은 절망적인 눈물을 삼켰다. 원명이 걱정이었다.

어떻게 그놈을 살릴까?

아무리 생각해도 묘안이 떠오르지 않는다.

어떡한다? 어떡한다?

그러다 보니 어느 사이에 의금부까지 와 있었다.

우선 원명을 만나야 한다는 생각이 들었다. 그러려면 의금부 옥지기에게 몇 푼 쥐어주어야 한다. 주머니를 털자 동전 두 닢이 나왔다.

의금부에 있는 금마를 찾아야겠다 싶었다. 그래도 왕족이라고 예전에 따르던 사람이었다. 수월찮이 술도 사 먹이던 사람이었다.

의금부를 지키고 있는 수문장에게 금마를 만나러 왔다고 했더니 고개를 갸웃갸웃했다.

-기다리시오. 들어가 보고 올 테니…….

잠시 후, 수문장을 따라 그가 나왔다. 여전히 사람 좋은 인상이었다. 홍선군은 그를 한쪽으로 끌고 갔다.

-원명이 여기 있나?

-하이고, 말도 마십시오. 숨도 못 쉴 정도입니다.

-만나야겠네. 가진 것도 없고……. 어떡하나, 힘 좀 써주게.

금마가 난감한 표정을 짓다가 자신의 주머니에서 동전 다섯 닢을 꺼냈다.

-따라오슈.

그를 따라 정문을 들어서서 옥으로 갔다. 옥졸에게 금마가 다섯 닢을 쥐어주고 나왔다.

-들어가 봐요. 걸리면 난 모가지요.

-금방 만나고 나올게.

옥으로 들어서자 똥냄새와 지린내가 등천을 했다. 바닥에 짚을 깔았는데 거기서 싸고 먹으니 그럴 수밖에 없었다.

이 옥 저 옥 뒤져서야 원명의 널브러진 모습이 보였다. 다가가자 힘 없이 앉아 있던 원명이 눈을 치떠 보았다. 일어날 힘도 없어 보였다.

옥졸이 '빨리 만나고 나오슈' 하고는 옥문을 열어주었다. 옥문이 열리기가 무섭게 홍선군이 달려 들어가 원명을 일으켜 안았다.

-어째 알았습니까?

원명의 입에서 신음 같은 말소리가 희미하게 흘러나왔다.

-왜 몰라? 조금만 참아라. 주상을 만나고 오는 길이다. 왜 이렇게 당했어? 그냥 내가 시켰다고 하지.

원명이 넋 빠진 듯 웃었다.

-누구 좋으라고?

흥선군의 눈에서 눈물이 고여 떨어졌다.

-미안하다, 원명아. 미안해.

원명이 담담하게 흥선군을 올려다보았다.

-저를 잊으시면 안 됩니다.

-내가 널 어떻게 잊겠느냐.

-제가 어떻게 죽었는지, 절대 잊으시면 안 됩니다.

-내가 그냥 보고 있을 것 같으냐.

-약속해주세요. 제가 개죽음 당하는 게 아니라고.

옥졸들이 들어왔다.

-이제 나오시오.

옥졸이 흥선군을 데리고 나가려 하자 원명이 벌벌 떠는 손을 들어 흥선군을 끌어당겼다. 원명이 자신의 입에 귀를 갖다 대라고 손을 까 닥였다. 흥선군이 그의 입에 귀를 대어주자 원명이 낮게 속삭였다.

-왕이 된다는 걸 잊지 마시오!

흥선군이 부르르 떨었다.

-나갑시다. 어서요.

옥졸이 흥선군을 잡아끌었다.

흥선군은 마지막으로 뒤를 돌아보았다. 원명이 담담한 눈빛으로 흥선군을 바라보았다. 왕이 되리라는 것을 믿는 눈빛이었다.

숲의 그늘

1

생이란 한 번 오면 분명히 가게 되어 있다. 그것이 죽음이다. 죽음은 또 하나의 거대한 세계를 잉태한다. 그것이 풍수다.

그렇게 인간은 바람이 되어 가고 물이 되어 흐른다. 살아 있는 이 언덕이 차안이다. 죽어 가는 곳이 피안이다. 어차피 생명은 차안에서 피안으로 가는 긴 여정이다. 바람잡이는 언제나 앞장선다. 그는 피안을 알고 있기 때문이다. 바람은 물길을 알고 있다.

홍선군은 그날 몰랐다. 마지막으로 본 원명의 눈빛. 그 눈빛이 마지막이라는 걸. 다음 날 원명을 사사하라는 철종의 명이 떨어졌다.

천하장안과 재상이 꿈쩍도 않는 홍선군의 마음을 돌리기 위해 제정신이 아니었다.

-원명을 죽이라는 어명이 떨어졌답니다.

2

원명이 목이 베어 골미창에 버려지자 넋이 나간 흥선군이 재상을 잡고 통곡을 했다.

-나 때문에 원명이가 죽었어.

-나리 잘못이 아닙니다.

-아니다. 내 잘못이야. 내가 원명이까지 죽인 거야. 궁노비 하명 길도 상지관 송제우도…….

-고정하십시오. 그들을 죽인 건 장동김문 놈들입니다. 마음을 굳건히 하십시오. 저희들이 나리 곁에 있지 않습니까.

-원명의 어미가 어디로 팔려갔는지도 모르고 있으니.

-죽이지 않은 것만도 다행이지 않습니까.

-박지관, 내가 왕이 될 수 있을까?

재상이 흥선군을 무섭게 쳐다보았다. 곧이어 흘러나오는 그의 음성에 열기가 뻗쳤다.

-물론입니다.

-내가 왕이었으면 그놈들이 죽었겠지?

-우선 마음을 다스리십시오. 내일을 위해서. 저를 믿으십시오. 나리를 이대로 두지는 않을 것입니다.

흥선군이 재상을 안았다. 재상이 그를 마주 안았다.

원명을 골미창에서 끌어내어 묻으며 천하장안이 훌쩍훌쩍 눈물 꼬리를 매달았다. 아침 해가 떠오르기 시작했다.

-소리 내지 마라.

홍선군이 날카롭게 일렀다. 천하장안이 먼저 담을 넘었다.

마침 달이 잿빛 구름 속으로 몸을 숨기고 있었다. 뒤이어 재상이 담 위로 올랐다.

홍선군이 손을 내미는 재상의 손을 잡고 담 위로 올라갔다.

그들이 내려서자 먼저 천하장안이 마당으로 나섰다. 그들은 몸을 숙이고 뜰을 가로질렀다.

-이 자식의 방이 어디지?

천희연이 이곳저곳 기웃거리며 안필주를 향해 속삭였다. 이상하게 집 안이 휑했다.

홍선군이 손가락 두 개를 들었다. 하나를 세워 한쪽을 가리키고 하나를 세워 반대편을 가리켰다. 편을 갈라 찾아보라는 신호였다.

천하장안이 한쪽으로 몰려가고 홍선군과 재상이 맞은편으로 향했다.

복도가 미로처럼 뚫렸다.

-뭔 복도가 이리 구불거리지요.

재상이 소리죽여 말했다.

-제 속을 닮은 게지.

재상의 뇌리 속으로 복면 속에 얼굴을 가린 정만인의 얼굴이 스치고 지나갔다.

-어딘가에 있을 게야.

홍선군이 먼저 나아갔다. 중국 황제들의 그림이 그려진 방 앞에서 흥선군이 걸음을 멈추었다. 재상이 그림을 보았다. 피 흘리는 왕의 목을 든 당태종이 그려진 그림이었다.

-역시 이상한 놈이다.

흥선군이 중얼거리며 소리 나지 않게 방의 미닫이문을 열었다. 반쯤 열렸는데 불쑥 정만인의 가면 쓴 얼굴이 나타났다.

-윽!

흥선군이 놀라며 뒤로 물러서자 기다렸다는 듯이 정만인이 문을 마저 열었다.

-어서 오십시오.

정만인이 몸을 돌려 윗목으로 가 앉았다.

-이리 와 앉으시지요.

멍하니 바라보고 있는 흥선군에게 정만인이 말했다.

흥선군의 수염이 가늘게 떨렸다.

-네놈이 효명세자 전하의 태실 자리에 장동김문 대어미를 암장했으렷다! 그도 용서 못할 일이거늘 감히 순조대왕의 목을 쳐 역풍수를 가해.

끓어오르는 화를 삭이며 내뱉는 흥선군의 음성이 얼음장 같았다.

정만인이 흐흐, 웃었다. 웃음 끝에 내뱉는 그의 음성이 의뭉스러웠다.

-저는 다만 땅의 기운을 남보다 조금 더 알 뿐입니다. 높으신 분의 뜻을 한낱 풍수쟁이가 어찌 알겠습니까?

그때 재상이 방으로 들어왔다. 이내 천하장안이 모여 들었다.

재상이 정만인을 보니 복면을 썼는데 섬뜩했다.

-이놈, 여기 있었구나. 꼬락서니가 흉물스러울 줄은 알고 있었다

만……. 네놈 때문에 무고한 사람들이 얼마나 죽었는지 아느냐!

정만인이 자신을 다그치는 재상을 빤히 바라보았다.

-네가 바로 김좌근의 집에 드나든다는 그 쥐새끼였구나. 박풍수의 자식! 부모의 복수를 하기 위해 허수아비를 택하다니…….

재상은 참지 못하고 정만인을 향해 달려들어 멱살을 쥐고 흥선군을 돌아보았다.

-나리, 더 말할 필요가 없습니다. 어서 이자를 끌고 갑시다.

정만인이 멱살을 잡힌 채 필필 웃었다. 전혀 눌린 기색이 아니었다. 그는 웃으며 흥선군을 빤히 바라보았다. 그리고는 짧게 중얼거렸다.

-세상을 능히 뒤집을 제왕의 상이야.

흥선군이 흠칫했다.

재상이 정만인의 멱을 잡은 손에 더욱 힘을 주었다.

-네놈이 정신이 나간 것이냐.

정만인은 아랑곳하지 않았다.

-나리께서는 큰 뜻을 품고 계시지요? 그러나 나리는 이미 때를 놓치셨습니다.

-이놈 말 듣지 마십시오! 이놈은 왕실에 역풍수를 가한 자입니다!

흥선군이 정만인의 말에 취한 듯 몸을 움직여 그를 향해 다가갔다. 재상의 말 따위는 들리지 않는 표정이었다.

-내가 제왕의 상이라고? 때를 놓쳤다고?

정만인 앞에 무릎을 꺾고 흥선군이 물었다.

-하하하, 제왕의 기운을 타고났으나 왕은 못 될 팔자이니 원. 한 가지 방법은 있습니다.

-방법?

되묻는 흥선군과 정만인의 시선이 뒤엉켰다. 정만인이 재상의 손을 탁 털어버렸다. 동시에 정만인의 입에서 천둥 같은 말이 떨어졌다.

-명당!

-명당?

흥선군이 그의 말을 되씹었다.

-그렇습니다. 명당을 쓰십시오. 군왕지지. 왕이 될 명당 말입니다.

재상이 어이없어 하다가 정만인을 향해 달려들었다.

-네놈의 얼굴이나 좀 보자.

탁, 정만인의 주먹이 재상의 턱에서 소리를 낸 것은 순식간이었다.

재상이 뒤로 벌렁 넘어졌다.

재상이 벌떡 일어나 다시 달려들려고 하자 흥선군이 앞을 막아서며 정만인에게 물었다.

-명당이라니! 네놈이 그런 터를 알고 있단 말이냐?

재상이 흥선군 뒤에서 눈을 뒤집고 씩씩거렸다.

-나리, 뱀 같은 자입니다. 꾀이지 마십시오.

-가만있게.

-뭘 망설이십니까, 나리! 지금 당장 저자를 의금부로 끌고 가야 합니다.

-가만있지 못하겠는가!

흥선군이 제대로 속을 드러냈다. 돌아서서 말없이 정만인의 눈을 쏘아보았다.

재상이 다시 앞으로 나섰다.

-이자가 지금 나리의 욕망을 간파해 내고 뱀 같이 혓바닥을 놀리

는 것을 모르시겠습니까!

재상이 원망어린 어조로 소리치자 홍선군이 아랑곳하지 않고 정만인을 향했다.

-이놈, 그렇다면 네 실력을 보여 보아라.

-어떻게 보여드릴까요?

-방법이 있지. 네놈의 풍수 실력을 제대로 보일……. 네놈이 김좌근의 땅잽이가 분명하다면 비변사 정도야 드나들 수 있겠지?

그게 뭐 큰일이겠느냐는 듯이 정만인이 희미하게 웃었다.

용의 눈 2

1

-내 알아보니 가야사로 내려간 일이 있다던데, 그곳의 땅을 보기 위해서겠지?

흥선군의 질문에 정만인이 웃으며 고개를 주억거렸다.

-거기 이대천자지지가 있지요.

-바로 가야사 혈?

-그 자릴 알고 있었다는 것 정도는 이미 저도 짐작하고 있었습니다.

-그럼 그 혈에 같이 묻어야 할 것도 알고 있겠군.

정만인이 왜 이러느냐는 듯이 껄껄 웃었다.

-천슬! 구슬 말입니다.

말을 알아들은 흥선군이 그제야 고개를 끄덕였다.

-그럼 지금 그것이 어디 있는지도 알고 있을 테고?

흥선군의 물음에 정만인이 숨길 것 없다는 듯 고개를 주억거렸다.

-풍수쟁이가 그걸 모를 리가 있겠습니까.

-너는 그게 어디 있다고 생각하느냐?

-글쎄요? 광중에 함께 묻었을까요, 아니면 천슬혈에 묻었을까요?

정만인이 한 술 더 뜨고 나갔다.

-천슬혈?

홍선군이 놀란 표정을 숨기지 못하며 되물었다.

-네가 천슬혈을 알고 있다?

-그건 박풍수도 알고 있을 것입니다. 혈 잡기가 그리 쉬운 것이 아니고 보면 둘 다 달리 볼 수 있는 것이 풍수쟁이의 눈입니다. 그만큼 진혈 잡기가 바늘구멍이라는 말이지요.

-그럼 현장으로 가보면 알겠군. 두 사람 중 하나는 맞아 들어갈 것 아닌가. 그게 진혈이겠지.

-하하하, 둘 다 틀릴 수도 있지요.

정만인의 말에 홍선군이 흠칫했다.

-둘 다?

설마 하는 표정이 홍선군의 표정에 흘렀다.

-그럴 리가. 천하의 명풍수들인데……. 만약 그걸 찾아낸다면 내 인정하지, 천하의 명풍수로…….

천하장안이 고개를 끄떡였다.

2

그들은 말에서 내려 홍천문을 향해 걸었다. 구름장을 빠져나온 강렬한 햇살이 빛기둥을 세웠다. 새들이 빛기둥 사이로 날았다.

흥선군은 건릉으로 가는 길을 바라보았다. 길옆으로 우거진 수목이 바람에 몸을 흔들었다. 길이 댓닢처럼 희다.

여기서부터는 나라의 주군이라 할지라도 말을 타고 들어갈 수 없다. 직접 걸어 들어가야 한다.

정만인을 내세워 그들은 아무 탈 없이 들어설 수 있었다.

천하장안이 숨겨온 삽과 곡괭이를 내려놓았다.

-자, 찾아보게. 어딘가, 천슬혈이?

정만인이 풀썩 웃었다. 가소롭다는 표정이었다.

그가 손을 뻗쳐 한쪽을 가리켰다.

-저 잔등 너머입니다.

기다렸다는 듯이 정만인이 말했다. 천하장안이 무덤의 봉분을 넘어왔다. 천하장안이 땅을 파헤치기 시작했다.

정확하게 석자를 파내려 가던 천희연이 환호성을 질렀다.

-뭐가 걸립니다. 항아리 같은데요.

천하장안의 손길이 빨라졌다. 항아리의 모습이 점점 드러났다. 검은 항아리였다. 작은 물동이만 했다. 무늬도 없는 그냥 검은 항아리였다. 항아리 위에 뚜껑이 덮여 있었다.

-벗겨 보아라.

흥선군이 상기된 표정을 숨기지 못하며 천희연에게 말했다. 천희연이 항아리 뚜껑을 벗겨냈다. 화선지가 덮여 있었던 듯 썩은 종이가 항아리 바닥으로 쏟아졌다.

아, 사람들이 하나 같이 탄성을 질렀다. 상자 안에서 휘황한 빛이 흘러나왔다.

8장

바람보다 먼저

1

과녁판이 오늘 따라 멀다. 날은 이리도 화창한데 왜 이렇게 멀어 보이는 것일까.

김병기는 벌써 다섯 발이나 빗나간 자신의 솜씨가 스스로 믿기지 않았다. 아무리 흐린 날에도 자신의 실력만은 믿어왔었다.

내가 흔들리고 있구나. 그까짓 지관 하나가 뭐라고.

그는 활을 겨눈 채 상길을 돌아보았다. 상길은 흥선군 집에서 일하는 노비였다.

어깨가 굽어 늘 멍청해 보이던 그가 어깨를 쭉 펴고 있었다.

-그래, 네가 들었단 말이냐? 정만인에 대해…….

상길이 고개를 끄덕였다.

-어제 이 귀로 똑똑히 들었습니다요. 아마 내일쯤 흥선군이 정만인을 데리고 의금부로 향할 것입니다. 미리 대비하셔야 할 듯합니다.

-흐흠.

김병기가 눈을 감았다.

초선이다. 역시 생각대로였어. 그년이 정만인이 있는 곳을 일러주지 않았다면 누구이겠는가.

-전날 밤, 월영각 초선이라는 기생이 흥선군을 찾아왔었습니다. 그 계집과 관련이 있겠지요.

쐐기를 박듯 상길이 말했다.

김병기는 과녁을 흘끔 바라본 다음 활을 겨누며 눈빛만큼이나 찬 어조로 물었다.

-무슨 일로 찾아왔다더냐?

-멀리 있어 잘 듣지 못하였으나 흥선군의 정인 같아 보였습니다.

순간 화살촉이 상길에게 겨누어졌다. 김병기의 눈이 분노로 이글거렸다.

상길이 놀라 털버덕 주저앉았다.

-나리!

-천한 놈이 어디서 입을 함부로 놀리느냐.

눈치는 채고 있었다. 그러나 이렇게 노골적일 수 있다니. 그럼 내가 한 발 늦게 가고 있다는 말이 아닌가. 내가 초선을 잘못 보았구나. 어리석은 것.

-왜 이러십니까, 나리. 화 푸십시오.

화살을 당긴 김병기의 손에 힘이 점점 가해졌다.

아니구나. 어리석은 것은 내가 아닌가.

-나리, 고정하십시오.

상길이 눈을 감으며 웅얼거렸다. 웅얼거리는 말소리에 울음이 물렸다.

김병기는 어이가 없어 피식 웃으며 화살을 거두었다.

-방심한 내가 잘못이지.

그렇게 뇌까리며 김병기는 싸늘한 얼굴로 다시 집중해서 과녁을
바라보았다.

화살이 날랐다.

-명중이요.

김병기는 활을 던져버렸다.

-제기랄.

2

마당을 쓰는 상길의 비질 소리가 들려왔다. 아직도 흥선군의 기
척이 없었다. 이상한 일이었다. 아침 잠이 없는 분인데. 벌써 아침
해가 바라지를 물들이고 있었다.

재상은 걱정스러운 눈빛으로 흥선군의 방을 바라보았다.

대문 밖에서 경계를 서던 천하장안도 고개를 갸우뚱거렸다.

그때였다.

-이리 오너라.

재상과 천하장안의 눈길이 대문으로 달려갔다.

-누구지?

재상이 뇌까렸다.

천하장안이 본능적으로 각자의 무기를 챙겼다.

가마 하나가 대문 앞에 와 섰다. 가마에서 내리는 사람을 보니 놀

랍게도 김병기였다.

돌계단을 밟고 올라온 김병기가 대문 안으로 들어섰다.

천하장안이 어이가 없어 바라보는데 김병기가 능글스럽게 웃으
며 재상에게 일렀다.

-뭘 하느냐? 나리를 부르지 않구서.

재상이 그를 노려보다가 주먹을 쥐고 부르르 떨었다.

-여기가 어디라고!

재상이 김병기에게 달려들려고 하자 김병기를 호위하고 온 우시
영이 앞으로 나서며 칼로 재상을 막았다.

-자자, 진정들 하시고 흥선군이나 불러주게.

아무도 흥선군을 부르지 않자 김병기가 직접 흥선군의 방을 향해
목을 뽑았다.

-흥선군. 나 왔네.

기다렸다는 듯 흥선군의 방문이 열렸다. 밖의 동정을 살피고 있
었던 모양이었다.

-대단한 분이 이 누추한 곳엔 웬일이신가.

-옛 친구와 아침부터 술 한 잔 하고 싶어서 왔지. 어떤가?

김병기는 흥선군보다 두 살 아래였다. 그래도 김병기는 아랫사람
을 대하듯 하대를 했었다. 오히려 흥선군이 아랫사람처럼 그 앞에
서는 주눅 들어 했다.

-영광이군. 어서 들어오게.

함께 하대를 하는 흥선군이 이상할 텐데도 김병기는 아랑곳하지
않고 섬돌로 올라섰다.

속을 숨긴 그들의 대화를 들으며 재상이 주먹을 쥐었다.

-여기 있는 놈들 면상이 하나같이 흉흉하구만. 이런 곳 말고 진짜 술맛 나는 곳으로 가세.

김병기가 넌지시 천하장안을 둘러보다가 홍선군을 향해 말하자 우시영 무리와 천안장안 무리들이 비로소 대치를 풀고 칼을 거두었다.

홍선군이 일어나 방을 나왔다.

-아침 술 좋지. 가세.

김병기가 흐흐흐, 웃었다.

3

어둠이 내리기 시작했다.

주악 소리와 기름 냄새가 월영각을 휘감았다.

-술 실력이 여전하군.

-왜, 기녀들의 가랑이 사이를 기는 모습이라도 보고 싶은 겐가?

-그러고 보면 예전의 홍선군이 아니야. 목을 주머니에 넣고 쩔쩔 매는 꼴이더니…….

-그나저나 이제 본색을 드러내지 그러나. 나를 여기까지 부른 이유가 뭔가?

-왜 이리 서두르나. 이렇게 마주 앉은 것도 오랜만인데.

-아직도 어색하니 말일세.

-분위기도 깰 겸 내 첩이 될 아이를 좀 불러도 되겠나?

-그러시든지.

김병기가 희미하게 웃으며 낮게 깔린 목소리로 명했다.

-들여라.

문이 열리고 초선의 모습이 나타났다. 초선이 양손에 칼을 들고 서 있었다. 기녀들이 눈치를 채고 우르르 몰려나갔다.

흥선군의 시선이 흔들렸다. 미간이 꿈틀거렸다.

그녀의 눈과 흥선군의 시선이 뒤엉켰다.

-내가 아끼는 아일세.

김병기의 말에 흥선군이 시선을 돌리며 시치미를 뗐다.

-그런가.

-검무를 추어보아라.

김병기가 초선을 향해 말했다.

주악이 시작되고 초선이 칼춤을 추기 시작했다.

-좋구나. 좋아.

김병기가 흥선군의 눈치를 보며 탄성을 터트리다가 갑자기 벌떡 일어나 초선의 칼을 뺏어들었다.

초선이 놀라 쳐다보는데 김병기가 그녀를 안아 목에 칼을 겨누었다.

그의 눈에 광기가 흐르는 걸 보며 흥선군이 자신도 모르게 들었던 술잔을 놓았다.

악공들이 놀라 주악을 멈추자 김병기가 소리쳤다.

-주악을 멈추지 말라.

어쩔 줄 모르던 악공들이 황급히 주악을 연주하기 시작했다.

김병기가 초선의 목에 칼을 겨눈 채 초선에게 물었다.

-정만인은 지금 어디 있느냐?

초선이 당황해하며 부들부들 떨었다.

-나리, 무슨 말씀이신지?

칼을 쥔 김병기의 손에 더욱 힘이 주어졌다. 칼날에 피가 배어 흘렀다.

밖에서 안을 주시하던 재상이 서둘지 말라는 듯 천희연을 향해 고개를 내저었다.

-이보게 왜 그러나!

흥선군이 소리쳤지만 김병기는 아랑곳하지 않았다.

-다시 나를 능멸하는 소릴 했다가는 이 칼로 네 목을 직접 따 줄 것이다. 정만인을 어디로 빼돌렸느냐?

초선이 공포에 질린 얼굴로 흥선군을 바라보았다.

흥선군이 할 말을 잃고 안타깝게 그녀를 마주보았다.

초선이 침착하게 김병기의 손을 부드럽게 감싸 쥐었다. 그녀의 음성이 손길만큼이나 부드러웠다.

-나리, 감히 저 따위가 어찌 그런 일을 벌이겠습니까? 친구 분께서 보고 계십니다. 제가 다 부끄럽습니다.

김병기가 한동안 초선을 쏘아 보다가 하하하, 웃었다. 그는 웃으면서 목에서 칼을 거두었다. 그리고는 칼을 쥔 채 제 자리로 돌아갔다.

초선이 무너지듯 앞으로 주저앉았다. 피 한 방울이 뚝 하고 바닥으로 떨어졌다.

-이거 정말 미안하네. 우리 집안에서 매우 아끼는 지관 하나를 저년에게 소개시켜 줬는데, 다음날 아침에 그 지관이 사라지고 없지 뭔가. 누군가 저년과 짜고 지관을 숨겨놓은 게지.

흥선군이 술잔을 들어 쭈욱 들이켰다. 잔을 놓는 그의 손끝이 가늘게 떨렸다.

-갑자기 저 아이 얼굴을 보니 화가 치밀어서 말일세.

흥선군이 빈 잔에 스스로 술을 치며 아무렇지 않은 척 씩 웃었다.

-아닐 수도 있지. 자네가 너무 예민한 것 아닌가?

김병기가 흥선군을 쏘아보았다.

-그렇지. 아닐 수도 있지.

중얼거리다가 초선을 향해 아주 낮은 소리로 날카롭게 일렀다.

-나가거라. 맘 바뀌기 전에.

초선이 가까스로 일어나 깊이 고개를 숙이고 칼을 들었다. 김병
기가 술잔을 들다 말고 '잠깐' 하고 그녀를 불러 세웠다.

초선이 멈칫 서자 김병기가 일어나 다가가기 무섭게 초선의 얼굴
을 칼로 스윽 그었다.

악공과 기생들이 비명을 지르며 달아났다.

초선이 피가 흐르는 얼굴을 두 손으로 싸안고 주저앉았다. 그녀
를 향해 김병기가 저주스럽게 씹어뱉었다.

-끝까지 나를 능멸한 대가다.

흥선군의 얼굴이 미세하게 일그러졌다. 김병기의 눈이 떨리고 있
는 흥선군의 손을 놓치지 않았다.

-자네 앞에서 이거 못 볼 꼴을 보였네.

김병기가 빙긋이 웃으며 말했다. 흥선군은 일부러 바보처럼 흐흐,
웃었다. 흐흐, 웃는 그의 눈가에 금세 벌겋게 핏발이 섰다. 그러면서
도 그의 입에서는 바보 같은 소리가 흘러나오고 있었다.

-아닐세. 아주 긴장감 넘치는 구경이었네.

-그런가?

되묻고 김병기가 손을 털며 자리로 와 앉았다.

초선의 얼굴에서 흘러나온 피가 손등을 타고 바닥으로 떨어져 술상 앞까지 뱀처럼 구불거리며 흐르다가 불빛에 번쩍 하고 부서졌다.

초선의 어깨가 가늘게 떨렸다.

<h1 style="text-align:center">4</h1>

내실 밖의 재상이 초선이 들려 나오는 것을 보고 그녀를 향해 달려갔다.

초선의 상태를 확인한 재상이 눈을 시퍼렇게 치뜨고 김병기가 든 방을 노려보았다.

그것을 알 리 없는 김병기와 흥선군의 웃음소리가 들려왔다.

―이런 장난을 보이기 위해 날 이리로 데려온 것인가. 이유를 말해보시게. 이제는 할 때도 되지 않았나.

흥선군의 말에 김병기가 부드럽게 웃다가 눈을 치떴다.

―그동안 우리 사이에 서로 껄끄러운 일들이 좀 있었지? 효명세자 태실 문제도 그렇고, 순조 대왕의 역풍수도 그렇고……. 결국 소문으로 끝났지만 말일세.

흥선군이 비로소 속내를 드러내는 그를 노려보았다.

―소문으로 끝날지 아닐지, 아직은 모르는 일이지.

술잔을 놓으며 흥선군이 말하자 김병기가 눈을 내리 감으며 음침한 어조로 나직이 질렀다.

―자넨 나한테 안 돼.

흥선군이 천천히 시선을 들어 속내를 드러내는 김병기를 죽일 듯 노려보았다.

 -자넨 너무 정이 많아. 사람을 너무 잘 믿어. 그게 문제야.

 김병기가 눈을 내리깐 채 느물거렸다.

 -내가 지금까지 어떻게 자네보다 빨리 움직일 수 있었는지 아나?

 김병기가 내려감은 눈을 치뜨며 말했다.

 -자네와 늘 함께 다니는 그 풍수쟁이. 박재상이란 자 말이야. 사실 그자는 우리가 자네 집에 심어 놓은 놈이야.

 -무슨 소린가?

 홍선군이 너무 놀라 술잔을 들다가 놓자 김병기가 핫핫핫 웃었다.

 -자네 정말 놀라는군!

 -그럴 리가.

 김병기가 못 믿으면 말라는 듯이 피식 웃었다.

천자의 눈물

1

새벽 바람이 찼다. 간밤의 술로 속이 쓰렸으나 정신은 칼날처럼
일어서고 있었다.

뜰 가에 서 있던 흥선군은 결심을 굳히고 정만인이 갇혀 있는 광
으로 들어갔다.

정만인이 고개를 숙이고 생각에 잠겨 있다가 시선을 들었다.

흥선군이 그를 노려보았다.

-다시 한 번 말해봐라. 가야사라고 했지?

정만인이 히물히물 웃었다.

-이제야 저를 믿기 시작했군요. 맞습니다.

-쌍혈이 맞다고?

-그렇습니다.

-박재상도 그런 말을 하더구나. 금탑 자리가 진혈이라고.

-그놈이 대감을 가지고 논 겁니다. 그래서 천슬혈도 속였고, 가야

사 혈도 반대로 일러주고 있는 겁니다. 금탑이 진혈이라 하더라도 그곳에 묻으려면 가야사를 태워야 할 것이 아닙니까.

　-절을 태워야 한다고?

　흥선군의 낯빛이 더욱 굳어졌다.

　-그곳에 이장을 하려면 마음을 단단히 잡수셔야 할 것입니다. 금탑에 든다고 해도 절을 불 태워야 할 테니…….

　-이 사실을 김좌근도 알고 있나?

　정만인이 고개를 내저었다.

　-아닙니다. 그에게는 가야사 터가 진혈이라 하였고, 그도 그리 알고 있지요.

　-…….

　-나리, 개인의 영달이 아님을 아셔야지요. 세상의 영달. 소인배 같은 배짱을 가지고 어떻게 세상을 얻겠습니까. 그깟 절이 무슨 대수라고. 나리께서 나중 나라를 얻으시면 그 사찰보다 더 큰 불사를 일으키면 될 게 아닙니까?

　하기야 하는 표정이 흥선군의 얼굴에 흘렀다.

　-마음을 크게 다잡으십시오. 부처님은 절에만 있는 것이 아닙니다. 어디에나 계시지요. 천하가 모두 부처님의 품안이란 말입니다.

　무슨 말인지 알아들은 흥선군이 부들부들 떨었다.

　-절터를 써 세상을 얻을 수만 있다면 부처님인들 어찌 마다하겠습니까. 절의 수십 배 아니 수백 배라도 못 지어 드리겠느냐는 말입니다. 제 말은 이 땅의 불국토를 위해 소의를 저버려선 안 된다는 말씀입지요.

　비로소 흥선군이 눈을 감았다. 그는 생각하고 있었다.

그렇다. 그렇구나.

2

홍선군은 박재상을 일부러 부르지 않고 정만인만을 데리고 가야
사로 향했다.

-정말 명당을 쓰면 내가 왕이 될 수 있는가?

느닷없는 홍선군의 질문에 정만인이 말을 몰며 빙글빙글 웃었다.

-나리께선 왕이 되실 것입니다.

-왕이 된다?

홍선군이 되씹었다. 그리고는 이내 씹어뱉었다.

-그래 봤자 자넨 술사에 불과하지 않나. 죽은 왕의 목을 자르고 왕
의 태실 자리에 암장이나 하는 자네를…… 역시 내가 어떻게 믿나?

정만인이 고개를 끄덕이며 씨익 웃었다.

-그럴 만도 하겠군요. 가장 믿던 사람이 등을 돌리고 있었으니.
두고 보십시오. 이제 곧 보게 될 것입니다.

-보다니, 무엇을?

-왜 내가 박재상과 다른지 말입니다.

홍선군이 의심스런 눈초리로 쏘아 보는데, 정만인이 흐흐 웃었다.

288

3

그들이 가야사로 나아가고 있는 시각. 재상이 홍선군의 집 대문을 두드렸다.

-나리께선 안에 계시는가?

-없는데요.

-이 시간에 어딜 가셨는가?

-나도 모르오. 땅을 보러 간다던데.

-땅이라니? 어디로 간다던가?

상길이 대문을 닫으려 하자 재상이 잡았다.

-나리께서 내게 남긴 말은 없었나?

-뭐라시더라……. 다시 보면 죽일 수도 있으니, 차라리 연을 끊자 하셨소.

-뭐라고?

-아무튼 그랬소.

상길이 대문을 닫았다.

재상은 돌계단을 내려오다 휘청 다리를 헛짚었다.

기어어 그가 일을 저질렀구나!

재상은 홍선군이 정만인을 데리고 어디로 갔는지 짐작할 수 있었다.

말려야 한다.

재상은 달리기 시작했다.

4

거대한 고옥을 검은 구름이 덮었다. 어디선가 밤 부엉이가 울었다. 상길이 주위의 눈을 피해 김병기의 집으로 든 지 벌써 한 식간이었다.

-도대체 무슨 소리냐? 그러니까 흥선군은 정만인과 가야사로 갔고, 재상이란 놈은 장동김문을 쓰러뜨릴 명백한 증좌를 찾아내었다고 전하라 했다고?

김병기가 인상을 찌푸리며 정리하듯 물었다.

-네, 맞습니다. 그렇습니다요.

다시 물어도 대답이 한결 같자 김병기는 고개를 갸웃했다. 순간 한 장의 지도가 뇌리를 스쳤다.

명천도?

언젠가 가야사 지도를 가져다주던 정만인. 그가 준 명천도가 떠올랐다. 분명 그때 그 그림 속의 혈장은 청룡과 백호가 포근하게 혈자리를 감싸고 있는 모습이 아니었다. 산세의 지기를 제대로 받은 혈자리는 더욱 기운이 왕성해 보일 터인데 그렇지 않았다.

그렇기에 양부는 무조건 버렸고, 그것을 박재상이란 놈이 물전포에 넘겼다 했다. 그렇다면 놈이 이미 눈치를 채고 있었다는 말이다. 지도가 거꾸로 그려졌다는 것을 이미 알고 있었다는 말이다.

김병기는 벌떡 일어났다.

5

-나 무지 바쁜 사람이오. 무슨 일로 이렇게 급히 사람을 보자고 하는지 모르겠네.

가야사 주지스님의 어투가 곱지 않았다.

하기야 싫었다. 느닷없이 절을 달라고 했으니.

흥선군은 물러서서는 안 된다고 생각했다.

-스님, 빈 말이 아니외다. 이 절을 제게 주십시오.

-허허, 제정신이외까?

스님은 어이없어 하다가 혹 미친 사람이 아닌가 하는 표정을 지었다.

-제 전 재산인 이만 냥을 시주하겠습니다. 이 절을 제게 주시면, 훗날 제가 이 절보다 더 크고 웅장하게 지어 부처님께 바치겠습니다.

-허허……. 미쳐도 오지게 미치셨구만.

-이만 냥을 내놓겠다고 하잖소.

-이 절에 그 정도 시주할 사람은 자네 말고도 많아.

주지스님이 쯧쯧 하며 일어서는데, 충남 관찰사 김택근이 들어왔다.

-아이고, 스님. 손님이 계셨네요.

-한양에서 미친 사람이 하나 내려와서…….

김택근이 방으로 들어오다가 흥선군을 보고는 깜짝 놀랐다.

-아니, 흥선군 아니시오?

-나를 아시오?

흥선군이 어리둥절하다가 물었다.

김택근이 환하게 웃었다.

-알고말고요. 우리 집안에서는 꽤 유명한 사람인데 왜 내가 모르겠습니까. 반갑습니다. 나는 충남 관찰사 김택근이라 합니다. 안 그래도 한양에 사는 조카가 같이 왔는데, 여기 뭔 일이 있습니까?

그때 김택근 뒤쪽에서 김병기가 스윽 나타났다. 당황한 흥선군이 벌떡 일어났다.

김병기가 놀란 척하며 먼저 운을 뗐다.

-아니, 자네가 여기 웬일인가?

흥선군이 할 말을 잃고 당황하다가 얼버무렸다.

-그저 지나다 들렀네. 자넨 여기 무슨 연유로?

몰랐나? 여긴 원래 오래전부터 우리 가문과 아주 밀접하다는 걸. 안 그렇습니까, 삼촌?

김병기가 넉살을 떨었다.

김택근이 허허허, 웃다가 맞장구를 쳤다.

-그렇지. 가만 보자. 우리 아버지가 아주 어린 시절, 탑돌이 하다 어머니를 보시고 반하셨으니…… 역사가 길지. 아주 길지.

김병기가 하하하, 웃음을 터뜨렸다.

이런 젠장!

흥선군이 낙담하며 싸늘한 표정으로 이를 악물었다.

가까이에서 새들이 날아가는지 까욱까욱 우는 소리가 들려왔다.

올가미

1

멀리 긴 능선이 펼쳐진 것이 보였다.

그 뒤로 이어져 내려오는 조산이 장엄하다. 거대한 바다. 거기에 이는 파도. 물이랑 같다.

멀리서 봐도 명당은 명당이다

재상이 달려오는 사이 가야사를 나서는 흥선군의 마음이 돌을 맞은 듯했다.

아, 저 장대한 풍광에 비한다면 저깟 절 하나 무엇이 대수랴.

그렇게 생각하고 말자 싶으면서도 칼을 맞은 듯이 속이 쓰라렸다.

정만인과 천하장안이 몸을 숨기고 있다가 나타났다. 그들은 이미 김병기가 나타났다는 걸 알고 있었다. 그리고 왜 흥선군이 절망하는가도 알고 있었다.

ー너무 아파할 거 없습니다. 저들도 나리께서 서두르니까 마음이 동한 것입니다. 절터를 묘지로 바꾼다는 게 그리 쉬운 일은 아닙니다. 보통 심장으로는 할 수 없는 일이지요. 사자의 심장을 가지지 않고선 힘든 일입니다.

뒤늦게 정만인이 따라 붙으며 한 마디 했다.

-사자의 심장?

흥선군이 뇌까렸다.

초조하게 입술을 씹었다. 막 모퉁이를 돌아서려는데 저만큼서 검은 물체가 달려오는 것이 보였다.

-박재상이 아닙니까?

천희연이 흥선군을 향해 말했다.

-재상?

흥선군이 되물으며 바라보자 정말 재상이 달려오고 있었다.

-저놈이 어떻게?

재상도 올라오다보니 앞에 흥선군 무리가 버티어 서 있다.

-나리.

반가워 달려오며 소리치자 흥선군은 바라볼 뿐 응답이 없다.

-나리! 흥선군 나리!

그렇게 부르며 달려와 앞에 서자 생각과는 달리 흥선군이 무섭게 자신을 노려보았다. 순간 재상의 뇌리로 상길의 말이 스쳤다.

갑자기 왜?

다시 봐도 여전히 흥선군의 눈빛이 싸늘했다. 재상은 뒤에 서 있는 천하장안의 표정을 살폈다. 그들도 마찬가지다. 그들 곁의 정만인. 눈이 웃고 있다. 아주 조롱기가 절절한 눈빛이다.

-상길이 놈에게 내 너를 다시는 보지 않겠다고 그렇게 일렀거늘!

문득 운을 뗀 흥선군의 말이 들려왔다.

-나리, 왜 그러십니까요?

홍선군이 오히려 어이가 없다는 표정을 지었다. 그 표정을 보며 재상이 재빨리 지껄였다.

-정만인 저자가 무슨 말을 지껄였는지 모르겠지만 나리께서 갑자기 이러시는 게 저는 이해가 안 됩니다.

재상의 말에 홍선군이 상대하기도 싫다는 듯 홱 몸을 돌려버렸다.

재상이 그의 앞을 막아섰다.

-나리!

-비키거라!

-도대체 갑자기 왜 이러십니까?

-박재상, 물러서라!

천희연이 칼을 뽑아 겨누며 다가들었다. 천하장안이 에워싸자 재상이 놀라 어이없다는 표정을 지었다.

-왜들 이러시오?

홍선군이 그냥 가려다가 재상을 돌아보았다.

-그래, 여기까지 내려온 연유가 대체 무엇이냐?

-나리께서 반드시 보셔야 할 물건이 있습니다.

재상이 품안에서 명천도를 꺼내 홍선군에게 주었다.

-보십시오.

홍선군이 무표정하게 명천도를 받아 펼쳤다. 순간 선명하게 찍힌 장동김문 인장이 나타났다. 인장을 확인하는 홍선군의 눈빛이 떨렸다.

-그래서?

박재상이 바짝 다가들었다.

-정만인 저놈이 이것을 김좌근에게 준 것입니다. 그리고 나리를

이곳으로 데려온 것입니다. 그 이유가 뭐겠습니까.

정만인이 나섰다.

-그래 내가 주었느니라. 그들은 임자가 아니었어. 버렸으니까.

-그래서? 저 절을 불태우겠다고?

정만인의 속을 내다본 재상이 눈을 치뜨고 소리쳤다.

정만인이 눈을 가늘게 뜨며 어림없다는 표정으로 고개를 내저었다.

-내 그럴 줄 알았다. 너는 역시 김좌근의 앞잡이에 불과해. 모든 것을 뒤집고 있단 말이다.

-그건 내가 할 소리다.

-필요하다면 망설일 이유가 없지. 제왕이 될 사람은 따로 있으니까.

정만인의 음성이 뱀의 눈빛처럼 차가웠다.

-쌍혈일 때 명혈이 정혈에 우선한다는 걸 모르는가!

재상이 소리치자 정만인이 고개를 내저었다.

-그게 무슨 소용인가. 정혈이 명혈이고, 명혈이 정혈이다.

정만인의 억지에 재상의 시선이 흥선군을 향했다.

-나리, 저놈의 말을 믿어서는 안 됩니다. 저놈 알고 있는 것입니다. 그 자리에 들어서는 안 된다는 걸 왜 모르겠습니까.

흥선군이 싸늘하게 재상을 노려보았다.

-비키거라, 요망한 놈!

흥선군이 싸늘하게 재상을 향해 말했다.

-나리, 장동김문 놈들이 알아챘을 것입니다.

흥선군이 눈을 감았다. 상기한 박재상과는 전혀 다른 표정이었다.

흥선군은 잠시 후 눈을 뜨고 심드렁한 어조로 말했다.

-네놈의 마음이 진짠지 가짠지 이제 내 상관할 바 아니다. 너는

충직한 개처럼 굴지만 한쪽 눈을 치뜨고 있어.

재상이 입을 딱 벌렸다.

홍선군이 갑자기 이를 갈았다.

-갈갈이 찢어도 시원치 않을 놈.

재상이 놀라 뒤로 물러섰다.

-나리 왜, 왜 이러십니까?

홍선군이 재상의 멱을 움켜쥐었다.

-당장 내 손으로 사지 절단을 내버리고 싶지만 그간의 정을 생각해서 참는 것이다.

재상이 멱을 잡힌 채 정말 모르겠다는 듯이 눈을 크게 떴다.

-저는 도통 모르겠습니다. 나리께서 왜 이러시는지!

-나를 배신하다니, 뻔뻔하고 후안무치한 놈. 애초에 너를 믿지 말았어야 했다.

홍선군이 재상을 그대로 팽개쳤다.

재상이 한쪽으로 처박히면서 홍선군을 돌아보았다.

-그게 무슨 말씀입니까?

홍선군의 이마에 핏줄이 드러났다.

-네놈은 처음부터 날 속였어. 그래, 개차반 왕족 홍선군! 그 동안 얼마나 날 비웃었겠느냐!

-나리…….

-앞으로 내 앞에 나타나지 말거라!

-배신을 했다니요? 그게 무슨 말씀입니까?

-가자!

-나리! 저자가 말하는 혈이 진혈일지라도 그 혈이 나리에게는 죽

을 흉지입니다! 그곳에 묘를 쓰시면 왕위는 얻을지 모르나 자손이
죽습니다!

뒤도 돌아보지 않고 흥선군이 발걸음을 옮겼다.

흥선군의 뒤를 따라가려던 천희연이 지나가다가 허리를 구부리
고 재상을 내려다보며 이죽거렸다.

-빨리 이곳에서 사라지는 게 좋을 게야.

-나리께서 살려두라 이르지만 않았으면 네놈은 우리 손에 죽었어.

장순규가 뒤에서 느물거렸다.

사라지는 그들의 뒷모습을 바라보다가 재상이 손에 쥔 명천도를
내려다보았다.

내가 배신을 했다니?

재상의 눈이 점점 커졌다.

2

이히히히.

술병이 재상의 입에 그대로 쑤셔 박혔다.

아무리 생각해도 모를 일이었다. 배신이라니……

술이 입술 사이로 넘쳐흘렀다.

결국 걸음이 꼬여 재상은 길바닥에 꼬꾸라졌다.

망할 놈의 세상. 권력에 눈 먼 자들이 벌이는 싸움판에서 꼭두각
시처럼 춤만 춘 꼴이었다. 원래는 원수를 갚으려고 모두를 이용하
려고 했으니, 배신이라면 배신일지도 몰랐다.

그리고 지금 재상은 술에 취해 모르는 게 한 가지 더 있었다. 검은 복면을 쓴 장정들이 가까이 다가오고 있다는 것을. 그리고 그 뒤를 쫓는 천하장안 무리들을.

재상은 여전히 술병을 나발 불며 걸어가는데, 검은 복면을 한 사내들이 뒤에서 재상을 가격했다.

재상이 꼬꾸라지자 그의 품속을 뒤져 명천도를 움켜쥐었다.

그때 그들의 뒤를 따르던 천희연이 명천도를 쥔 사내를 칼로 베어 넘겼다.

불시에 나타난 천희연을 향해 검은 복면들이 무더기로 달려들었다.

천하장안이 쫓아와 그들을 베어 쓰러뜨렸다. 검은 복면들이 모두 넘어지자 복면을 벗겨보고 천희연이 말했다.

-김병기의 졸개군.

천희연이 재상 곁에 떨어진 명천도를 집었다. 그때 정신을 차린 재상이 깨어진 술병 조각을 집어 천희연의 손등을 찍었다.

으악!

뒤에 서 있던 장순규가 칼등으로 재상을 내리쳤다.

천희연이 무명베로 손을 감는 사이 명천도를 뺏어 든 장순규가 기절한 재상을 내려다보다가 돌아서며 한 마디 했다.

-배신자가 개가 되었군! 이놈 어떡할까요?

천희연이 고개를 내저었다.

-정이 무언지 죽이지는 말라 하셨다.

그렇게 말하고 그들은 자리를 떴다.

담판

김병기가 방으로 들자 상석에 앉은 흥선군이 보였다.

그의 모습이 시선에 들어오는 순간 거역할 수 없는 느낌이 몰아쳤다.

이상도 하지.

늘 허술한 모습만 그에게서 보아왔기 때문일까.

갑자기 왕족으로서의 위세 같은 것이 처음으로 느껴졌다.

이럴 수가!

김병기가 다가가며 먼저 입을 열었다.

-이건 또 무슨 상황인가? 이 야심한 밤에 역적 모의라도 하자는 건가?

흥선군이 다가오는 그를 꼼짝 않고 바라보았다.

-두려워하지 말게. 좋은 차가 있어서 말일세. 자네와 나누고 싶어서 부른 것일세.

김병기가 도포자락을 뒤로 젖혀 앉으며 어이없다는 표정을 지었다.

　-차라니?

　흥선군이 밖을 향해 일렀다.

　-들여오너라.

　아랫것이 찻상을 들고 들어와 그들 앞에 놓았다. 흥선군이 김병기와 찻상을 마주하고 앉았다.

　-춘황금화일세. 중국에서 어렵게 들여온 걸 구했다네. 그냥 산수유가 아닐세. 중국 궁실에서 금화를 가미해 덖은 것을 구했지 뭔가.

　김병기가 눈살을 찌푸렸다.

　-본론이나 말하게.

　흥선군이 흐흐, 웃었다.

　-걱정 말게. 이 춘황금화가 객지의 근심을 달래줄 것이니.

　-무슨 소리야?

　-자네가 필요할 것 같은 물건을 손에 넣었기에…….

　-필요한 물건?

　흥선군이 명천도를 집어 김병기 앞으로 밀었다.

　-보게.

　김병기가 무슨 물건인지 내려다보다가 고개를 갸웃했다. 김좌근이 버린 그 지도. 김병기는 이미 알고 있었지만, 처음 보는 척 속을 숨겼다.

　-이게 뭔가?

　-보면 모르겠는가? 장동김문의 인장이 찍힌 명천도 아닌가. 아니지, 본 이름은 명당명혈도지. 자네도 알고 있을 터인데. 이 지도에

가야사 터의 혈이 정확하게 기록되어 있다는 걸 말일세.

김병기가 눈을 감았다.

홍선군의 입가에 뱀의 눈빛 같은 사악한 미소가 떠돌았다.

김병기가 눈을 떠 홍선군을 쏘아보았다. 두 사람의 눈빛이 팽팽하게 부딪쳤다.

─의외군. 그걸 손에 넣었으면서 나를 부르다니? 무슨 배짱인가? 협상이라도 하자는 건가?

─이걸 자네가 가지시게.

─뭐?

─이 지도 속에 가야사 터의 혈장이 정확하게 그려져 있지 않은가. 그럼 끝난 이야기 아닌가.

김병기가 눈을 크게 떴다.

홍선군이 김병기의 반응에 씩 웃었다.

─내게 주겠다니? 무슨 소리야?

─왜 이러시나. 사건의 위중함을 정녕 모르시지는 않을 텐데. 그대는 장동김문이 아니던가?

김병기가 갑자기 와하하하, 하고 웃었다.

─왜 갑자기…… 내게 주겠다는 건가?

김병기가 웃다가 묻자 홍선군이 절망적인 표정을 지으며 고개를 내저었다.

─진혈은 보았으나 엄두가 나지 않아.

김병기가 무슨 수작이냐는 표정을 지었다. 홍선군이 눈을 지그시 감고 생각하다가 말을 이었다.

─이제야 내 주제를 알았다고 할까?

김병기가 그제야 고개를 주억거렸다.

-더 말하지 않아도 알겠군. 가야사를 통째로 날릴 만한 힘은 없다?

-맞네.

김병기가 어이없다는 듯이 고개를 내저었다.

-그럼 그냥 물러서면 될 것이 아닌가. 그리고 어차피 이 땅은 그대의 것도 아니지 않은가.

그렇게 말하고 김병기가 시선을 들어 흥선군을 똑바로 쏘아보았다.

-사람 마음이란 것이 참으로 묘하더군. 이 좋은 곳을 포기하려니까 욕심이 더 생기니 말일세.

-그래서? 원하는 게 뭔가?

-가야사 금탑!

흥선군이 망설임 없이 대답했다.

-뭐?

-그곳도 알고 있는 모양이군. 내 그럴 줄 알았지. 그렇네. 그 금탑 자리를 내게 주게.

김병기가 할 말을 잃고 흥선군을 멀거니 쳐다보다가 풀썩 웃었다. 잠시 후에야 그는 웃음을 거두고 물었다.

-왜 하필이면 금탑인가? 가야사 터가 진혈이 아니던가? 그 혈은 어떡하고? 금탑혈이 진혈이라는 증거라도 잡았나?

흥선군이 고개를 내저었다.

-그럴 리가. 그 지도가 말하고 있지 않은가. 가야사 터가 진혈이라고. 그런데 의심할 것이 뭐가 있겠는가.

-그런데?

-솔직히 말함세.

홍선군이 갑자기 눈을 시퍼렇게 뜨고 김병기를 똑바로 쳐다보았다.

-정만인은 가야사 터를 진혈이라고 했네만……. 반면에 박풍수 박재상은 금탑 자리가 진혈이라고 하네. 명당명혈도에 드러났는데도 말일세.

그제야 알겠다는 듯이 김병기가 고개를 주억거렸다.

-그러니까 박풍수가 찍은 곳을 그대도 진혈로 보겠다, 그 말인가?

홍선군이 고개를 주억거렸다.

-솔직히 나는 반푼이 풍수 박재상을 믿기로 했다는 말일세.

-왜인가?

-그대가 말하지 않았나. 박재상이 사실은 장동김문의 끄나풀이었다고. 그런데 가만 생각해보니 어쨌든 그는 풍수가 아니던가. 그가 나를 속였을지는 몰라도, 땅에 대해서는 진실한 사람이네. 그리고 그가 어찌하여 자네에게 붙었는지는 몰라도 그래서 그가 얻은 게 무언가?

-그래서 그의 말을 믿기로 했다?

-어차피 땅 속 일은 모를 것이고 보면 반반 아닌가. 진혈이 아니라면 비혈이겠지.

김병기가 고개를 내저었다.

-그럴 수도 있겠군. 그래도 그 박풍수를 믿겠다? 그럴 수는 없지.

-그럴 수 없다니? 장동김문에서 버린 땅이 아니던가. 결국은 절 터라는 핑계를 대고 버리지 않았느냐 말일세. 그런데 이제 와 흉지라고 판명 난 금탑 터도 양보 못 하겠다?

-문제는 가야사 명당이 한 덩어리라는 말일세. 진혈이고 비혈이고 줄 수 없다는 말이야.

-결국 모두를 가지겠다?

-금탑이 비혈이라 하더라도 가야사 진혈을 베고 누워 있지 않은 가. 원수가 눈앞에 또아리를 틀고 있는 꼴을 내 양부께서 보고 있을 것 같은가.

홍선군이 그럴 줄 알았다는 듯이 입술을 꾹 씹었다.

-그렇다면 하는 수 없지.

그의 말투에 오닥진 안간힘이 걸렸다.

-하는 수 없다?

김병기가 되뇌었다.

-그조차도 양보를 못 하겠다니 말일세. 백락명당!

-백락명당?

뜻밖의 말에 김병기가 흠칫했다.

-무슨 소리야?

홍선군이 야비하게 웃었다.

-웬 시치미인가? 왕건의 자리.

-뭐?

-왕건을 있게 했던 대명당. 그곳을 의부 김좌근 몰래 그대가 빼돌 린 것이 아니었던가?

김병기가 할 말을 잃고 홍선군을 멍하니 건너다보았다.

형용할 수 없는 낭패감이 그의 얼굴에 드러났다. 순간적이었으나 그의 표정에 만감이 교차했다.

그는 잠시 후 실실 웃기 시작했다. 아뿔싸, 하는 탄식이 그의 얼굴 에 번졌다.

-역시 그랬구나!

-땅꾼을 믿었다니……. 그대는 김좌근 재산도 모자라 왕이 되고 싶었던가? 그렇지 않고서야 욕심을 부렸을 리 없지. 하나 더 묻지. 그대는 신안동 장동김문의 자식인가, 해평 윤씨의 자손인가? 천하에 없는 백락명당을 해평 윤씨가에 던졌으니…….

홍선군의 말을 듣고 있는 김병기의 눈가에 어느 날 어스름을 헤치고 들어가 보았던 김좌근의 모습이 스치고 지나갔다.

일을 그르쳐 그에게 발길질 당하고 뺨을 맞았던 날이었을 것이다. 그의 목을 두 손으로 졸라버린다면……. 단도를 심장 깊숙이 찔러 넣는다면……. 나는 장동김문의 대주가 될 것이다. 왕이 되어 이 나라를 다스릴 수 있을 것이다.

홍선군이 눈을 내리깔며 그 심정 안다는 듯이 비열하게 뇌까렸다.

-자네 의부가 알면 어떻게 될까? 살쾡인 줄 알았는데 범을 키웠으니 말이야, 하하하…….

-간악하구나.

김병기가 눈을 감고 이마에 쌍심지를 세웠다가 씹어뱉었다.

홍선군이 시치미를 딱 뗐다.

-뭘 그러나. 이제 안 것도 아니면서. 나야 삼청동 개걸레가 아닌가.

김병기가 눈을 시퍼렇게 치떴다.

홍선군이 그의 동요를 눈치 채고 마지막 못을 박았다.

-자네야 손해 볼 것이 뭐 있겠나. 그렇다고 가야사 터를 달라는 것도 아니고. 솔직히 다행 아닌가. 가야사 터가 진혈이라면 그 진혈을 사혈로 막아주는 꼴이니.

김병기가 그제야 이를 악물고 시선을 떨구었다.

-흐흐흐, 고맙네. 이렇게 흥정에 임해주니.

야비하게 느물거리는 홍선군의 말을 들으며 김병기가 명천도를 들고 자리에서 일어났다.

홍선군은 눈을 감았다. 보지 않아도 알 수 있었다. 한 명당에 쌍혈을 쓴다는 걸 김좌근은 어떻게 받아들일까. 하지만 명천도를 들고 사라지는 저 인간에게도 희망은 있을 것이었다.

탑 자리가 진혈이라면 모르되 김좌근에게는 따지고 보면 비혈이 아닌가. 이미 그의 그런 반응을 알고 한 홍정이었다. 그가 뭔가 잘못 알고 있을 것이란 생각은 이미 하고 있었다. 아직도 탑 자리가 흉지라고 생각한다면 그 자리를 메울 시신이 필요하다고 그는 생각하고 있을 터였다.

원수가 눈앞에서 무릎을 베고 누워 있는 꼴이 상스럽다 하더라도 이제 일이 이렇게 된 이상 더욱 그렇게 생각하고 싶을 것이었다. 그 흉터에 굳이 들어 흉살을 막아주겠다는데 싫어 할 이유가 무엇인가. 뭐 그렇게라도 제 양부 김좌근에게 얼버무려야 할 터였다.

어리석은 놈!

김병기가 방을 나가려다가 무슨 생각에서인지 돌아섰다.

-홍선군!

홍선군이 눈을 떴다.

-그동안의 정리를 생각해 한 마디만 충고하고 가겠네. 나를 이긴 것 같지?

홍선군이 무덤덤한 눈길로 그를 보았다.

-박재상이란 자 너무 믿지 말게. 도선국사를 신봉하는 자네를 여우같이 가지고 노는 것이니까. 하기야 이 지도에 그려진 가야사 터를 달라고 안 해 다행이네만.

흥선군이 쓸쓸한 표정을 지어 보였다.

김병기가 나가버리자 흥선군은 어금니를 물고 눈을 감았다.

그때 대문 두드리는 소리와 함께 재상의 음성이 들려왔다.

천하장안이 대문을 열어주자 재상이 뛰어들었다.

-이곳에 다시는 나타나지 말라 하지 않았나!

천희연의 날선 음성이 들려왔다.

-지금 나리께서 위험하시네. 장동김문 놈들이 명천도를 가져갔어! 눈치를 챘다는 말이야. 그놈들이 그걸 증거로 나리께 무슨 짓을 저지를지 모르네! 아니, 김병기…….

방을 나서던 김병기가 재상을 발견하고 걸음을 멈추었다.

흥선군이 문을 열었다.

재상은 상황이 이해가 가지 않아 멍하니 김병기를 바라보았다. 그의 손에 들려 있는 것은 분명히 명천도였다.

김병기가 섬돌에서 신을 찾아 신고 싸늘하게 비웃으며 재상을 스쳐 지나갔다.

뒤이어 흥선군이 방에서 나왔다. 그는 재상을 노려보았다.

-나리께서 어떻게 이러실 수 있습니까?

흥선군이 김병기가 사라져버리자 가증스럽다는 듯이 재상을 내려다보았다.

-억울하게 죽은 원명 나리를 생각해보십시오! 임신한 아내를 두고 죽은 궁노비 명길이! 진실을 고한 죄로 숨어 살던 상지관 송제우! 초선이……. 지금 나리께서는 그들 모두를 배신하신 것입니다!

부들부들 떨며 듣고 있던 흥선군이 더는 못 참고 버럭 소리를 질렀다.

-쥐새끼 같은 놈이 어디서 배신이라는 말을 입에 올리느냐!

-나리께서는 변하셨습니다! 예전에 제가 알던 그분이 아닙니다.

-희연아! 저놈의 터진 입을 다시는 열지 못하도록 꿰맨 후 내다 버려라! 내 눈 앞에 나타나지 않도록!

천하장안이 재상을 끌고 나갔다.

-놔라! 내 발로 걸어 나갈 테니! 지금 나리의 모습이 어떤지 아십니까? 목적을 이루기 위해 무슨 짓이든지 할 수 있는 그 파렴치함이, 꼭 장동김문 놈들 같습니다요.

흥선군이 돌아서 버렸다.

일어서는 칼날

1

밤이 깊어가고 있었다. 날이 흐려 금방 비가 쏟아질 것 같았다. 샛바람 때문에 음습한 습기가 여기저기 떠돌았다.

술을 마셔도 술이 취하지 않았다.

흥선군은 술상을 밀어버리고 정만인이 있는 방으로 건너갔다.

정만인은 촛불을 의지하고 서책을 읽고 있었다.

흥선군이 술 냄새를 풍기며 들어오자 서책에서 눈을 떼고 고개를 들었다.

-아직 주무시지 않으셨군요.

흥선군이 정만인 앞에 털버덕 주저앉았다. 새초롬하게 눈을 뜨고 그를 노려보았다.

가까이에서 뜰을 쓸고 지나가는 바람소리가 들려왔다. 샛바람이었다.

-그래, 이제 뭘 하면 되겠느냐?

정만인이 바람 소리를 의식하며 흥선군을 깊숙이 마주 보았다.

-맑은 정신에 얘기하지요.

-말해. 말짱하니까.

-나리의 아버님을 이제 가야골로 이장할 때가 되었습니다. 가야
사 아래 영조 때 판서를 지낸 윤봉구의 사패지가 있습니다. 아무도
눈치 채지 못하게 그곳으로 옮겨야 합니다.

윤봉구의 사패지는 옥계리에 있는 땅이었다.

그러고 보니 생각이 났다. 아랫가야골 옥계리 구광 터. 그곳은 재
상이 먼저 보았던 자리였다.

-언젠가 박재상이 구광 터 이야기를 하던데…….. 그곳이 대명당
이라고?

흥선군의 중얼거리는 말을 들으며 정만인이 고개를 내저었다.

-내룡과 외룡이 뭉쳐진 명당이 맞긴 합니다. 그렇다고 해도 가야
사의 쌍혈에 비교가 되지 않습니다. 그러하오니 주인인 윤판서의
후손에게 그 터를 사십시오. 그리고 이장은 면례에 따라 왕실의 후
손답게 엄숙히 하십시오. 그래야 김좌근 일파도 의심을 하지 않을
테니까요.

-왜 그곳에 이장을 하라는 건가?

-아직 금탑에 들 때가 아닙니다. 눈도 있고요. 김병기와 홍정이
되었다 하더라도 김좌근이 눈을 시퍼렇게 치뜨고 있는 마당입니다.
가까운 곳에 옮겼다가 하루 저녁에 금탑 혈에 이장해야 합니다.

2

　그 길로 흥선군은 아버지 남연군의 시신을 가야골의 구광 터로
이장했다.
　이장을 하고 며칠 후 정만인의 본심이 다시 드러났다. 그는 흥선
군에게 이렇게 말했다.
　-금탑을 허물 때가 되었습니다.
　-지금 뭐라 했느냐?
　-금탑을 허물 때가 되었다고 했습니다.
　흥선군이 머리를 휘휘 내저었다.
　-한 번 물어보자. 네놈이 김좌근에게 건네준 지도에는 분명히 가
야사 터가 진혈로 표시되어 있었다. 김병기도 그렇게 말했다. 왜 내
게는 금탑 자리라고 하는지 이참에 다시 한 번 물어보자. 네 놈은
누구냐?
　-제가 누구이겠습니까?
　-누군데 내게 왕이 될 명당을 알려 주느냐 그 말이다.
　-그저 풍수쟁입니다. 근거는 이미 말씀드렸습니다.
　-그런데 어째서 금탑 터를…….
　-가야사 터와 금탑 터를 혼동하지 마십시오. 다 같은 명당인데 쌍
혈로 나누어졌을 뿐입니다. 내가 금탑 터가 왜 진혈인지 입증하겠
다고 하지 않았습니까. 저를 믿으십시오.
　비로소 흥선군이 안심을 하고 주먹을 쥐었다.
　분명히 산의 지세로 보아 진혈은 두 마리의 용이 승천하는 자리
가 맞다. 분명히 이대천자지지였다.

-명당의 주인은 하늘이 내리는 것입니다. 일전에도 말씀드렸지요? 감당할 기운이 없는 평범한 자들에게 명당은 오히려 화가 되지요. 그러니 주어도 던져버리는 것입니다. 부디 명당을 쓰시고 나리의 큰 뜻을 이루십시오.

흥선군의 눈에 광기가 점점 짙게 어렸다. 분명히 예전 그의 모습이 아니었다.

3

한양으로 들어서기가 무섭게 흥선군은 집으로 바로 가지 않고 예전에 형산 옥벼루를 들고 만났던 정원용을 찾아갔다.

그가 반갑게 맞았다. 흥선군은 단도직입적으로 자신의 억울한 입장을 하소연했다.

지금 아버지 남연군 묘를 가야산으로 이장하려고 하는데, 자신의 입장을 업신여기는 스님들이 이장을 못 하게 하니 그것을 막아주면 원이 없겠노라고 간청했다.

정원용이 고개를 갸웃했다.

-아버지를 이장하신다니요? 왜, 가야산에 천하의 명당이 있습디까?

-바로 절 자리이긴 한데 스님들이 펄쩍 뛰어서 말이오.

-그래요? 절이라면 음택으로 쓸 수 없지 않습니까?

-그렇긴 한데 괜찮다고 해서 말이오.

정원용은 유가(儒家)의 종자였다. 그러므로 불교를 배척시키는 사대부였다. 그의 선친들이 불교 박해에 앞장 선 인물들이기도 했다.

　-그야 뭐 어려울 거 없습니다. 그까짓 오래된 절 하나 없애 버리
는 것이야……. 내가 아랫것을 시켜 그곳에 파발마를 놓지요.

　-고맙소.

　유가에 물든 그의 생각을 미리 내다본 흥선군이었다. 그렇잖아도
불교도들이 눈에 가시였을 텐데, 그의 신분으로 어려운 일도 아니
었다. 더욱이 영문을 모르고 보면.

4

　-이랴! 이랴!

　재상은 계속해서 말의 엉덩이를 찼다.

　흥선군을 다시 설득하러 들렀다가 노비 상길에게 얘기를 들었다.
흥선군의 묘를 이장할 거라는.

　재상은 드디어 일이 시작되었다는 걸 알았다. 어떻게든 막아야
했다.

　빨리 가자! 빨리 가!

　염천에서 말의 여물을 먹이고 국밥 한 그릇을 채운 뒤 계속 말을
몰았다.

　밤새 달린 셈이었다. 동이 터왔다. 가야골 아래 상가리에 이르자
마음이 더 급해졌다. 절이 보였다. 가야사가 보였다.

　가야사에 도착해보니 텅 비었다.

　마당 쓰는 행자승이 눈에 띄어 재상은 그리로 달려갔다.

재상을 발견하고 행자승이 황급히 합장을 하였다.

-주지스님 어디 계시오?

-누구십니까?

행자승의 눈빛이 맑았다.

-급하게 드릴 말씀이 있어 이렇게 말을 달려왔소.

-절에 불미스런 일이 있어서 지금 다 감영으로 가고 아무도 없습니다.

정원용이 충청 감사에게 손을 써 가야사 승려들을 모두 감영으로 잡아들인 것이었다.

먼저 가야사에 내려온 천하장안은 재상이 내려와 주지스님을 찾는 걸 알 리 없었다.

-나리께서 명하신 일이다. 이미 이장 준비가 끝났을 거야. 충청감사에게 부탁을 했다고 하니 말이야. 아버지 남연군 묘를 구광 터에서 가야사 터로 이장하려고 하는데 스님들이 이장을 못하게 하니 그것을 막아주면 원이 없겠노라고 간청했다는 것이다. 감사 신분으로 그것이 뭐 어려운 부탁이겠는가. 걱정 말라고. 그 시각에 스님들을 사람을 시켜 빼낼 테니 묘를 쓰라고.

화톳불을 피워놓고 둘러앉아 불을 쬐며 천희연이 말했다.

-그럼 충청 감사가 절을 불태운다는 걸 알고 있단 말이오?

안필주가 물었다.

-그걸 내가 어떻게 알겠는가. 아무튼 이미 가야사에 있던 스님들은 모두 감영으로 잡혀 간 것만은 분명해.

-그래도 괜찮을까요? 천벌 받을 일인 것 같은데…….

안필주가 고개를 돌려 천희연에게 조심스레 물었다.

-나리께서 좀 이상해지신 것 같아. 박지관 말이 맞긴 맞아.

장순규가 덧붙였다.

하정일이 냉소를 지었다.

-다들 준비하고, 실수 없도록 해라.

천희연이 단호하게 말을 잘랐다.

일어나 걸어가는 천희연의 눈가에 장동김문에게 맞아 죽던 아버지의 모습이 떠올랐다.

노비가 사람이었던가. 말잡이 노비였던 아버지. 노비는 노비일뿐이었다.

아비가 노비면 자식도 노비였다. 기방에서 장동김문의 도령에게 말대꾸 한 번 잘못 했다가 말잡이 노비 주제에 버르장머리 없다며 채찍으로 맞아 죽을 뻔했던 것을 지나가던 흥선군이 술에 취해 능청을 떨며 말리는 바람에 겨우 살아났다.

그 후에 천희연은 흥선군에게 주어졌다. 대가는 난초 그림 한 장. 흥선군의 난초 그림이 좋다며 김좌근이 가지려고 하자 그림 값 대신 말노비를 달라고 했다.

김좌근은 미련 없이 천희연을 흥선군 말노비로 던져버렸다.

그 후, 천희연은 흥선군이 붙여주는 무술의 고수에게 은밀히 무예를 배웠다. 그때부터 흥선군은 자신의 꿈을 위해 하나하나 준비하고 있었던 것이다. 그 역시 흥선군으로부터 꿈을 배웠다. 희망을 배웠다. 처음으로 인간다운 대접을 받았고 존중을 배웠다.

그렇기에 어린 시절부터 어울려 다니던 하정일, 장순규, 안필주까

지 끌어들여 호위무사가 되었다. 이제 와 절 하나 태운다고 망설일
것은 없었다.

5

불길이 금탑을 향해 흘렀다. 금탑이 불길에 휩싸였다.

한순간이었다. 불길이 갑자기 꺼먹꺼먹 꺼져버렸다.

어라?

천하장안이 우르르 달려가 보니 금탑이 그대로 멀쩡했다.

천하장안이 당황해 도끼로 금탑을 내리쳤다. 꿈쩍도 하지 않았다.

-왜 그러느냐?

천하장안이 웅성대자 흥선군이 물었다.

-이상합니다. 이놈의 금탑이 아무리 불을 놓고 도끼로 찍어도 넘
어가지를 않습니다.

장순규가 대답했다.

-그럴 리가…….

소리치던 흥선군이 직접 도끼를 들고 달려들었다. 금탑은 꿈쩍도
하지 않았다.

-정지관, 이럴 수가!

넋 나간 듯한 흥선군의 음성에 공포가 서렸다. 땀이 비 오듯 쏟아
지고 있었다.

정만인이 희미하게 웃었다.

-제가 뭐라 했습니까.

그제야 기억이 되살아난 홍선군이 무릎을 쳤다.

-아뿔싸! 진혈이 맞다는 말인가!

그렇게 중얼거리다가 정만인을 향해 허허허, 웃었다.

-그대는 정녕 조선 제일일세.

-걱정할 것 없습니다. 가야사를 불태워버리면 금탑은 저절로 무너질 테니까요.

-그런데 말일세. 박재상은 그런 말이 없었는데.

-그래서 아직은 멀었다는 말입니다. 그놈은 배신잡니다. 나 역시 김좌근에게는 배신자지만.

-이 사실을 몰랐다?

홍선군의 의심스런 어투에 정만인이 희미하게 웃었다.

-저를 만난 것이 나리의 축복입니다.

-김병기에게 가야사를 양보하겠다는 헛말이 마음에 걸리는군.

문득 김병기의 얼굴이 떠올라 홍선군이 그렇게 말하자 정만인이 고개를 내저었다.

-여기가 어딥니까. 가야사의 마당입니다. 쌍혈지를 갖기 위해 이 금탑을 태우지 않고 가야사의 혈처를 가질 수 있습니까. 김좌근이 절터라 망설이는 사이, 김병기가 백락 터에 덜미가 잡혀 알면서도 어쩔 수 없었던 겁니다. 결코 이 혈처를 쓰지 못하리라는 걸. 금탑 혈처에 시신이 든다면 이미 모든 것이 끝날 것을. 쓰고 난 뒤에야 뭐라 할 것입니까. 그가 뭐라고 할 때쯤에는 나리에 의해 세상이 바뀌어 있을 것입니다.

그렇군, 하는 홍선군의 표정을 보며 정만인이 쐐기를 박았다. 그는 붓을 가져와 부적을 써 금탑에 붙였다.

-나리께서 합장하고 진심으로 기도하십시오.

홍선군은 정만인이 시키는 대로 했다.

-가야사에 불을 붙이시오!

정만인이 천하장안을 향해 소리쳤다.

6

횃불이 가야사 보웅전으로 흘렀다.

검은 그림자는 하나 같이 소리 없이 움직였다.

그들은 보웅전으로 들어갔다. 횃불에 상단에 모셔진 부처들의 모습이 드러났다.

-부처님, 용서하십시오.

누군가 나직이 중얼거리며 횃불을 상단 밑으로 질러 넣었다.

보웅전 상단이 불타기 시작했다.

검은 그림자가 여기저기로 흩어졌다.

횃불이 닿는 곳에서 불길이 연이어 솟아올랐다.

-성님, 정말 괜찮을까요?

훨훨 일어나는 불길을 보면서 하정일이 장순규에게 말했다.

-어젯밤 꿈을 꿨지 뭐요.

-꿈?

장순규가 하정일을 돌아보며 되뇌었다.

-어떤 머리 푼 노인네가 오더니 이 자리는 내 자린데 너희들이 어떻게 묘를 쓸 수 있느냐며 당장 물러가지 않으면 요절을 내겠다

고 하는데, 아이고…….

-그 머리 푼 양반이 산신령인 모양이다.

홍선군이 절로 들어오다가 그들을 향해 눈을 부라리며 한 마디
했다.

-이제 오십니까?

장순규가 꾸벅 인사를 했다.

-그게 산신령이라면 큰일 아니오. 다른 곳으로 옮깁시다. 하나같
이 같은 꿈을 꾼 걸 보면 예삿일이 아닌 것 같소.

천희연의 말에 홍선군이 입꼬리를 비틀고 웃었다.

-생각해봐라. 천벌을 받았으려면 절을 태우려고 할 때 이미 부처
님께서 벌을 내렸을 것이다. 부처님도 대장부의 마음을 알고 머릴
쓰다듬었는데 그까짓 산신령이 대수냐.

그때쯤 충청감사는 홍선군에게 속았다는 것을 알았다.

그러나 사건 자체가 소문을 낼 수 없는 것이어서 속을 끓이고 있
었다. 그래도 왕족인데 그 일로 잡아다 족칠 수도 없는 일이었다.

7

이곳저곳에 불을 놓는 천하장안의 손에 의해 보웅전에 모셔진 세
분의 철불이 모두 녹아내려 쇳덩이가 되었다.

그 사이에 정만인에 의해 금탑의 혈처가 잡혔다.

-불이 꺼지긴 했는데 뜨거워서 땅이나 팔 수 있을지 모르겠군.

동원된 산역꾼들은 투덜거리면서도 땀을 뻘뻘 흘리며 땅을 팠다.

잠시 파내려가자 백자 항아리 두 개가 나왔다. 뒤이어 단차(團茶) 두 뭉치가 나오고 사리 3점이 나왔다. 사리가 어떻게나 큰지 어린아이 머리만 했다.

-역시 진혈이로다.

홍선군이 무릎을 쳤다.

-파내려 갈수록 이상합니다.

산역꾼 하나가 곡괭이질을 하다 말고 홍선군을 향해 말했다.

-왜 그러나?

-암석 같습니다. 마사토가 보이더니 점점 여물어지고 있습니다.

정만인이 내려가 보니 산역꾼의 말이 맞았다. 묘지 주변이 온통 암석이었다. 그것도 괴석이었다. 광중도 바위였다.

정과 곡괭이로 겨우 시신이 들어갈 정도로 암석을 깨냈다.

홍선군이 고개를 갸웃했다. 바위 속에 아버지의 체백을 묻으려니까 뭔가 꺼림칙했던 것이다.

-괜찮겠나?

홍선군이 확인하듯 정만인을 향해 물었다.

-걱정하지 마십시오. 본시 괴혈에서 큰 인물이 나는 법입니다. 청석은 아닙니다. 마사토가 굳은 것입니다. 바위만큼 단단하게 기가 맺힌 곳이 어디 있겠습니까.

-탕건암이 나온 겐가?

-전체가 탕건암인데 무슨 소용입니까.

정만인이 그렇게 말하고 한쪽 눈을 치며 홍선군을 쳐다보다가 입꼬리에 웃음을 물었다.

-왜 도착하지 않는 겁니까?

정만인이 흥선군을 향해 물었다.

-내가 가봐야 되겠군.

흥선군이 말을 몰고 남연군 체백을 파내고 있는 구광 터로 달렸다.

반쯤 나아가자 시신을 메고 산역꾼들이 올라오고 있었다.

-한시가 급하다.

흥선군의 다그침에 산역꾼들의 걸음이 빨라졌다. 남연군의 체백이 금탑을 향해 계속해서 나아갔다.

그들이 도착하기가 무섭게 소달구지가 줄줄이 절 안으로 들어왔다. 회였다. 무려 2백포나 되었다.

보통 묘를 쓰는데 회는 두 포 정도면 충분하다. 바위 혈에다 2백포나 되는 횟가루를 사용하겠다고 하니 흥선군이 의아해하지 않을 수 없었다.

-이 혈이 천자지지고 보면 필시 훗날 이 혈을 파헤치려는 무리들이 있을 것입니다.

고개를 갸웃거리는 흥선군을 향해 정만인이 말했다.

-그러니까 도굴 위험이 있다?

-그러니 단단히 묻어야 할 것입니다.

8

정신없이 회를 치던 그들이 재상을 본 것은 잠시 후였다.

그들은 보았다. 묘를 쓰고 나섰을 때 자신들 앞에 나타난 재상을.

재상은 사람의 모습이 아니었다. 머리는 봉두난발이고 여기저기에서 피가 흐르고 있었다.

재상이 정만인을 발견하고 미친 듯이 달려들어 그의 멱을 잡았다.

-네놈이 미친 것이다. 미친 것이야.

멱을 잡힌 정만인이 후하하, 웃었다.

-놓아라 이놈. 미친 것은 네놈이야.

재상이 어이가 없어 할 말을 잃고 멍하니 쳐다보자 정만인이 재상의 손을 탁 털고 밀어버렸다. 그리고는 휘적휘적 걸어가 버렸다.

재상이 어이없어 하다가 정만인의 모습이 보이지 않자 주위를 두리번거렸다. 흥선군이 보이자 이번엔 그를 향해 달려들었다,

-흥선군, 네 이놈!

흥선군이 방심하고 있다가 뒤로 넘어졌다. 천하장안이 손 쓸 사이가 없었다.

재상이 흥선군의 멱을 쥐고 걸터앉았다.

-네놈이 저놈의 말을 듣고 드디어 미쳐버린 것이다!

흥선군이 재상의 손을 뿌리치다가 안 되자 주먹으로 재상을 올려쳤다. 턱을 맞고 재상이 옆으로 굴렀다.

흥선군이 재상 위에 올라타 목을 조르기 시작했다.

-네놈이 정녕 미친 것이 아니냐. 어디서 감히.

재상이 주먹으로 흥선군의 명치를 쳤다. 흥선군이 옆으로 넘어가자 그의 몸 위로 올라타 멱을 쥐고 흔들었다.

-네놈이 왕이 되고 싶은 게 아니고? 욕망에 눈이 멀어 뵈는 게 없구나! 봐라! 네 놈이 한 짓을! 멀쩡한 절을 태우고, 죄 없는 사람들

이 당했다! 왕이 되는 게 그렇게 중요하냐? 제대로 하는 것도 없는 그놈의 왕이 그렇게 중요해!

-그래……. 나라고 왕이 못 되라는 법 있느냐? 이깟 절 하나 불태우고 왕이 될 수 있다면 몇 번이고 태울 수 있다! 힘을 가진 후에 억울하게 죽은 네 가족의 복수도 하고, 국정을 어지럽히는 자들을 모두 쓸어버리면 되는 거 아니냐! 어차피 권력이라는 게 그런 거 아니냐!

-차라리 솔직해져라. 그냥 왕이 되고 싶었다고 해. 용상에 눈이 멀었다고 해!

홍선군이 못 참고 천하장안에게 손을 내밀었다.

-칼을 다오.

천하장안이 쳐다만 보고 있자 정만인이 천희연의 허리에서 칼을 빼 홍선군을 향해 던졌다.

칼을 받아 일어난 홍선군이 재상을 향해 칼을 휘둘렀다.

칼날이 얼굴을 스치는가 했는데 이내 재상의 눈에서 피가 흘러내렸다.

홍선군이 흠칫했다. 자기가 한 짓에 스스로 놀라 어쩔 바를 모르다가 소리치기 시작했다.

-이제부터 난 장동김문 놈들보다 더 독해질 것이다. 그들이 왕릉에 역풍수를 쓰면, 난 그들 모두를 죽일 것이다! 그들이 백 명을 죽이면, 난 천 명을 죽여서라도 내 뜻을 세울 것이다!

재상은 눈을 감싸 쥔 채 풀썩 쓰러졌다.

쓰러지면서 그는 비명처럼 소리를 내질렀다.

-미친놈아, 명당이 아니라 흉지로 변했다는 말이다. 정만인 저놈

이 모든 걸 망쳐버렸단 말이다.

해가 뜨기 시작했다.

피어오른 검은 연기가 일출을 집어삼켰다.

9

으흐흐흑, 으흐흐흑…….

밤 부엉이가 울었다. 꼭 귀신의 호곡소리 같았다. 사람들이 자다가 나와 밤 부엉이를 쫓았다.

-비가 올라나.

하늘을 올려다보며 궁시렁거렸다.

병색이 짙은 김좌근이 김병기가 들어오자 일어나 앉았다. 눈빛만은 형형하게 살아 있었다.

-내려간 일은 잘 해결되었다고?

-예.

-정만인은?

-시킨 대로 했습니다. 목을 베었습니다.

김병기의 뇌리 속으로 정만인의 목을 베던 순간이 스치고 지나갔다.

-대단하구나.

-대단한 것은 그게 아니지. 너희들에게도 명당이 아니라 흉당을 던져주었으니까, 흐흐흐.

-이제 그 한을 갚았단 말이냐?

-갚았지. 명당은 명당인데 흥선군에게는 비혈을 주었고, 김좌근에게는 진혈을 뺏어버렸으니까.

-진혈이라니?

김병기가 물었다.

-가야사 도량에 있는 금탑 말이다. 흥선군에게 그 터를 주었다. 김좌근에게는 감우팔원이 진혈이라고 한 바로 그 터를 주었고. 하지만 너희들은 천하대명당을 보아내지 못했어. 그래 내가 김좌근에게서 주었다가 도로 뺏어 흥선군에 주어버린 것이야. 그러나 그것은 준 것이 아니었어. 흉당으로 가는 수순. 완전히 그 지세를 막아버렸다는 말이야. 명당만을 찾아다니는 너희들만의 땅이 아닌 그냥 땅으로. 고로 내 장담하지. 혈처를 잃었으니 김좌근은 뼈도 추리지 못할 것이야. 이 세상에서 없어져버릴 테니까.

-무슨 말이냐?

-금방 알게 될 것이다. 그렇게 오래 걸리지 않을 테니. 본시 명당은 취하면 먼저 영화를 가져다주지. 그리고는 다시 뺏어버림으로써 더 크게 병들게 하지. 버림은 그 영화조차 주지 않지. 이 세상으로부터 영원히 버림받는 것이니까. 그것이 명당의 벌이야.

-마지막으로 하나만 묻자. 가야사 터가 진혈이었느냐, 금탑 터가 진혈이었느냐?

-두 곳 다.

정만인의 말은 꼭 못을 박는 듯했다.

-두 곳 다?

-그곳은 진혈과 사혈이 공존하는 곳이 아니야. 그래서 천하대명

당이지. 천 년에 하나 나올까 말까 한…….

　-두 곳 다 진혈이라면 가야사 터가 남았다는 말이 아니냐?

　-멍청한 놈아, 그냥 땅으로 만들어버렸다는 말을 아직도 이해하지 못하겠는가? 그래서 금탑 터에 김좌근과 흥선군의 기를 바꿔 넣어버렸다 그 말이다. 박재상이 나름 제대로 보았지. 그놈은 흥선군의 기질을 양으로 보았고, 그래서 김좌근의 음기를 꺾어 자기화하려 했지. 하하하, 그게 말이 되는 소리냐? 세상에 그런 법은 없다. 흥선군, 그 미친놈이 명당에 미쳐 김좌근의 기를 꺾어 음기의 소유자가 되려고 했으니 말이야. 그런데 박재상의 속셈은 그게 아니었어.

　-아니었다니?

　-오로지 흥선군을 이용해 제 아비의 원을 갚으려 했지. 그렇게 원을 갚기 위해 때를 기다리고 있었다는 말이야.

　-네놈이 그것을 알고 있었다? 때라니. 그게 뭔가?

　-흐흐흐, 내가 대신해 주었지. 그 마무리는.

　-도대체 무슨 소린지 모르겠구나.

　-금탑의 탕건암.

　정만인이 짧게 말을 잘랐다.

　-탕건암이라니?

　-맞아. 흥선군은 양기의 소유자야. 금탑에 들 수 없는 몸이었어. 하지만 이장될 그 아비도 마찬가지라는 사실을 어떻게 증명하나? 그런데 유전이라는 말 한 마디에 고개를 끄덕였지. 하하하, 아들이 음기의 소유자인데 아비도 음기의 소유자다? 세상에 그런 법도 있나?

　정만인이 고개를 홰홰 내저었다.

　-속인 것이야. 명당에 집착하는 너희들을 속인 것이지. 만고에 그

런 법은 없으니까 말이야. 여기 분명한 것이 하나 있다! 바로 그런 인간들을 만드는 지기. 지기는 변함이 없다. 더욱이 때가 되어 완성되면 음양이 없어져버린다. 대명당이 되어 기가 충만하게 되면 음기와 양기는 하나가 되어버린다. 바로 음양이 하나가 되어버린 세계. 그걸 알면서도 박재상은 그렇게 자신의 복수를 끝낸 것이야. 그러나 그의 복수는 그게 다가 아니지.

─아니라니?

되묻는 김병기의 음성이 고집스러웠다.

─이제 우리들의 복수가 남았다는 말이다.

─마지막 복수?

─그가 끝낼 것이니까. 박재상 말이야. 너희들이 그의 일족을 멸족하지 않았느냐.

─그래서?

김병기가 하하, 하고 웃었다.

정만인이 고개를 내저었다.

─그의 복수가 우습다? 글쎄, 나도 모르겠구나. 그것이 무엇인지. 안다고 해도 미리 가르쳐준다면 무슨 재미가 있겠는가. 내가 그랬듯이 말이야.

─무슨 소리냐?

─이제 말해주지. 나는 흥선군의 아비를 탕건암 위에 눕히지 않았다. 전체가 바위산이라 흥선군이 그걸 놓친 것이야. 나는 온통 회를 쏟아 부어 황금이슬의 기를 모두 죽여버렸다. 그 바람에 가야사 터마저 날아가 버린 것이야. 진혈과 진혈은 통하니까. 박재상은 그걸 눈치 챈 것이고. 그 기가 살아나려면 회가 천 년의 세월을 삭아 흙

이 되어야 할 게야.

　그제야 말을 알아들은 김병기의 눈가에 열기가 돌았다.

　-명당이나 찾아다니는 꼴들이 사나워 그냥 땅으로 만들어버렸다? 모르겠구나. 도대체 무슨 소린지…….

　-차차 알게 될 것이야. 죽여라.

　김병기를 보며 정만인이 허망하게 웃었다. 그는 웃으면서 말하고 있었지만 나지막한 음성이 칼날 위에 이는 서기처럼 날이 서 있었다.

　-어쨌거나 죽어도 한은 없겠다. 쳐라!

　우시영의 칼날이 정만인의 목을 향해 날았다.

10

　김좌근이 고개를 끄덕였다.

　-잘했다. 그자는 아는 게 너무 많아. 살려두면 우환거리가 될 놈이야.

　-정말 그자의 말대로 그곳이 왕이 나는 명당자리였을까요?

　김좌근이 고통스럽게 흐흐, 웃었다.

　-헛소리.

　-듣고 보니 예사롭지 않았습니다.

　-천한 것들은 본시 그런 법이니라. 가지지 못했으니 그럴 수밖에. 그래서 조부께서 미리 피하신 곳이다. 금탑 자리가 명당이라고 하나 그 터를 쓰기 위해 부셔도 보았다. 부술 수가 없었다. 그때 알았다. 결코 쓸 수 없는 터임을. 정만인 그자는 알고 있었어. 흥선군이

제 발로 망하는 길로 들어선 거지.

말을 끝내고 김좌근이 쿨럭거렸다.

-나가 보아라. 쉬어야겠으니.

김병기는 깊이 절하고 방을 나왔다.

11

바람이 불었다. 풀들이 먼저 누웠다. 바람보다 먼저 누웠다. 바람은 세월이었다. 바람이 모든 것을 집어 삼켜버렸다.

열린 문 밖에 검은 그림자가 와서 섰다.

-꼴 좋구나.

재상은 고개를 돌려 밖을 내다보았다. 김병기였다.

저 인간이 왜?

-개처럼 따랐는데 결국은 외눈깔이가 되었구나.

-그것이 세상의 심사이지.

들어오라고도 하지 않았는데 김병기가 방 안으로 들어와 섰다.

-네놈이 던져준 백락명당 그것에 내 발이 묶일 줄이야.

흐흐흐, 재상이 웃었다.

명당이지. 천하대명당. 왕건의 웅대한 꿈이 숨 쉬는 곳. 하지만 얼마 남지 않았지. 지기가 다하면 그곳에 든 이의 가계가 서서히 멸문하여 존재가 없어지는 대흉당이지, 흐흐흐.

재상의 속도 모르고 김병기가 따라 웃다가 결연하게 고개를 들었다.

-내가 여기에 왜 온 줄 아느냐?

재상이 그를 향해 시선을 들었다.

-이럴 땐 방법이 딱 하나 있지.

-뭔가 그게?

재상이 김병기의 속을 알면서도 물었다. 그가 찾아오리라는 건 이미 알고 있었고 그렇다면 그의 속셈은 뻔했다.

-이대천자지지가 아니라 3대, 4대…… 그렇게 더 큰 힘을 가진 명당을 가지는 것.

재상이 그럴 줄 알았다는 듯 히물히물 웃었다.

-질기구나.

-그런 곳을 꼭 알고 있다는 듯이 말하는구나.

재상이 입가에 웃음기를 매단 채 그를 쏘아보았다.

-그대의 땅잡이는 어디다 버렸는가?

-본래 집으로 보냈지.

-하하하, 나를 찾아온 이유를 알겠구나.

-네놈도 갈 곳이 없을 테니 누가 보듬겠느냐. 양부의 병환이 깊다. 그 양반이 묻힐 자리부터 잡아다오.

-솔직하군.

비릿한 웃음기가 김병기의 얼굴에 떠돌았다.

-네놈이 갈 곳이나 있느냐?

-그 다음엔?

-좀 전에 말하지 않았는가.

-하하하, 결국 왕이 되고 싶다? 그럼 나는 그대의 왕사가 되어야 하나?

말을 하고 재상은 또 히물히물 웃었다.

그렇잖아도 기다리던 사람이었다. 오지 않았다면 마지막 일전을 위해 찾아가리라 생각하던 사람이었다.

재상은 김병기를 향해 머리를 깊숙이 조아렸다. 아직은 아니었다. 짖는 개는 매가 약이지만 아직은 노골적으로 매를 들 때가 아니었다. 아주 서서히 그 짖음을 멈추게 할 것이었다.

먼저 김좌근을 보내고, 그 일문의 살을 갈고 뼈를 발라내어 영원히 세상 밖으로 내보낼 것이었다.

재상의 속도 모른 채 김병기의 입가에 실핏줄 같은 조소가 흘렀다. 역시 천한 것들은 어쩔 수 없다는 눈빛이 서늘했다.

재상은 웃었다. 속에서 불덩이가 치솟았지만 오히려 웃었다.

그 웃음을 재상은 입 속에서 자근자근 씹었다.

새벽.

재상은 시체처럼 누운 김좌근의 방으로 들어섰다.

김좌근의 집으로 거처를 옮긴 지 벌써 보름째였다. 달빛이 고왔다. 풀벌레 울음소리가 들려왔다.

멀거니 시체처럼 누운 김좌근을 쳐다보았다.

그래, 세상에서 가장 좋은 땅을 골라 너를 묻어주마. 기다렸느니라. 장동김문이 영원히 사라져 버릴 땅을 찾아 묻어주마. 인간이 아니라면 인간이 묻힐 땅에 묻어야 할 이유가 없지.

그날부터 재상은 김좌근이 묻힐 땅을 찾아다녔다.

터를 장만했을 때 김병기가 물었다.

-좋은 곳인가?

-저를 믿으십시오.

-송지관은 별로 좋아 보이지 않는다고 하는데…….

-제가 누굽니까. 천하의 길지입니다.

김병기가 희미하게 웃었다.

-하기야 어련하겠는가. 약속은 잊지 않았겠지?

-걱정 마십시오.

김병기는 일말의 의심도 없이 모든 장의를 재상에게 맡겼다.

12

월영각의 팔각등이 바람에 흔들렸다.

재상은 멍하니 월영각을 바라보았다. 열린 대문으로 안이 들여다
보였다.

재상은 눈을 크게 떴다.

저 사람이 누군가.

분명 흥선군이었다. 흥선군이 술에 취해 초선의 이름을 부르고
있었다.

-초선아! 초선아!

초선이 어디론가 사라져버렸다고 하더니, 그녀를 못 잊어 찾아다
니고 있는 모양이었다.

누구도 흥선군을 상대하지 않으려고 했다. 그 모습을 보자 눈물
이 왈칵 쏟아졌다. 기생의 말소리가 싸늘했다.

-초선 언니는 이제 여기 없소. 다시는 오지 마시오.

홍선군은 계속해서 초선을 불렀다. 마치 부르면 초선이 나타날 것처럼. 제정신이 아니었다.

그렇게 돌아치다가 한순간 주저앉아 버렸다. 넋 나간 그의 표정이 말하고 있었다.

초선아, 초선아. 내가 잘못했다.

9장

바람의 길 물의 길

1

다난한 기사년이 허덕허덕 숨을 몰아쉬었다. 초선이 몸을 숨겨버린 지도 벌써 몇 해.

날이 궂었다. 물기를 머금은 바람이 불었다. 오전 내내 바람이 불고 비가 내렸다. 그토록 기세 좋게 자태를 뽐내던 파초의 잎도 모진 비바람에 줄기가 꺾였다.

이 고랑 저 고랑에서 모여든 실개천의 물소리가 제법이다.

배산(背山)이 붓으로 그린 듯하다. 용이 꿈틀거리며 내려오다가 기세를 멈추고 두 팔을 한껏 벌려 집을 껴안았다.

좌측 산맥 좌천룡이 은빛으로 번쩍이는 호수까지 뻗었다. 우측 산맥 우백호가 경주하듯 또 하나의 호수로 내려 박혔다. 두 수구가 하나로 이어져 금방이라도 이무기들이 비상할 것 같은 형세다.

재상은 미리 초를 갈아 두어야 하겠다는 생각에 솟을대문 앞에 걸린 조등(弔燈)의 초를 갈고 돌아서면서 문득 흥선군이 그토록 찾던 초선을 생각했다.

어디로 갔기에? 그러고 보니 그녀를 못 본 지 꽤 오랜 세월이 흘렀구나 싶었다.

방금 초를 간 조등이 바람에 실없이 흔들렸다.

오늘 따라 담쟁이넝쿨로 뒤덮인 꽃담도 그 빛을 잃었다. 날아갈 듯하던 추녀도 생소하다. 낮달로 뜬 초승달이라도 걸릴 것 같은데 까마귀 떼가 까욱거리며 날아갔다.

대문 안으로 들어서다가 상복을 입은 김병기의 핏기 없는 모습을 보았다.

지칠 만도 하리라. 아침부터 줄곧 저렇게 곡을 하고 있으니.

갑자기 상가 안이 웅성거렸다. 재상이 왜 그러나 하고 주위를 살피다가 사람들의 시선을 따라 대문 밖을 내다보자 흥선군이 가마에서 내려서고 있었다.

사람들이 혀를 찼다.

-저놈이 으쩐 일이래?

-허허, 삼청동 개걸레가 납시셨네 그려.

-꼴에 갖출 건 다 갖추었구면.

흰 무명에 흰 갓……. 몸이 깡말라서인지 태가 나지 않는 것은 여전했다.

예전 같으면 장동김문의 수하들이 앞을 막아섰을 텐데, 김병기의 눈치를 흘끔거렸다.

대문을 들어선 흥선군이 그들 사이를 비집고 마루로 올라섰다.

흥선군이 향을 올리고 나자 곡이 시작되었다.

확실히 세상은 변해 있었다. 이제 세상을 호령하던 이 집의 대주 세상이 아니었다.

곡이 끝나고 흥선군은 마루를 내려서다가 멈칫 했다.

누군가 처마 밑에서 자신을 바라보는 있는 사람. 한쪽 눈을 헝겊으로 가리고 선 사내. 재상이었다. 재상은 흥선군을 아무 상관없는 사람처럼 바라보다가 눈이 마주치자 목례를 보내었다.

흥선군이 섬돌에서 신을 찾아 신고 황급히 다가왔다.

-오랜만일세.

재상이 시선을 들며 희미하게 웃었다.

-그렇군요. 그동안 강녕하셨습니까?

흥선군의 눈가에 핏기가 돌았다. 후딱 감정을 추스르듯 재상의 손을 잡아끌었다.

-자네, 나 좀 보세.

그들을 흘끗거리는 사람들의 눈길이 따가웠다. 흥선군은 아랑곳하지 않았다.

흥선군은 재상을 사람이 뜸한 곳으로 데려갔다. 저택 뒤편 그림자가 짙어 어둑어둑한 곳이었다.

사람들이 그들의 모습이 보이지 않자 웅성거렸다.

흥선군이 걸음을 멈추고 재상을 향해 똑바로 돌아섰다.

재상이 흥선군의 시선을 피했다.

-자넨 내가 죽이고 싶도록 미울 테지. 이해하네. 내가 자네 눈을 그리 만들었으니.

재상이 시선을 들어 한쪽 눈으로 그를 쏘아보았다.

-이제 와 새삼스럽습니다. 개의치 마십시오. 다 지나간 일입니다.

-내 왜 모르겠는가, 자네 마음을. 알고 있다네. 자네가 직접 김좌

근의 묘를 골랐다면서?

　-풍수쟁이의 도리를 다했을 뿐입니다.

　흥선군이 그를 측은한 눈으로 달래듯 지켜보았다.

　-들었다네. 자네의 식구들이 어떻게 죽어갔는지……. 사람은 꼭
뒤늦게 후회하는 존재인가 보이. 그 한스런 마음으로 날 대했을 터
인데……. 왜 내가 모르겠는가, 이곳에 들어와 있는 자네의 마음을.
보았다네. 서당개 삼 년이면 풍월을 읊는다고 이번에 자네가 고른
장지를 말일세.

　-천하대명당이지요.

　-박지관, 어설픈 내 눈에도 한눈에 알겠더이.

　-그런 말 마십시오. 이 세상 명당 아닌 곳이 어디 있습니까. 그저
인간이 만들어낸 미망일 뿐이지요.

　-하나만 물어보세. 내 아비를 묻은 금탑 자리 말일세. 가야사 철
불을 없애지 않고는 혈 수 없다는 걸 알고 있었나? 그래서 내게 그
런 제안을 했던 것인가?

　재상의 눈에 눈물이 어렸다.

　-나리, 물론입니다. 명천도, 아니 명당명혈도. 지도는 거꾸로 그려졌
으나 절터에 혈장만은 정확했지요. 그러나 그것은 혈장이 아닙니다.

　-아니라니?

　-혈장이 아니라 막장이지요. 금탑의 정기가 그리로 새고 있다는
말입니다. 그래서 절을 앉힌 것이지요. 그런데 그 구멍이 제대로 막
혀 있지 않았어요. 도선국사는 그것을 보았고, 누군가 막을 것을 내
다본 것입니다. 그곳이 막히면 금탑은 저절로 무너지지요. 나리에게
금탑을 주는 대신 그 막장을 막으려 했던 것입니다.

-그런데 왜 철불이?

홍선군이 질기게 물고 늘어졌다.

-철불이 녹으면서 그 혈이 막힌 것입니다. 그러고 보면 정만인은 그걸 알고 있었다는 말이지요.

비로소 홍선군의 눈이 감겼다. 그는 잠시 후에야 눈을 뜨고 재상을 마주 쳐다보았다.

-날 용서해줄 수 있겠나? 이제 박지관이 원한다면 무엇이든 이루어줄 수 있다네.

홍선군은 예전과 같은 눈으로 재상을 쳐다보며 말했다.

재상의 눈에 눈물이 어렸다.

-나리, 한때 나리를 만나서 좋았고, 이제는 각자의 길을 가게 된 것뿐입니다. 나리께서 제게 미안할 일도, 제가 나리를 용서할 일도 없습니다.

-박지관, 자네 같은 사람도 기죽지 않고 마음껏 살 수 있는 새로운 세상을 만들 것이네. 그러니까 우리 함께 길을 만들어 나가세. 궁으로 들어와 날 좀 도와줄 수 없겠나?

재상이 홍선군을 담담하게 쳐다보았다.

그와 함께 하던 세월이 떠올랐다.

-모든 일에는 끝이 있습니다. 저희의 인연은 여기가 끝인 듯합니다. 다만 제 말을 들어주십시오. 나리께서 묘를 쓴 곳은 우백호가 날카로우니, 그곳에 금강역사전을 세우셔서 비보하시고…… . 주불이 계시는 대웅보전은 보잘것없는 절 구석에 두십시오.

재상은 그 터가 이미 정만인에 의해 지기를 잃어버렸다는 말은 하지 않았다. 생각만 해도 슬픈 가야사. 그곳에 터를 잡은 것만으로도 지금은 제왕의 자리에 오른 마당이었다. 그에 대해 구구하게 설명해봐야 들을 그도 아니었다.

지금 그의 영화가 길지 않을 것이라는 것을 알기에 비보 차원의 말을 해줄 수밖에 없었다. 미망이었다. 저기 천하대명당에 있다고 한들 그 명당을 대하는 심성이 올바르지 않고서야 무슨 소용이겠는가.

흥선군이 말을 알아듣지 못하고 시선을 들었다. 절에 가면 절의 맨 위 그 중앙에 대웅보전이 있고 그곳에 주불이 모셔져 있다.

-권력은 맨 위가 아니라는 것을 알아야 합니다. 저 아래로부터 오는 것이지요.

그제야 말을 알아들은 흥선군의 눈에 붉은 기가 돌았다.

-군주가 민초가 되는 세상. 그 이치의 참뜻을 모른다면 진정한 백성의 주인이 될 수 없다는 말이로다. 알았네. 고마우이. 내 그렇게 하지.

재상은 무릎을 꿇고 흥선군이 자신에게 주었던 단주를 벗어 그의 팔에 끼워 주었다.

-나리의 앞날에 행운이 있으시길.

재상이 흥선군의 얼굴을 올려다보자 희망에 찬 흥선군의 얼굴이 말하고 있었다,

난 새로운 조선을 만들 걸세. 그때는 자네 같은 사람도 가슴 속 한 같은 것 없이, 잘 사는 세상이 될 것이네.

2

말이 달렸다. 바람이 김병기의 도포자락을 흔들었다. 단숨에 등성

이를 올라챘다.

김좌근의 묘가 한눈에 들어왔다.

지관이 김좌근의 묘를 휘 둘러보다가 그를 바라보았다.

-무슨 일이냐. 말을 해보아라.

말에서 뛰어내리며 김병기가 물었다.

-왜 이런 곳에…….

지관이 무슨 말을 하려다가 입을 다물었다. 황당하다는 표정이었다.

-왜? 왜 그러느냐?

-터가 좋지 않습니다.

-무엇이? 무슨 소린가? 명당이 아니다?

밤마다 양부 김좌근이 나타나 통곡하는 게 이상해 지관을 먼저 내려 보냈더니, 금세 파발이 와 알아듣지 못할 말만 시부렁거렸다.

-이곳은 냉혈이 흐르는 도시혈(逃屍穴)입니다.

지관이 고개를 내저었다.

-이미 맥도 끊어놓았습니다. 어쩌면 물길을 따라 관이 사라졌을 수도 있습니다.

김병기의 얼굴이 하얘졌다.

-파보아라! 어서.

지관의 말과는 달리 의외로 봉분에서 관이 나왔다.

-관을 열어보아라.

지관이 기겁을 하며 나섰다.

-아니 됩니다. 하관한 지 얼마나 되었다고…….

-열라 했다.

관이 열렸다.

-빈 관입니다.

지관의 음성이 떨렸다.

관을 확인하는 김병기의 눈이 점점 커졌다.

-그럼 그놈이 헛관을 묻었다는 말이 아니냐? 들어내라. 그 아래를 봐야겠다.

관이 들려 나가고 땅이 파 뒤집어졌다. 아무리 파도 관은 보이지 않았다.

-도대체 어디로 시신이 사라진 것이야?

-이곳은 도시혈이므로 이미 어디론가 시신이 이동되었을 것입니다.

지관이 말했다.

-그게 무슨 말인가?

-땅의 지각 작용으로 시신이 사라졌다는 말입니다.

-지각 작용이라니?

지관이 고개를 들어 산봉우리를 가리켰다.

-저 산봉우리 말입니다. 불꽃같지 않습니까. 화산이지요. 다른 곳과는 달리 봉우리가 급합니다. 급하게 올라가고 아래로 뻗쳐 내려오지 않습니까.

-그래서?

무슨 소리를 하느냐는 표정으로 김병기가 물었다.

-이 무덤은 응혈이 맺히는 곳에 쓴 것이 아닙니다. 땅을 평평히 다져 무덤을 썼지만 사실은 응혈이 맺힌 혈자리가 이곳이 아닙니다. 그냥 내리막인 것이지요.

-그럼 혈자리가 어디란 말이냐?

-저 아래입니다. 분명히 그리로 이동했을 것입니다. 땅속은 참으로 오묘한 것이어서 수축 팽창을 반복하면 암석들을 아래로 조금씩 이동시키지요.

-가보자.

지관이 혈자리로 내려가기 위해 앞장섰다.

김병기는 믿기지 않았지만 그의 뒤를 따랐다.

이십 보쯤 내려온 지점에서 지관이 걸음을 멈추었다.

-어디냐?

-저깁니다.

지관이 혈자리를 가리키자 산역꾼들이 그곳을 팠다.

잠시 파자 관이 나왔다.

-보십시오. 여기 있지 않습니까.

관을 내려다보던 김병기는 납득이 가지 않아 고개를 내저었다,

-이상하구나. 아버님의 관이 아니야. 명정도 없고……. 관을 열어보아라.

산역꾼들이 관을 땄다.

-이게 무어야?

관속을 쳐다보던 김병기가 뒤로 흠칫 물러서며 소리쳤다.

지관이 보니 노랗게 색 바랜 기름종이 한 장이 놓여 있었다.

狗從早到晚都叫了 壞蛋們! 殺了才能止住叫聲

지관이 눈을 크게 뜨고 기름종이에 갈겨진 글을 읽었다.

-구종조도만도규료, 과단문! 살료재능지주규성.

김병기가 그제야 종이의 글을 내려다보았다.

-개들은 아침부터 밤까지 짖었다. 나쁜 놈들! 죽여야 짖음을 멈추지.

글 풀이를 하던 김병기가 눈을 뒤집었다.

-이게 무슨 소리야?

지관이 할 말을 잃고 허공을 쳐다보며 허허, 웃었다.

그는 헛웃음을 웃다가 김병기를 돌아보았다.

-개자식들아, 그만 짖어라 하는 소립니다. 모두 죽여버리겠다는 말 같군요.

-이게 어떻게 된 것이야?

김병기가 화를 못 이겨 소리치자 지관이 절레절레 고개를 내저었다.

-그자가 우리들이 혈자리를 보아낼 줄 알고 있었던 모양입니다.

-왜 그놈이 빈 관에다 이런 짓을 했단 말이냐?

지관이 그걸 내가 어떻게 알겠느냐는 표정을 짓다가 사방을 둘러보고는 절망적인 어조로 말을 이었다.

-그리고 보니 이곳의 혈장마저 터트려버렸습니다. 도시혈의 혈장이 무너지면 시신이 어디로 흘러갔는지 모릅니다. 찾은 역사가 없으니까요.

-영원히 시신을 찾지 못하게 그놈이?

김병기가 털버덕 주저앉았다.

-이런, 쳐 죽일 놈!

김병기의 머릿속으로 진혈을 버렸으니 영원이 이 세상에서 사라져버릴 것이라던 정만인의 마지막 말이 번개처럼 떠올랐다가 사라졌다.

에
필
로
그

   재상이 흥선군을 다시 본 것은 그가 대원왕(大院王)으로 봉해지던 날이었다.

   대원왕으로 등극하는 광경을 바라보는 재상의 가슴속으로 눈물이 흘렀다.

   그날의 흥선군은 이제 이 세상의 주인이었다.

   철종 임금의 재위 기간은 겨우 14년이었다.

   강화도에서 농사나 짓다 임금이 된 철종은 처음엔 장동김문의 허수아비였으나, 영민했던 그는 점차 궐 생활에 적응하면서 의욕적으로 개혁에 앞장섰다.

   그러나 장동김문의 농간을 끝내 못 이겨 미치광이가 되고 말았다. 가끔씩 바람 부는 곳으로 가 가슴을 집어 뜯으며 소리 지르다가 승하한 것이다.

   그 뒤를 이은 이는 흥선군의 아들 명복이었다. 흥선군과 조대비는 명복을 지명하기로 묵계가 이루어져 있었다. 흥선군에게 드디어 기회가 온 것이다.

그걸 보고 있을 김좌근이 아니었다. 흥선군이 정면으로 나서자 맞서기 위해 몸부림쳤으나 큰 물줄기는 되돌리기에 역부족이었다.

문제는 흥선군이었다. 흥선군은 권좌에 올라앉기가 무섭게 전권을 틀어쥐었지만, 서두르지는 않았다. 그는 자신의 대인다운 풍모를 먼저 내보였다.

예전에 기방에서 자신의 뺨을 후려쳤던 금군별장을 불러 다시 뺨을 때려보라 으름장을 놓았다. 그러자 금군별장이 예전 그 자리에 있다면 똑같이 그럴 것이라 대답하자 과연 이 나라의 장수답다며 치켜세우는가 하면, 김병기가 뜯어 먹다가 만 돼지족발을 뜯어먹으며 우리는 예전부터 침을 나눈 형제라 하기도 했다.

그는 냉철하게 승리자로서의 자세를 취하고 있었다. 그는 장동김문의 절대권력은 뺏었지만 과감하게 명예는 뺏지 않았다. 그래야 백성들로부터 보복 정치를 한다는 원성을 듣지 않을 것이라는 것을 영악하게 알고 있었던 것이다.

대인 정치. 과거에 연연하지 않는 대인이란 소리를 그는 듣고 싶어 했다.

그는 김좌근을 기로소에 들게 하여 영삼군부사로 삼았다. 후에 영돈녕부사를 맡겼다. 그는 신하 최고의 영예인 안석과 궤장을 하사하기도 했다.

따지고 보면 실권이 없는 명예직이었다.

흥선군은 그를 죽이지 않고 그렇게 조정 원로로 대접을 받게 했다.

견원지간이었던 김병기도 마찬가지였다. 아들을 낳으면 김병기처럼 웅특(雄特)한 아들을 낳으라고 공식 석상에서 말하기도 했다.

　김좌근의 뒷 세대인 김병학이나 김병국 등도 마찬가지였다. 조정의 요직을 두루 맡겨 자신의 개혁을 뒷받침하게 했다.

　1876년. 일세를 풍미하며 치열하게 살던 사대부 김좌근이 명을 다했을 때 김좌근의 묘비명을 쓴 사람은 홍선군이었다.

　……김좌근 공은 도량이 넓었으며, 공명정대한 사람이었다……

　김좌근의 이력을 아는 이들은 하나 같이 고개를 내저었다.

　하기야 김좌근이 없었다면 어떻게 세상을 얻을 수 있었으랴.

　백성들은 물과 같은 존재였다. 옛날 삼청동 그 사람이, 대인이 나셨다고 떠받들리어 비로소 대원왕으로 봉해지고 있었다.

　허망한 인연사 앞에 재상의 가슴속으로 가랑잎이 굴렀다.

　쓸쓸한 가야사 남연군의 묘가 떠올랐다.

　이제 그들의 영화는 시작일 것 같으면서도 얼마 가지 않아 사라질 것이었다.

　아직은 버림보다 취함이 승할지 몰라도 취하거나 버리거나 세월의 얼굴 앞에 다를 리 없었다.

　영원한 것이 어디 있으랴. 그것이 세상사의 모습이요, 이치인 것을.

　재상의 얼굴 위로 따뜻하고 편안한 기운이 축복처럼 떠돌았다.

　이 겨울이 지나면 꽃 피는 봄이 오리라.

　재상은 눈을 감고 흘렀다.

　비가 되고, 바람이 되고, 나무가 되고…….

세상사 너머 강이 있었다.

그 너머에 바다가 있고, 또 산이 있고, 강이 있고, 또 인간의 세상
이 있었다.

〈끝〉

작
가
후
기

세상이 아무리 변해도 변하지 않는 것이 하나 있다. 그것이 진리라거나 본질이라거나 그런 어려운 말로 표현할 필요는 없다. 바로 우리의 삶, 그 삶이 영원불변한 것이기 때문이다.

세월이 변해도 우리의 삶은 계속된다.

원고지 위에서 이 땅의 지관이 되어 보낸 지도 벌써 7년이란 세월이 흘렀다.

그동안 『관상』을 내었고, 『궁합』을 내었다. 역학 3부작을 완성하기 위해 혼신의 힘을 다했다. 나의 조상들이 이 터에 몸을 부리고 살면서 어떻게 살았는지, 어떻게 묻혀 다시 돌아왔는지…….

소설이 거의 끝나갈 무렵, 미국의 한 여성에게서 전화가 왔다. 이 소설을 쓰기 전에 얼치기 실력으로 명당에 관한 글을 하나 썼는데, 그 글을 읽었다고 했다.

-돌아가신 아버지의 모습이 꿈에 자주 보여요. 혹시 아버지의 묘를 잘못 쓴 것이 아닐까 걱정이 돼서요. 돈은 얼마든지 드릴 테니

아버지를 이장할 터를 좀 잡아줄 수 없나요?

나를 상지나 챙기는 지관으로 생각한 것이다.

나는 어이가 없어 웃고 말았다. 글을 쓰는 사람에게 아버지의 터를 잡아 달라?

친척 한 분이 애를 낳아 내게 이름을 부탁했다.

ㅡ아재요, 이름 하나 지어 주이소.

나는 그 애의 이름을 지어주지 않았다. 내가 글을 쓰니까 누구보다 이름을 잘 지을 것이 아니냐, 그 방면으로 소설을 쓰기 위해 공부를 좀 하셨으니 그렇게 생짜는 아니지 않느냐 그 말이었다.

나는 그에게 이렇게 말했다.

ㅡ그 애의 이름은 그 애의 평생을 좌우한다. 나는 그 애의 평생을 좌우할 이유가 없다. 직접 애의 이름을 지어라. 그것이 부모다.

그랬던 나에게 땅을 골라주는 상지를 줄 테니 터를 찾아달라?

어이가 없었지만 나는 이렇게 대답했다.

ㅡ지금 자신의 모습을 보세요. 잘 살고 있다면 걱정하지 마세요. 부모님이 편안히 쉬고 있다는 증거입니다.

그래도 그녀는 왜, 보수를 섭섭하게 할 것 같으냐는 식으로 계속 매달렸다.

그녀에게 다시는 연락하지 말라며 전화를 끊고 말았지만 사실 아직도 속이 좋지 않다. 모든 것을 돈으로 생각하는 세상. 그래서 우리는 지관이 되어야 한다는 것이다. 자신의 마음이 명당임을 알지 못하면, 살아 평생 애나 먹이다가 부모가 죽어서도 땅속에 누운 부모에게서 명당발이나 바라는 못난 자식으로 전락하고 만다.

그 사실을 알지 못한다면 이 땅 위에서 살아갈 자격이 없음을 깨

달아야 할 것이다.

우리를 우리답게 살게 하는 것. 그것이 우리를 이 세상으로 보낸 땅의 힘이다.

그 땅 위에서 우리는 살아가고 있고 그 땅의 기운으로 오늘을 살아내고 있다. 땅의 기운이 나를 만들고 땅의 기운이 내 마음을 좌우한다.

오늘로 드디어 소설 『명당』을 끝낸다. 실록과 야사를 안고 살던 세월이었다. 사실과 야사는 역사의 표정이었다. 그 표정이 소설이될 때 팩트(fact)와 픽션(fiction)은 비로소 팩션(Faction)으로 일어서는 것이었다.

역사적 사실과 버려진 야사가 작가를 통해 재창조된다는 진리 앞에서 나는 언제나 숙연했다. 저기 쌓여 있는 이 땅에 얽힌 실록과 야사들. 역사의 겉과 속을 들여다보면서 많은 이들을 만났다.

핏줄을 죽여서라도 권력을 유지해야 했던 실록 속의 인물들, 그들의 하수인들……. 그들에 의해 멍들어가던 금수강산. 그 자락 끝에 서 있는 나.

벌써 겨울이 눈앞이다. 겨울이 눈앞인데 붉게 꽃잎을 여는 저 꽃의 심사. 저렇게 꽃피는 이유를, 저렇게 열매 맺는 이유를 생각하며 글을 쓰던 세월이 꿈결 같다.

백금남